소설
창작
수업

소설창작수업

소설을 쓰고 싶은 사람을 위한
창작 매뉴얼

| 최옥정 지음 |

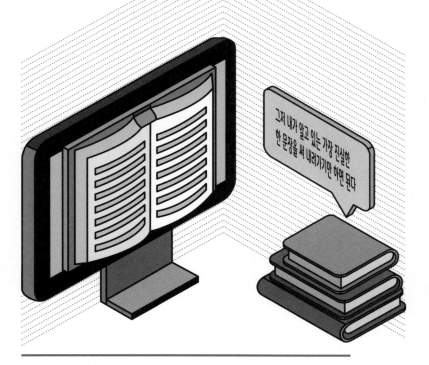

그저 내가 알고 있는 가장 진실한
한 문장을 써 내려가기만 하면 된다

당신의 이야기는 어떻게 소설로 만들어지는가?

푸른영토

'작가지망생을 위한 소설창작 매뉴얼'이라는 부제를 달고 《소설창작수업》이 나온 지 어느덧 7년이 지났다. 이 책은 소설가 지망생, 글을 쓰고 싶은 사람들에게 많은 사랑을 받았다. 그 사이에 안타깝게도 이 책의 저자이신 최옥정 선생님은 암 투병 중 작고를 하셨다. 세월이 지나 감에 이 책이 품절이 되어 절판도 생각을 하였지만, 지금도 꾸준히 이 책을 필요로 하고 찾는 독자분들이 있기에 새롭게 디자인하여 다시 세상에 내놓게 되었다. ― 편집자 주

지금은 그 책을 쓸 때보다 소설이 더 필요한 시대가 되었다. 행복한 사람은 소설을 쓰지 않는다. 삶이 우리를 속일 때, 살아가야 할 세상이 한없이 아득할 때, 내가 나 자신에게서 멀어질 때 소설을 쓰고 싶어진다. 나를 알기 위해서, 오랫동안 외면했던 진짜 나를 만나기 위해서, 어쨌든 이 삶을 견디며 살아가기 위해서. 그런 때 곁에 두고 참고할 만한 가이드북의 필요성이 여전하다.

《소설창작수업》을 낸 뒤 많은 독자들에게 피드백을 듣고 학생들에게도 독후감을 받았다. 그들은 궁금한 것도 많고 배워야할 것도 많았다. 그 사이 소설에 대한 나 자신의 생각이나 태도도 많이 바뀌었다. 바탕이야 큰 차이가 없겠지만 발표한 소설이 쌓여갈수록 소설의 속살을 보게 되었고 이러저러한 사연도 보태졌다. 인생의 복병은 언제나 나보다 한 수 위였고 고통의 시간은 예고 없이 찾아왔다. 내 주변에도 위로 받을 사람과 치유 받을 사람이 점점 늘어났다. 이 현실은 나뿐만 아니라 우리 모두의 삶의 모습이다. 얼마나 많은 할 얘기가 가슴을 짓누를 것이며, 얼마나 간절히 자신의 고통을 이해하고 공감할 사람을 찾아 헤맬 것인가. 삶은 늘 소설보다 더 소설적이다. 그래서 우리는 소설을 읽고 또한 소설을 쓴다.

이 책에서는 소설을 쓰고자 하는 사람이라면 누구나 갖게 마련인 궁금증을 풀어주는 Q & A 부분을 부록 삼아 넣었다. 소설 쓴 지 적잖은 시간이 흘렀지만, 아직도 소설을 시작할 때면 과연 소설이 무언가, 라는 원론적인 질문을 던진다. 문장은 어때야 하고 주인공에게는 어떤 개성을 부여하나, 수많은 세부의 답을 찾느라 머릿속이 하얗다. 그때마다 떠올랐던 의문점들을 문답형식으로 풀어냈다.

소설을 시작하는 사람들은 오직 자신만이 스스로를 구원할 사람이라는 점을 잊지 말아야 한다. 누구도 나에게 소설 잘 썼다고 칭찬해주지 않고, 소설을 어떻게 써야 한다고 비법을 가르쳐주지도 않는다. 오직 나 혼자 암중모색을 하면서 끝까지 힘을 잃지 않는 수밖에 없다. 나 역시 힘겹게 첫 장편을 완성했을 때 인물, 구성 문장, 사유의 깊이, 모두 부족한 점투성이였다. 하지만 완성도와 상관없이 책한 권 분량을 써냈다는 것에 감격해서 가만히 있을 수가 없었다. 자축의 의미로 복사집에 가서 A4용지 100장쯤 되는 원고를 인쇄한 뒤제본을 했다. 두툼한 책을 가슴에 안았을 때 느껴지던 볼륨감은 아직도 생생하다.

완성도 축하도 기념도 스스로 하며 소설 창작 세계의 어린아이에서 어른으로 성장해갔다. 시간이 흐르고 경험이 쌓여도 인생은 쉬워지지 않는다. 한 살 더 먹을 때마다 그때그때 새로운 성장통을 겪어야 한다. 인생은 결국 성장통을 어떻게 다스리느냐의 문제였다. 우여곡절, 파란만장, 다사다난의 상황을 번갈아 변주하며 하루하루 살아간다. 그 과정의 울퉁불퉁한 행로가 소설이 싹 트는 자리다.

친구와 수다를 떠는 것보다 혼자 글을 쓰면서 더 위로를 받는 사람들은 많다. 그 외로운 시간들, 혹은 가슴 뻐근하게 뿌듯한 시간들이 친구이고 동지이다. 부디 오래도록 글쓰기 중독에서 벗어나지 않기를 바란다. 필요할 땐 매뉴얼도 찾아보고 선배작가의 소설도 참고하면서 차츰 작가의 유전자를 몸에다 새기자.

나는 소설을 쓰지 않고 시간을 견디는 법을 모른다. 이십 년 가까이 인생이 내미는 어떤 질문도 대답도 소설을 통해 해결해왔다. 이제는 다른 방법을 아예 잊어버렸다.

"아, 잠깐만, 기다려봐. 소설을 써봐야 알 것 같아. 그러고 나서 대답할게."

사람을 이해하고 사랑이 뭔지 알아차린 것도 소설쓰기를 통해서였다. 겉으로 드러난 건 진실의 십 퍼센트에 해당하는 일이고 진짜는 그냥 봐선 절대 알 수 없는 무의식에 도사리고 있다. 그것을 만나는 방법은 말이 아니라 글이 될 수밖에 없다. 말은 생각을 하지 않고도 할 수 있지만 글은 생각을 하지 않고는 쓸 수 없기 때문이다.

소설의 길에 들어선 사람들이 되도록 행복했으면 좋겠다. 그 길에서 만난 동지인 문우들은 서로 말도 잘 알아듣고 금세 친해진다. 커튼 뒤의 삶을 슬쩍 봐버린 사람들이다. 무대 위의 연극이 전부가 아니고 분장실에서 더 많은 흥미진진한 일이 일어나고 있음을 안다. 배면의 일들, 우리가 말하지 못한 것들로 가득 차 있는 서랍의 존재를 아는 사람들이다. 그들 모두 소설과 함께 안녕하길 바란다.

첫 문장을 쓰는 일, 마지막 문장으로 소설에 마침표를 쓰는 일은 언제나 떨리고도 설렌다. 그 일을 사랑하는 사람들이 이 책에서 작은 힌트라도 발견하기를 진심으로 기원한다.

최옥정

"소설을 써라~"

이것은 농담이다. 되지도 않는 얘기 집어치우라는 속뜻을 가지고 있다.

"소설을 써라!"

이것은 진심이다. 네 인생의 얘기를 한번 써보라는 우정 어린, 그러나 위험한 충고다.

그렇다면 소설 쓰기는 농담과 진심 사이를 오가는 진자운동이라는 이야기가 된다. 둘 중 어떤 소설을 쓰든 상대를 지루하게 해선 안 된다. 상대가 어떨 때 지루할까, 알아차리는 공감능력은 소설가의 첫 번째 요건이다. 여기에 약간의 기술이 필요하다.

소설 창작 수업에는 교과서가 따로 없다. 창작자의 경험과 직관을 장차 작가가 되고자 하는 학생들과 나누며 소설을 직접 쓰도록 독려한다. 수업시간에는 고개를 끄덕이며 다 알아듣는 것 같지만 막상 강의실을 떠나면 모든 것이 어슴푸레하다. 교재나 노트가 있다면 들춰 보기라도 할 텐데 어디서부터 어떻게 시작해야 할지 막막하기 이를 데 없다. 원래 창작을 지향하는 삶이 막막한 것이지만 그 막막함이 자신감과는 대척점에 있는 감정이라는 게 문제다. 말로는 지금 읽거나 읽으려는 모든 책이 다 소설 창작 교재라고, 눈앞에 보이는 모든 사회현상이 다 스승이라고 하지만 실질적인 면에서 당장 참고가 될 책은 있어야 한다.

이 책의 내용을 간단히 줄여 말하자면 소설의 탄생과 성장에 관한 이야기다. 온갖 풍문과 유언비어, 잡설이 난무한 것이 문학에 관한 정보다. 소설을 써나가면서 맨땅에서 헤딩하는 기분으로 암중모색 했던 시간들을 정리했다. 매뉴얼이라고 이름 붙이기엔 치밀함이 부족하고 강의노트라기엔 '인생사용설명서'의 측면이 강하다. 정리해 놓고 보니 창작이 무엇이고 창작자의 삶은 어때해야 하느냐에 많은 지면을 할애했다. 창작이 인생에 미치는 영향, 반대로 인생이 창작에 미치는 영향을 고찰한 책이랄까. 글을, 특히 소설을 쓰려는 사람, 소설을 통해 발언할 게 있는 사람에게 마이크를 쥐어주고 싶은 욕망에서 쓰게 된 책이다.

내가 어쩌다가 지금의 내가 되었는지 궁금한 사람은 소설을 써야 한다. 내가 가장 사랑하는, 혹은 가장 미워하는 사람이 어쩌다가 지금의 그 사람이 되었는지 알고 싶은 사람도 마찬가지다. 소설 속에 답은 없다. 꼬리를 물고 이어지는 질문 끝에 답 같은 건 아무래도 상관없다는 지점에 도달할 것이다. 흥미로운 행로임에 틀림없다.

아주 하찮고 무의미한 인생에 대해 쓰겠노라 결심하고서 지독하게 하찮고 완전하게 무의미한 인간을 그리고자 애썼고 성공했다 치자. 그 순간 소설은 의미를 획득하게 되는 이 아이러니. 짜릿하지 않은가. 소설이 무엇인지 그 내막을 단박에 알 수 있지 않은가. 치유나 위로, 감동을 목적으로 하는 것이 소설이 아니다. 쓰는 행위 자체로 치유가 되며 읽은 것 자체가 삶의 위안이 되어야 한다. 오로지 자신의 몸을 밀며 앞으로 조금씩 나아가는 달팽이나 굼벵이의 삶과 다를 바 없는 인생, 실수투성이 인간을 소설이 대신 나서서 변명해주기 때문에 '인간학'이라고도 일컫는다.

요즘 쉰 살 언저리에 사회생활을 접는 사람이 늘어났다. 명예퇴직자라는 결코 명예롭지 않은 레테르를 붙이고 사회에 나온 사람들 덕분에 각종 아카데미가 성황을 이룬다고 한다. 그들 중에는 글을 쓰고자 하는 사람도 상당수다. 글이 아니고는 펼쳐 보일 수 없는 자신만의 인생이 있다고 생각하는 사람의 수는 언제나 많다. 모름지기 인간이란 자기 인생에 의미를 부여해야 직성이 풀리는, 자신을 표현하고 싶어 몸살을 앓는 동물이다.

책을 내는 사람으로서의 바람은 소설을 쓰고자 하는 사람에게는 가이드 역할을 하고, 글 혹은 문학에 관심이 있는 사람에게는 에세이로써 읽을 만한 인문서가 되는 것이다. 문학을 이해하지 못하고서는 인문학을 안다고 할 수 없다는 게 나의 편협한 생각이다. 주장이란 본시 편협하게 마련이고 예술에 관한 한 편협은 개성의 다른 말이라고 믿는다. 문장이라는 것이 어떻게 태어나고 어떻게 감정과 생각을 실어서 저 먼 타인에게 당도하는지 알기 위해서는 문학, 소설이라는 독도법이 필요하다. 미래의 작가들이 이 책을 읽고 나서 안갯속 같은 머릿속을 헤치고 컴퓨터 앞에 앉아 자판을 두드리게 되기를 무엇보다 소망한다.

무조건 써라!
그러다 막히면 이 책을 펼쳐 막힌 부분을 뚫어라.

무위가 결코 무위가 아니고, 무의미가 결코 무의미가 아님을 서서히 알아갈 것이다. 해결사 노릇을 하겠다고 나섰다면 이 책을 쓸 용기를 내지 못했을 것이다. 잘하면 조력자, 못해도 동병상련의 벗 노릇 정도는 할 수 있다고 스스로를 다독이며 끝 페이지까지 도달했다. 배울 것이 있다면 그 투지, 결기 정도가 아닐까 한다.

책을 다 써놓고 작가의 말을 적어가다 보니 책을 낸다는 이 엄청나면서도 경건한 일 앞에서 나는 또 숙연해진다. 이 책을 읽은 누군가는 언젠가 꼭 책을 내게 되기를 진심으로 바란다. 생과 멸, 성과 쇠를 그것만큼 적나라하게 경험할 수 있는 일도 흔치 않다. 부디 소설의 세계에서 삶을 만끽하길.

최옥정

차례

I 소설과 소설가

II 소설 창작 기본기 다지기

다른 작품 리뷰하기

독서는 어떻게 해야 할까?

나만의 책 만들기

III 소설가로 사는 법

작가와 독자

I

소설과 소설가

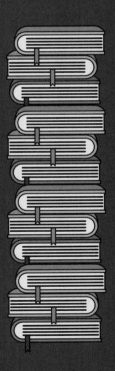

소설이란 무엇인가?

소설의 목적은 말하고자 하는 자의 입을 열게 하고 듣고자 하는 자의 귀를 열게 하는 것이다. 결국 인간의 이야기, 인생의 이야기이겠지만 그 복잡하고 찬란하게 얽힌 이야기 속에서 무엇을 찾아내 소설로 써야 할 것인가, 이에 답하기 위해서는 오래된 이론을 꺼낼 수밖에 없다.

"가장 잘 아는 것을 써라."

내가 본 세상, 내가 겪은 세상, 내가 알고자 하는 세상을 내가 잘할 수 있는 방식으로 표현한 것이 소설이다. 이 세상에 대한 내 해석과 경험이 녹아든 나만의 판본이 소설이라고 할 수 있다. 나는 소설이 그런 것이라고 배웠고 쓰는 동안 절감했으며 미래의 작가들에게 또 그렇게 말하고 있다.

소설 쓰기,
어디서부터
시작할 것인가

"소설이란 무엇인가."

짐작하듯이 공부해서 알 수 있는 명제는 아니다. 알 수 있다 해도 그것은 어디까지나 껍데기뿐이고 몸통, 속살은 고민과 모색으로 점철된 궁구의 시간을 한참 보낸 뒤에야 '조금' 알게 된다.

'내가 어렴풋하게 알고 있던 소설이 원래 이런 거였구나.'

이 깨달음에서부터 창작이 시작된다. 소설을 써보겠다고 처음 마음먹은 사람은 조금 안 것을 더 알고, 제대로 알게 되기까지 얼마의 시간이 걸릴까가 가장 궁금하다. 어려운 문제가 대개 그렇듯이 답은 간단명료하다. 발표 안 한 열 개의 단편소설과 두세 개의 장편소설 파일이 내 컴퓨터 속에 저장될 때까지의 시간과 얼추 맞아떨어진다. 아마도 이 말은 크게 틀리지 않을 것이다.

소설가의 일은 생각하고, 생각하고, 또 생각하는 것이라고 단언한 사람이 김영하 작가던가. 이 세상에 없던 것을 만들어내자니 생각을 거듭하면서 손톱이 부러지도록 인생의 맨 밑바닥까지 파보는 것 말고 다른 뾰족한 수가 없다. 컴퓨터를 켜고 키보드를 두들겨 머릿속의 생각을 문장으로 써나가야 한다. 처음에는 엄두가 안 나서 자꾸 모니터를 피하게 된다. 컴퓨터 옆에 가기가 두렵다. 글 쓰는 일이 아직 몸에 붙지 않은 탓이다.

소설 창작은 일종의 게임이다. 판돈을 놓고 독자를 상대로 온갖 머리를 짜내 이겨보려는 두뇌게임이다. 무슨 수를 써서든 독자를 내 편으로 만들면 이기는 거다. 문제는 이기는 일이 무진장 어렵다는 데 있다. 거기까지 생각하면 지레 질려버리니까 일단은 시작하고 그 다음에 일어나는 일을 하나씩 해결하는 쪽으로 마음을 정하는 게 여러모로 인생에 이롭다. 시작하고 나면 이것처럼 재미있는 일도 없다. 그러니까 그것을 업으로 삼아 밥 먹고 사는 나 같은 사람도 있는 거다. 소설가들은 말한다.

"진정 소설가가 되고 싶거든 소설 열 편을 읽느니 한 편을 써봐라. 그러고 나면 소설이 대체 어떻게 생겨먹은 건지 알게 된다."

이 말에 120퍼센트 동의한다. 그냥 읽을 때는 별것 아니었던 소설이 내가 소설을 쓰는 중간에 읽어보면 엄청난 작품처럼 느껴진다. 세상에, 이런 걸 대체 어떻게 쓴 거야? 창작이라는 무위의 일 앞에서 겸손을 배운다. 자기 손으로 직접 해본 사람은 손으로 이루어놓은 일 앞에서 경외심을 갖게 마련이다. 평소에 하지 않던 생각을 하면서 평소에는 안 쓰던 뇌의 근육을 많이 쓰게 된다. 창작의 모색 속에서 정신은 성숙해가고 누가 가르치지 않아도 인간에 대해 조금 더 깊이 이해하게 된다.

작년에 매력적인 소설을 두 편 읽었다. 고종석의 《해피 패밀리》와 김성중의 〈개그맨〉이라는 작품이다. 고종석은 대중적인 인기를 누리는 편은 아니지만 독보적인 소설을 써서 마니아층을 거느리고 있는 작가다. 소설을 읽는 동안 문체의 아름다움과 사유의 활달함과 인간에 대한 그 진하고 따뜻한 사랑, 아니 믿음에 감동하지 않을 수 없었다. 김성중이라는 젊은 작가 역시 독특하고 신선한 자기 세계를 보여주었다. 행복한 독서를 하고 나면 며칠 밥 안 먹어도 배부를 만큼 충족감을 느낀다. 시간이 조금 지난 다음 생각한다.

'이 작가는 맨 처음에 어떤 계기로 이런 인물을 만들어냈을까.'

'제목은 어떻게 지었으며 첫 문장은 또 어떻게 쓰게 되었을까.'

점점 구체적인 쪽으로 생각이 진행된다. 한 사람의 소설가와 그가 창조한 인물과 독자인 내가 뒤섞여 하나의 덩어리를 형성한다. 이 과정은 연애와도 비슷하다. 한 사람을 발견하고 그 사람에 대해 알아가고 이해하고 갈등을 겪으며 우리는 생각한다.

'그 사람은 어떻게 해서 지금의 사람이 되었을까?'

'나랑 부딪친 그 문제에 대해서는 어떻게 생각하고 있을까?'

'내가 어떤 말을 해야 이 사람을 설득할 수 있을까?'

끝없이 고민하면서 그 사람과의 거리를 좁혀가고 서로의 장점과 단점에 대해 더 많이 알게 된다. 소설도 마찬가지다. 이런 생각과 실천의 과정이 고스란히 소설 쓰기에도 적용된다. 우선 머리에 떠오르는 첫 생각을 문장으로 옮겨보는 것, 그것이 창작의 첫걸음이다.

한 시간 앉아서 고민할 것을 30분만 고민하고 나머지 30분은 아무거나 써나가야 한다. 문장으로 치환되지 않는 생각은 창작에서 아무 쓸모도 없다. 무대에 서지 않고 대본연습만 하는 배우와 똑같다. 한 줄 대사라도 무대에 올라가서 읊어야 배우다. 작가도 마찬가지다. 서툰 문장 하나가 멋진 생각 열 개보다 낫다. 대개 습작생의 문제는 여기서 발생한다. 고민하고 생각하고 독서하고 작법 공부를 하는 것은 얼마든지 편하게 할 수 있다. 그런데 의자에 앉아 모니터를 마주 보고 자기 문장을 만드는 것은 불편하다 못해 두려워한다. 창작을 시작한 지 오래되었는데 등단하지 못하거나 작품이 늘지 않는 사람은 다 이 부분에 걸린다. 무조건 컴퓨터 앞에 앉아서 한 문장을 쳐라. 그것이 창작의 첫 단계, 가장 결정적 순간이다.

소설과 이야기는
어떻게
다른가

쉽게 말해 소설은 이야기에서부터 시작한다. 인생을 한마디로 줄이면 스토리, 라고 말할 정도로 우리가 살아온 세월은 이야기의 연속, 이야기보따리다. 간단히 말하자면 이야기에 많은 상상적 요소가 보태져서 하나의 소설이 탄생한다. 하지만 이야기만으로는 소설이 되지 않으니 이때부터 골치가 아파진다. 현대소설의 개념은 거기서 많이 확장되어 이야기가 없어도 소설이 될 정도로 변화했다.

국어시간에 주제, 인물, 구성이 소설의 3요소라고 배웠다. 이 말이 무슨 말이냐 하면 소설가가 분명히 말하고자 하는 주제가 있어야 비로소 소설이라고 부를 수 있다는 뜻이다. 인물과 구성은 이야기를 효과적으로 전달하기 위한 장치다. 말하자면 소설 창작은 내가 하고 싶은 말을 제대로 전하기 위해 인물을 창조하는 일이다. 그래서 소설가를 신이라고 말하는 사람도 있다. 이 세상에 없던 인물을 내가 오늘 만들어서 그 인물을 움직이게 하고 내 마음대로 이리저리 데리고 다니면서 행복과 불행을 겪게 한다. 조물주처럼 등장인물의 생사여탈권을 소설가가 쥐고 있는 것이다.

소설을 읽는 사람은 소설 속에서 작가라는 사람의 목소리를 듣고 싶어 한다. 그 목소리가 내 말을 대신해주거나 내가 듣고 싶은 말을 해주기를 바란다. 소설의 목적은 말하고자 하는 자의 입을 열게 하고 듣고자 하는 자의 귀를 열게 하는 것이다. 결국 인간의 이야기, 인생의 이야기이겠지만 그 복잡하고 찬란하게 얽힌 이야기 속에서 무엇을 찾아내 소설로 써야 할 것인가. 이에 답하기 위해서는 오래된 이론을 꺼낼 수밖에 없다.

"가장 잘 아는 것을 써라."

내가 본 세상, 내가 겪은 세상, 내가 알고자 하는 세상을 내가 잘할 수 있는 방식으로 표현한 것이 소설이다. 이 세상에 대한 내 해석과 경험이 녹아든 나만의 판본이 소설이라고 할 수 있다. 나는 소설이 그런 것이라고 배웠고 쓰는 동안 절감했으며 미래의 작가들에게 또 그렇게 말하고 있다.

소설이라는 장을 빌리지 않고서 인간이 어찌 속속들이 솔직해질 수 있으며 어찌 존재의 심연을 건드릴 수 있겠는가? 생활은 우리에게 표피적인 삶을 살 것을 강요한다. 복잡하고 어렵기만 하다면 하루 24시간을 감당할 사람이 얼마나 될까. 새벽기도로조차 심연 가까이다가가지 못하는 것이 인간이 가진 자기보호본능이다. 아플까 봐 진짜 속이야기는 함부로 건드리지 못한다. 열등감이든, 나쁜 기억이든, 상처든, 그것을 정면으로 마주해야 소설을 쓸 수 있다. 내 인생의 가장 치욕스러운 한 장면을 그려낼 수 있을 때 비로소 자신이 작가가 되었음을 절감한다. 심연에 도사리고 있는 것, 심연에서 나에게 먹이를 받아먹어 가며 살고 있는 것, 그것을 눈 똑바로 뜨고 봐야만 소설의 첫 문장이 떠오른다. 최소한 그것을 보려고 노력해야 가까이 다가갈 수 있다. 이것이 이야기와 소설이 결정적으로 다른 일면이다.

창작의 초기에 가장 중요한 건 어떻게 하면 새로운 문장 써내기를 일상처럼 친숙하게 만드느냐다. 그러기 위해 온갖 방법을 다 동원해야 한다. 관심분야의 책을 모조리 읽고, 내 취향의 작가를 찾아서 지향점, 목표를 정하고, 창작에 방해가 되는 나쁜 습관을 하나씩 고쳐나간다. 이 모든 과정에 꼭 필요한 건 변명과 핑계 대지 않기다. 변명거리는 넘쳐난다. 글을 쓰기 어렵게 만드는 일도 매일 생긴다. 세상에는 재미있는 일들이 너무나 많다. 왜 내가 힘들게 책상에 앉아 소설 따위, 스토리 따위 생각하고 있는지 회의도 들 것이다. 그렇다면 바로 그 심정을 글로 옮겨라. 문장으로 옮겨지지 않은 감정과 생각은 다 무의미하다는 것을 몸으로 체득해야 작가가 될 수 있다.

"인생은 스토리다."

이런 말 들어보았을 것이다. 우리의 일상, 인생, 하루하루는 스토리의 연속이다. 쓸 거리가 없다는 말은 새빨간 거짓말이다. 쓸 거리는 무궁무진한데 내가 그것에 숨을 불어넣지 않았을 뿐이다. 발견해야 한다. 이 세상에 넘쳐나는 이야기, 신문을 장식하는 사건·사고, 일상의 온갖 희로애락 중에서 내 창작욕을 자극하는 것 하나를 골라라. 평론가 김현 선생님 말대로 '창작의 성감대'를 건드릴 만한 이야기를 찾으면 절반은 해낸 거다. 시작이 반이라는 말은 창작에도 해당된다. 그때까지는 머리를 쥐어뜯으며 고민하고 이것저것 뒤져 보느라 눈이 벌겋지만 일단 한 가지를 골랐으면 이제부터는 그것에 집중해야 한다. 아직까지는 문학이 아니다. 단지 이야기일 뿐이다. 내가 선택한 이야기에다 내 호흡을 불어넣어야 한다. 창작은 이 세상에 일어난 한 현상에 나의 관점, 즉 해석을 덧붙이는 것이다.

여기 자살한 한 여자가 있다고 가정해보자. 신문기사는 육하원칙에 따라 그녀가 언제 어디서 어떻게 왜 죽었는지를 나열할 것이다. 소위 팩트 전달이 신문의 목적이다. 작가는 거기서 배면을 읽어내야 한다. 그녀에게는 신문에 나오지 않은 자살 이유가 따로 있을 것이고 그것이 소설가의 관심사다. 작가에게는 이것이 팩트다. 인생의 팩트는 납작하고 창백한 신문지에서 다 보여줄 수 없다. 가난과 실업 때문에, 생활고로, 실연의 상처 때문에 자살했다고 기사가 전한다면, 생활고는 왜 생겼으며 실업의 원인은 무엇이고 실연이 왜 그 사람을 자살까지 하도록 만들었을까 상상해라. 그 상상을 문장으로 구축하는 것이 소설가의 일이다. 자살이라는 평면적인 단어가 입체적이고 살아 숨 쉬는 이야기로 변환된다. 이 지점에서 소설가마다 제각각 다른 장면을 그려낼 것이다. 이때 문학이 탄생한다. 내가 생각하는 인

간과 인간의 고통, 죽음……. 그런 해석과 고민이 들어가면 소설이
되고 문학이 된다. 작가가 신이 되어 현실의 문제를 문학이라는 또
하나의 세계 속에서 다시 창조해내는 것이다.

소설은
실패자의
기록이다

한 가지 꼭 말하고 싶은 건 소설은 '실패자의 기록'이라는 사실이
다. 우리가 아는 모든 훌륭한 소설, 흔히 고전이라 일컫는 소설을 한
번 생각해보자. 《노인과 바다》도 《죄와 벌》도 《백경》도 《안나 카레
니나》도 《변신》도 다 실패한 사람, 좌절한 사람들의 이야기다. 소설
을 쓰다 보면 실패한 인생, 좌절한 인생, 불행한 인생을 간단히 흑백
으로 바라볼 수만은 없다. 실패하고 절망한 자에게 발언할 기회를 주
는 것이다. 도대체 왜 망한 거냐고 슬쩍 물어보면 이때다 하고 주저
리주저리 속내를, 내밀한 '스토리'를 털어놓는다.

《변신》의 주인공이 가족과 친구 모두에게 버림받았다고 해서 그
의 삶이 형편없다고 말할 수 없으며, 안나가 자살했다고 해서 비난할
수도 없다. 소설에서는 절대선도 절대악도 없다. 인간은 자신의 의
지에 따라 어떻게든 최선을 다해 삶을 이끌어간다. 깊이 있고 폭넓은

눈으로 대상을 한 번 더 살펴보는 것은 소설을 읽거나 쓰면서 얻게 되는 깨달음이고 공부다. 우리에게 익숙한 '권선징악', '사필귀정'의 가치관으로 규정짓지 말고 날 것의 삶을 맨 눈으로 바라보라.

소설의 탄생 배경에 대한 이야기는 여러 가지가 있지만 인간이 자기가 겪은 실수와 실패를 반성하고 되짚어 보고 때로는 변명하기 위해 처음 시작했을 거라는 게 내 추측이다. 역사는 승리자의 일만을 기록하지만 소설은 실패자의 말을 기록한다. 우리가 주입받은 것처럼 성공은 좋고 실패는 나쁜 것이라고 단순하게 가를 수 없음을 많은 좋은 소설들이 보여준다. 이것은 한 개인에게도 그대로 적용된다. 나 혹은 남이 실패한 일을 함부로 버려두기 싫어서 하나하나 반추해 보는 것이 소설 쓰기의 시작이다.

소설을 읽고, 느끼고 생각하고, 짧게라도 쓰는 과정을 반복하다 보면 비로소 소설을 쓸 수 있는 약간의 기술과 용기와 의욕이 생길 것이다. 이 순간이 정말 중요하다. 우여곡절 끝에 소설을 시작하게 되면 첫 작품의 첫 문장을 쓰던 때의 심정을 한번 기록해보기 바란다. 그 느낌은 다시 경험하기 어렵다. 모든 '첫'이 그러하듯 두 번째, 세 번째에 많은 영향을 주고 미래를 예언한다. 훗날 다른 작품을 쓸 때 그 감정은 도움이 될 거고, 그것을 적어둔 메모를 읽으며 예상치 못했던 기쁨과 새로운 생각을 만날 수도 있다.

한 가지 다행한 건 소설은 굉장히 관대하고 품이 넓은 예술장르라는 사실이다. 시처럼 쓴 소설도 있고 희곡처럼 쓴 소설, 랩 음악 가사, 시나리오, 경찰조서, 철학책처럼 쓴 소설도 있다. 심지어 그것을 실험적인 시도라고 칭찬까지 해준다. 내게 익숙한 언어를 맘껏 써도 무방하다는 사실에 용기를 얻고 무조건 첫 문장을 쓰기 시작하는 게 모든 것의 출발점이다.

　나를 비롯한 많은 기성작가들이 무서워할 젊은 작가의 출현을 기대해본다. 이 책을 읽는 독자 중에 선배작가들을 넘어서는 소설가가 얼마든지 나올 수 있다. 어떤 위대한 예술가도 실제 우리 눈앞에 등장하기까지는 아무도 그 등장을 예상하지 못하는 법이다.

나 자신이
가장 훌륭한
텍스트다

소설을 쓰는 과정은 나를 알아가는 과정이다. 글 쓰는 사람 자신의 인생에 들어 있는 모든 내용물이 소설의 소재라고 말하고 싶다. 처음부터 자기 인생을 스스럼없이 쓸 수 있는 사람은 많지 않다. 포장하고 감추고 왜곡해서 전혀 다른 것으로 만들려고 한다. 얼마든지 환영할 일이다. 소설에는 쓴 사람 본인만 아는 실핏줄들이 은밀하게 흐르고 있다. 아무리 목소리를 낮춰도 문장 곳곳에 작가의 흔적이 남는다. 꽁꽁 싸매서 본래의 모습을 위장해도 소설 어딘가에 지문과 혈흔이 남게 마련이다. 이것이 참 아름다운 일이라는 것을 소설을 써본 사람은 안다. 흘려보낸 과거가 의미 있게 재구성된다는 사실은 열심히 살아온 인생이 결코 하찮은 게 아니었다는 증명서와도 같다.

대학 시절에 부모와 대판 싸우고 집을 나온 선배가 후배들에게 이런 어록을 남겼다.

"효도? 그런 건 없어. 부모가 자식에게 바라는 건 부모한테 자랑할 거리를 만들어주는 것뿐이야. 더도 덜도 아닌 딱 그거야. 딴 건 다 필요 없어."

잘나가는 형만 편애하는 부모에게 반기를 들고 늘 어깃장만 부리던 사람의 입에서 나옴직한 말이었다. 나는 그 말을 이해하지 못했다. 그때만 해도 마음을 과신하던 때였고 이 세상에 마음 없이 이루어지는 일, 마음을 속이는 일이 그리 많다는 걸 아직은 모르던 때였다. 훗날 세상이 나를 속이고 내가 세상을 속이고 내가 나를 속이는 세월이 훌쩍 지나간 다음, 나는 그 말의 진의를 조금씩 알아챘다. 아직도 완전히 다 안다고 할 수는 없다. 그 사람에게는 그런 말을 할 만한 배경이 있고 그 삶은 독자적인 것이라 다른 삶을 사는 나로서는 온전히 이해하기 어려웠다. 하지만 그 선배의 말은 다른 여러 상황에서 나를 각성시켰다. 이 세상은 내가 아는 것보다 더 교활하고 잔인한 원리에 의해 돌아간다는 체념은 뜻밖에도 나의 낙관을 지켜주었다. 이 정도면 뭐 과히 나쁘지 않은 걸, 세상과 거리를 유지할 수 있었다. 나쁜(나쁘다고 욕먹는) 사람에 대해서도 편견을 덜 갖게 되었다.

누구나 실패한다. 진실을 말하자면 성공보다 실패가 훨씬 더 흔하다. 일이든 연애든 하다못해 습관 고치기든 성공하기보다 실패하기가 더 쉽다. 그걸 사람들은 인간적이라고까지 말한다. 실패가 그렇게 흔한데도 우리는 왜 실패를 인정하려 하지 않을까. 변명하고 핑계대고 거짓말까지 해서 성공한 것처럼 자기 삶을 포장하려는 걸까. 그렇다고 콩이니 팥이니 지적할 수도 없다. 엄청난 스트레스를 감수하면서도 모든 것에 의미를 부여하고 폼을 잡으려는 게 인간이다. 인간이란 원래 그런 존재다. 그러니 가엾게 여기고 눈 질끈 감고 봐줘야 한다. 때로는 역성도 들어주고 토닥거려주기도 해야 한다. 그 역할을 제일 잘하는 사람이 소설가다. 시시비비를 따져서 자신의 체면을 깎는 친구보다 "그래, 그래, 괜찮아. 그럴 수도 있지"라고 말해주는 친구가 더 인기가 많다. 자연인으로서는 그러지 못해도 소설가는 솔직하게 삶의 진실을 밝혀야 한다. 실패로 점철된 인생을 사는 게 인간임을, 길게 보면 실패나 성공이나 똑같이 내 인생의 구성요소임을 간곡한 목소리로 말해야 한다.

솔직하지 않은 글은 누구에게도 감동을 줄 수 없다. 내 인생에 대해 솔직하게 쓸 용기가 없다면 가까운 사람, 내가 들었던 이야기에서부터 시작해보라. 영원히 바뀌지 않을 예술창작의 모토는 '구슬이 서 말이라도 꿰어야 보배'라는 속담이다. 흔히 할머니들이 말하듯이 내 인생을 소설로 쓰면 열 권으로도 모자란다는 말과도 통하는데 열 권 아니라 100권이 넘는 양이라도 쓰지 않으면 소용이 없다. 소설은 경험만으로 쓰는 게 아니고 쓰겠다는 의지와 능력이 있어야 쓸 수 있기 때문이다. 구슬 몇 개라도 꿰는 순간에야 자기 인생의 주인이 되어 그 실체를 파악할 수 있다.

짐작과 달리 우리는 자기 자신에 대해서 잘 모른다. 알고 싶어 하지 않고, 알려고 하지도 않으며, 알고자 노력할 기회도 별로 없었다. 예술가나 정신과의사, 심리학자 정도가 인간의 본질과 내면에 집중하지 생활인은 그럴 여유도 이유도 없다. 삶에 큰 문제나 장애가 발생했을 때에야 비로소 '나'를 들여다보게 된다. 어쩌다 내가 이렇게 되었을까, 한탄하다가 어려움을 극복하고자 하는 의지를 가지면서 마침내 자신을 들여다보게 된다.

작가는 실패나 좌절, 절망의 이야기를 그려줌으로써 그 과정을 미리 학습시킨다. 그게 독서의 역할이다. 독자는 소설을 읽고서 내면에 도사리고 있는 진실과 마주하고 자신에 대해 조금 더 알게 된다. 그러니 그걸 써낸 작가는 자신과 인간에 대해 얼마나 많은 생각을 했겠는가. 늘 떠나지 않고 괴롭히는, 그래서 너무나 많이 생각했고 내 인생 대부분을 차지하는 그 문제, 내가 통달한 문제, 지긋지긋할 정도로 잘 아는 이야기, 그것을 써야 한다. 그래야 공감과 감동이 일어난다. 거기까지 도달하려면 많은 시간과 노력이 필요하다. 일단 많이 써야 한다. 처음에는 깊숙한 곳에 있는 이야기들이 잘 나오려고 하지 않는다. 차마 그 이야기까지는 하지 못한다. 많은 글을 써서, 표면의 이야기는 더 이상 쓸 게 없을 때 비로소 속이야기가 삐죽이 고개를 내민다. 그때쯤이면 필력도 늘고, 세상에 대해서도 더 많이 알게 되어 배짱이 생긴다.

'그래, 인생 뭐 있어? 다들 그러고 사는데 나라고 별 수 있나. 속 시원히 얘기나 해보자.'

이때 써내는 첫 문장, 이게 보석이다. 그 다음엔 그 첫 문장을 물고 늘어지며 꼬리에 꼬리를 물고 이야기를 봇물 터지듯 써내는 것이다. 여기에 엄청난 카타르시스가 있다. 소설 쓰기가 웬만한 정신과상담보다 상처를 치료하는 데 더 효과적이라는 말을 작가들은 흔히 한다.

실제로 정신과에서도 치료과정에서 글쓰기를 시킨다. 말로 못 하는 것을 글로는 쓸 수 있는 경우가 많다. 글이라는 중간매개체를 거치면서 마음이 편안해지고 이완되기 때문이다. 긴장을 하면 잘하던 것도 못하게 되니까 어떻게든 정신의 억압을 풀어내야 한다. 우리는 이미 넘치도록 많은 소재를 가지고 있다. 거기서 가장 잘 아는 것을 빨리 끄집어내서 붙들고 늘어져라. 다른 편법은 없다. 그것만이 왕도다.

내가 이 책을 쓴 이유는 소설을 쓰고자 하는 사람, 문예창작과를 다니는 학생이든, 문학에 대한 아무런 지식 없이 소설 한번 써볼까 하는 사람이든, 소설이 무엇인지 공부하는 과정에서 소설 쓰기를 어려워하지 않기를 바라는 마음에서다. 두려움 없이 인물을 만들어서 첫 문장을 시작하고 그 인물이 이 세상을 살아가도록 길을 터주길 바란다. 장담하건대 그 일을 해냈다면 분명 소설 쓰기 이전과는 다른 사람이 된다. 겉으로는 달라진 게 하나도 없다 하더라도 분명 세상을 보는 눈은 많이 달라졌을 것이다. 그냥 보던 것을 깊고 진하게 봐야만 소설을 쓸 수 있고 그것이 소설가의 본능이기 때문이다. 남의 소설을 읽는 눈도 달라진다. 보는 눈이 정교해진다는 말이다. 파리의 택시운전사 홍세화의 말에 따르면 '독서는 사람을 풍요롭게 하고 글쓰기는 사람을 정교하게 한다.'

나의 진짜 모습을 알게 되는 것을 두려워 말라고 말하고 싶다. 나를 만나러 가는 길, 나쁘지만은 않다. 부디 이 여정에서 기쁨을 얻고 함께 머리를 맞대고 소설이라는 산을 무사히 넘어갈 수 있기를 바란다.

소설을
창작하는
작가라는 사람

욕망을 가진 존재로서의 인간은 실패와 오류를 밥 먹듯 저지른다. 그럼에도 멈추지 못한다. 욕망의 바늘이 그곳을 가리키고 있기 때문이다. 망할 줄 알면서도 어리석은 선택을 하는 인간, 그러다 폭삭 망한 인생은 도처에 널려 있다. 현실의 삶에서 포용하지 못하는 인간을 다른 각도로 바라보고 묘사하는 것. 소설가가 해야 하는 일이 바로 그것이다. 독자들은 소설에서 훌륭한 사람을 만나고자 하는 것이 아니다. 나와 비슷한 인간, 나와 똑같은 실수를 하는 인간, 나처럼 나쁜 짓을 하고 고통스러워 하는 사람을 만나 소설이라는 가상공간에서 동병상련하기를 원한다.

등장인물을
창조한
조물주

"나는 과연 소설가가 될 수 있을까?"

문학을 전공하거나 문학을 애호하는 사람이라면 한번쯤 이 생각을 해봤을 것이다. 소설가가 되고 싶다, 라는 말보다 소설가가 될 수 있을까, 라는 말을 더 많이 하는 이유는 뭘까. 소설을 쓴다는 건 너무나 엄청난 일이라서 내가 감히 그걸 해낼 수 있을지 의심하는 것이다. 게다가 그것을 직업으로 삼는다는 건 언감생심 꿈도 못 꿀 일이라고 시도도 안 해보고 포기하는 사람도 많다. 그만큼 어려운 과정을 거쳐야 하기 때문에 실제로 소설가의 숫자는 얼마 되지 않는다. 천명도 안 되는 데다 활발히 활동하는 소설가의 숫자는 훨씬 더 적다.

나도 예외는 아니다. 초등학교 때부터 소위 문학소녀였고 백일장에서 상도 몇 번 받았기 때문에 학창시절 내내 문학과 친숙한 사람이

었다. 대학에서도 비록 영문학이지만 문학을 전공했고 문학동아리
활동도 열심히 했다. 그래도 작가가 되고 싶다는 꿈을 차마 남 앞에
서 발설할 수 없었다. 그랬다면 사람들은 네가? 하는 뜨악한 얼굴로
나를 쳐다봤을 것이다. 그만큼 창작을 하는 일은 누구나 대단한 일이
라고 생각한다. 누군가를 만나서 직업이 뭐냐고 물어 소설가라고 하
면 열에 아홉은 이렇게 반응한다.

"어머, 그러세요? 저 소설가 처음 만나봐요."

소설가의 숫자도 워낙 적은 데다 한정된 자기 공간, 독방에서 일
하고 잘 돌아다니지 않기 때문에 그럴 것이다. 내가 소설가가 되어야
겠다고 결심한 건 몇 개의 직업을 거친 뒤였다. 글을 쓰고 싶다는 꿈
을 도저히 버릴 수가 없어서 이제 더는 헤매지 말고 내가 하고 싶은
일을 해보자고 굳게 마음먹었다. 당시에는 결심뿐이었지 어디서부
터 뭘 어떻게 시작해야 할지 막막했다. 맨 땅에 헤딩하는 기분, 딱 그
거였다. 혼자 소설거리가 될 만한 것들을 생각하며 끼적거리고, 신간
소설을 사다놓고 읽고 소설작법 책도 몇 권 독파했다.

그러면서도 내가 소설가가 될 수 있다는 확신을 갖지 못했다. 마
음 저 밑바닥에는 언제나 내가 과연 작가가 될 수 있을까? 하는 의혹
이 도사리고 있었다. 그 뒤에 내가 과연 소설을 쓸 수 있을까? 하는
원초적인 불안이 있었다. 어쨌거나 말이 되든 안 되든 일단 쓰기 시
작했고 여기저기 알아보다가 소설창작 강의를 듣게 되었다. 그때 느
낀 첫인상은 소설이라는 게 내가 알던 것과 사뭇 다르구나, 였다. 예
전에는 소설을 내가 쓰고 싶은 '이야기'를 줄줄이 엮어내면 되는 걸로

생각했었다.

"소설은 과학이다."

지금까지 뇌리에 박혀 있는 이 말은 소설을 가르치는 스승님께 처음 들었다. 마른하늘에 날벼락과도 같은 말이었다. 문학더러 과학이라니. 나는 그 말을 이해하는 데 십 년을 바친 셈이다. 소설이라는 형식을 통해 내가 하고 싶은 이야기를 하는 데는 많은 도구들이 필요했다. 못이나 망치, 줄자뿐만 아니라 중장비까지 갖추어야 소설이라는 집을 지을 수 있었다. 처음에 등장인물을 어떻게 만들어야 하느냐, 에서부터 구성과 에피소드, 은유와 상징, 퇴고가 뭔지를 배웠다. 건축가의 눈으로 그것이 적재적소에 잘 배치되었는지 수시로 확인해야 했다. 그래야 재미와 감동을 선사하는 소설, 독자의 눈길을 붙잡는 흥미로운 소설이 만들어지는 것이다. 작가는 무엇보다 문장을 목숨처럼 여기고 갈고닦아야 한다는 점도 가슴 깊이 새겼다.

이 엄청난 일을 누가 할 수 있다고 자신 있게 남 앞에서 말할 수 있겠는가. 속생각으로만 언젠가는 멋진 소설을 하나 써야지, 하면서 매일 말도 안 되는 글들을 썼다. 끊임없이 자신을 의심하고 반성하고 회의하고 고민하며 다시 힘을 내서 암중모색의 시간을 쌓아갔다. 이런 때는 다른 사람의 소설을 읽어도 의미가 남다르다. 아, 이 사람은 인물을 이렇게 묘사했네, 여기서 장면전환을 이렇게 했구나, 계속 머리를 끄덕이며 거의 분석하듯이 독서를 하게 된다. 어떤 날은 언제 이런 소설을 완성하나 싶어서 암담한 마음에 한 줄도 더 읽지 못하고 아예 책을 덮어버릴 때도 있다. 그러다 어느 날 이런 순간이 찾아왔다.

'아! 그 사람 얘기를 한번 써보자.'

인물 하나가 머리에 딱 꽂히는 순간이었다. 아마 나의 내면에서 오래 숨죽이고 살았던 어떤 인물일 것이다. 아니면 벼락같이 떠오른, 소위 영감일 수도 있다. 늘 사람들을 관찰하고 그들의 이야기에 귀 기울이다 보면 이 순간은 언젠가는 찾아온다. 이렇게 인물이 떠올랐다면 큰 강은 건넌 셈이다. 그때부터 그 인물을 생동감 있게 살아 움직이도록 만들면 된다. 자나 깨나 앉으나 서나 그 인물에 대해 생각해야 한다. 어떤 때는 꿈에도 나타난다.

'아, 그 사람한테 이런 말을 하게 해야겠구나.'

'그 옷은 너무 촌스럽고 나이에 맞지 않아.'

'머리도 좀 길게 하고 인상은 약간 신경질적인 사람으로 그리자.'

'뚱뚱하고 다리를 약간 절룩이는 사람으로 할까?'

뭐 이런 생각들이 머릿속에 끊임없이 나타났다 사라진다. 잘 생각이 나지 않을 때는 다른 소설과 잡지도 뒤적이고 연속극도 유심히 본다. 이게 바로 캐릭터와의 동고동락이다. 캐릭터가 잘 살고 못 살고는 다 조물주인 창작자의 손에 달려 있는 것이다.

현실과 소설,
두 개의 삶을
사는 사람

창작을 하는 동안은 머릿속이 등장인물의 인생으로 가득 차 있다. 이런 사람이 현실생활을 잘할 리가 없다. 약속을 까먹거나 찌개를 태우거나 양말을 뒤집어 신는 일 따위는 약과에 속한다. 글이 잘 풀리지 않을 때는 괜히 시무룩해지고 말이 없어진다. 급기야 엉뚱한 데다 짜증을 내다가 욕이나 얻어먹는 일이 비일비재다. 좌충우돌의 연속이다. 그래서 예술가는 고독하다는 말이 나왔을 것이다. 그 속을 누가 알아주겠는가? 그저 혼자 애면글면 속을 끓이면서 꾸역꾸역 해나간다. 괜히 속사정을 털어놓았다간 빈정거림의 대상이 되기 십상이다.

현실과의 균형, 조율, 그것만 잘해도 소설가는 불행하지 않다. 그것이 얼마나 어려운가는 소설을 조금이라도 써본 사람이라면 안다. 집중해서 쓸 때는 거의 미쳤다고 말할 수밖에 없는 상태에 빠진다.

오래 하다 보면 나름대로의 노하우가 생겨서 현실과 어느 정도 호흡을 맞추고 조화를 이루는 법을 터득하게 되니 너무 걱정할 필요는 없다. 글 쓰는 사람의 마음가짐이 가장 중요하다. 나는 이렇게 저렇게 생활하는 작가가 되고 싶다는 그림을 갖고 있으면 진짜 그런 방식으로 살아간다.

현실과 소설 속 공간, 두 개의 삶을 산다고 해서 꼭 나쁜 것만은 아니다. 현실에서는 도저히 이해할 수 없는 사람도 소설에서는 다른 시각으로 바라보고 평가할 수 있어서 인간에 대해 너그러워진다. 너그러워진 만큼 사람을 잘 이해할 수 있다. 왜 그는 살인을 하게 되었을까? 왜 그녀는 그를 버렸을까? 현실과 달리 소설에서는 숨겨진 진실의 한 부분을 보여주어야 한다. 도덕적인 기준으로 옳고 그름을 판단하는 것은 소설가의 역할이 아니다. 욕망을 가진 존재로서의 인간을 그려내는 것이 소설이라는 점을 잊지 마라. 알코올중독자한테 술을 끊어야만 하는 당위성을 아무리 이야기해봤자 왜 알코올중독자가 되었는지에 대한 이해보다 힘도 없고 설득력도 없다.

소설가가 해야 하는 일이 바로 현실의 삶에서 포용하지 못하는 인간을 다른 각도로 바라보고 묘사하는 것이다. 독자들은 소설에서 훌륭한 사람을 만나고자 하지 않는다. 나와 비슷한 인간, 나와 똑같은 실수를 하는 인간, 나처럼 나쁜 짓을 하고 고통스러워 하는 사람을 만나 소설이라는 가상공간에서 동병상련하기를 원한다.

이 사회에서
작가란
어떤 존재인가

작가는 짓는 사람이다. 우리는 소설가를 작가라고 부르지만 예술계에서는 사진작가도 화가도 도예가도 다 작가라고 부른다. 없던 것을 만들어서 세상에 내놓는 사람은 다 작가다. 여기서는 작가를 소설 쓰는 사람으로 한정한다. '문文'을 숭상하는 우리 문화에서 작가는 오랫동안 학자 수준으로 대접받던 직업이다. 그만큼 공부도 많이 해야 하고, 작품을 만들어내기 위한 노력도 뒷받침되어야 한다. 정신세계가 보통사람보다 깊고 높아야 할 수 있는 일이라고 믿어왔다.

그렇다면 지금 소설가의 위상은 과연 어떨까? 웃음보다 한숨이 먼저 나오는 사람이 많을 것이다. 풍문으로 떠도는 말 중에는 달갑지 않은 평가가 더 많다. 언제부터 자식이 소설을 쓴다고 하면 부모가 말리는 시대가 되었는가. 내가 기억하는 한 언제나 그랬던 것 같다. 돈을 못 번다는 표면적인 이유는 결코 작은 이유가 아니다. 생존을 목숨처럼 여기던 세대에게는 절체절명의 이유였다. 돈을 못 번다는 건 바로 죽는다는 뜻으로 이어진다. 그래서 많은 재능 있는 문학청년들이 작가의 길을 가지 못했다. 옛날 같으면 소설가가 되었을 스토리텔링 능력이 있는 많은 사람들이 영화계로 갔다. 나라에서 작가를 먹여 살린다는 생각을 꿈에도 할 수 없었던 개발도상국에 태어난 비애였다.

지금은 일정한 완성도를 유지한 작품을 써내는 작가에게 나라에서 창작기금 형태로 지원을 해준다. 생계를 이어갈 수 있는 액수는 아니고 다음 작품을 쓸 힘을 얻는 정도. 무엇보다 소비 중심의 자본주의사회인 한국에서 돈을 별로 못 번다는 것은 여러모로 체면이 서지 않는 일이다. 작가가 체면이 설 정도로 돈을 벌려면 정말 오랜 숙련기간이 필요하다. 몇몇 행운아들에게 해당되는 이야기지만 베스트셀러를 만들어내야 한다. 이렇게 전도양양과는 거리가 먼 미래의 모습 때문에 부모들이나 친구들이 작가가 되는 것을 말린다. 그에 앞서 당사자가 작가의 길을 얼른 선택하지 못하고 망설인다.

또 한 가지 이유는 직업의 불안정성이다. 가난이 유전자에 새겨질 만큼 혹독한 가난을 겪은 민족이기 때문이겠지만 불안정한 것을 본능적으로 피한다. 불안정은 곧 실패고 몰락으로 간주한다. 매달 일정한 월급이 통장에 들어오는, 고정수입이 보장되는 공무원이 되거나 일류기업에 취직하는 것을 최고로 친다. 지금은 평생직장이라는 개념이 없어져서 그조차 믿을 수 없게 되었지만 말이다. 대신 전문직이라는 분야가 또 대세가 되었다. 따지고 보면 작가만큼 철저한 전문직도 없는데 수입이 보장되지 않는다는 이유로 전문직이라 부르기를 꺼려 한다.

소설가가 되는 순간 인생에 물음표가 늘어난다. 좋은 작품을 써낼 지도 의문이고, 그걸 출판해줄지, 많이 팔릴지, 밥은 먹고 살 수 있을 지도 미지수다. 그 알 수 없는 길로 과감히 뛰어든 사람들이 작가다. 그렇다고 해도 거기에는 마땅한 대비책이 있어야 한다. 먹고사는 문제를 제대로 해결해야 다 잊고 소설에 몰두할 수 있기 때문이다.

요즘은 문단도 풍토가 많이 바뀌었다. 예전처럼 문학을 신성시하고 작가에게 높은 도덕성을 요구하지 않는다. 여론을 주도하는 우월한 직업군이라는 생각 자체가 없다. 우리나라가 그만큼 고학력사회가 되어서 작가가 보통사람보다 특별히 나을 게 없다는 것도 이유다. 무엇보다 문학도 돈을 잘 벌고 인기를 얻고 즐기면서 할 수 있는 일이어야 한다는 쪽으로 인식이 바뀌어간다. 그냥 일반적인 직업 중 하나일 뿐이다. 그러니 열심히 일해서 살아남는 방법을 무엇이든 만들어내자. 작가들 사이에서도 그런 생각이 지배적이다.

베스트셀러가 될 만한 책을 기획해서 집필하기도 하고, 남의 책을 대신 써주는 유령작가 노릇도 한다. 그쪽에서 재능을 발휘할 수만 있다면 그것도 글쓰기의 한 분야로 인정받을 수 있다. 작가도 먹고 살아야 하는 인간이니까. 원고료가 오랫동안 입금되지 않아서 혹시 일처리가 잘못됐는지 알고 출판사나 잡지사에 전화를 하면 귀찮다는 듯이, 때로는 경멸의 어조로, 선생님 돈 좋아하시나 봐요? 묻더라는 일화는 유명하다. 당연히 돈을 좋아하지 그러면 싫어하나. 작가는 밥 안 먹고 사나. 작가가 돈을 좋아하면 안 된다는 사회적 편견도 많이 교정되었지만 여전히 우리의 잠재의식에 작가는 뭔가 남달라야 한다는 생각이 깔려 있다.

여기에 모순이 있다. 돈도 잘 벌고 돈의 흐름도 잘 알고, 처세에도 요령 있고, 세상 살아가는 이치에 밝은 사람 중에 탁월한 문장력으로 글을 잘 쓰는 사람이 드물다는 점이다. 소설은 믿기 힘들 만치 고도의 집중력으로 매진해야 하는 장르다. 엄청난 에너지가 소비되는 일이라 그걸 제대로 해내면서 세상사에도 밝을 수 없다는 게 딜레마다. 우리의 에너지는 한정되어 있고 한곳에 쏟았는데 다른 게 눈에 들어올 리 없다. 사실 관심도 별로 없다.

이런 배경이니 소설가의 숫자가 적을 수밖에 없다. 망설이느라 소설 쓴다고 덤비는 데도 시간이 많이 걸린다. 일단 이 세계에 발을 들여놓으면 그때부터는 마수에 걸려든 거다. 힘들어도 빠져나가기가 어렵다. 조금만 더 하면 될 것 같고, 실제로 조금씩 실력이 늘기 때문에 주저앉아 버티게 된다. 그렇게 해서 오래 버틴 사람은 결국 살아남는다. 우직한 사람이 승리하는 것이다. 그 느린 속도, 그 성에 안 차는 수입이 싫은 사람은 떠나고 자신에게 맞는 다른 살길을 찾으면 된다.

이미 소설가가 된 경우를 이야기하자면 늘 경제적인 압박감에 시달리기 때문에 온갖 글을 다 쓰지만 누구보다 자기 직업에 대한 만족도는 높다. 돈 걱정은 할지언정 소설 쓰는 일 자체에 대해 회의하는 사람은 많지 않다. 몇몇 나이 든 작가가 힘이 빠져서 더 이상 소설을 쓸 수 없을 때 자기합리화로 "그깟 소설은 써서 뭐해?"라고 말하기는 하지만 그게 진심이 아니라는 건 누구라도 안다.

'그깟 소설'이 몇 백 년 동안 훌륭한 작가들에 의해 면면히 이어져 오고 있다. 소설은 삶의 무게에 시달리는 인간의 친구 노릇을 해왔다. 그래서 소설가들이 잡다한 아르바이트로 생계를 이어가면서도 소설 쓰기에 집착하는 것이다. 어떻게든 10년만 버티면 출판사든 어디든 오라는 데가 있다. 한 가지 일을 묵묵히 꾸준히 10년 동안 해보는 경험, 일생에서 한번쯤 도전할 만한 일이다. 소설 쓰기가 그토록 해보고 싶은 일이라면!

소설과
소설가

작가로서
가져야 할
자세

모든 고정관념을 다시 생각하라

반복되는 이야기가 될지 모르지만 소설가는 우리가 지켜야 할 법이나 도덕, 관습의 눈으로 세상을 바라봐서는 안 된다. 사회적 기준으로 규정할 수 없는 인간, 그 테두리 안에 들어오지 않는 삶을 그려야 한다. 《호밀밭의 파수꾼》이라는 소설을 예로 들어보자. 이 소설의 주인공 홀든 콜필드는 현실의 기준으로 보면 천하의 패륜아, 문제아다. 나쁜 짓이란 나쁜 짓은 도맡아 하다가 학교에서 쫓겨나지만 센트럴파크의 연못에 있는 오리들이 겨울에 물이 얼면 어디로 가는지 걱정하는 따뜻한 내면의 소유자였다. 바로 그런 점을 찾아내는 것이 소설가의 일이다.

입체적인 인물이 소설적 인물이다. 직선이나 평면이 아닌, 공간과 양감을 지닌 인간을 그려야 한다. 이 세상에는 100퍼센트 나쁜 사람도 없고 100퍼센트 좋은 사람도 없다. 아무리 형편없는 사람도 장점이 있고 아무리 훌륭한 사람도 단점이 있다. 이미 세상이 평가한 기준으로 인간을 바라보지 말고 열린 눈으로 그들을 관찰하고 인간의 진실을 발견해낸다.

배면을 읽어라

고정관념에 사로잡히지 않으려면 인간과 상황의 배면, 이면을 읽어야 한다. 요즘 심심찮게 뉴스에 등장하는 근친살인사건을 예로 들어보자. 자식이 부모를 죽였다. 이것은 구제 받을 수 없고 용서 받을 수도 없는 중죄다. 하지만 그 이면을 들여다보면 자식은 어릴 때부터 평생 동안 부모에게 학대를 받아서 정상적인 사고를 할 수 없는 상태의 인간이 되었다. 이 사람을 단지 가해자, 범죄자라고 간단히 말할 수 있을까? 그 역시 피해자의 한 사람이다.

세상에는 복잡하고 부조리하고 불공평하고 부당한 면이 있고 그 속에서 많은 사람들이 희생당하고 고통을 겪는다. 우리가 지켜야 하는 법이나 도덕의 눈으로는 그 고통을 볼 수 없다. 그것을 찾아내 그들을 위무해주는 사람이 소설가다. 어떤 사람은 소설가를 무당에 비유하기도 한다. 인간의 영혼을 달래주는 씻김굿, 해원굿을 해준다고 믿기 때문이다.

소설과
소설가

인간이라는 존재는 양파처럼 여러 겹으로 되어 있다. 〈일식〉을 쓴 일본 소설가 히라노 게이치로는 그것을 분인分人이라는 개념으로 설명했다. 회사에 가서 생활하는 나, 가족과 함께 있을 때의 나, 연인을 만났을 때의 나, 혹은 군대에 갔을 때의 나, 화장실에서 수돗물 틀어놓고 우는 나, 혼자 자기 방에서 남을 저주하는 나. 수많은 얼굴들이 한 인간 안에서 아웅다웅 살아간다. 어떤 상황에서도 살기 위해 거기 맞춰서 변하는 것이 생명체의 본성이다. 유니폼의 위력에 대해 들어봤을 것이다. 죄수복을 입혀서 감옥에 넣으면 2주일 안에 범죄자처럼 행동하게 된다는 사실이 실험을 통해 밝혀졌다. 군대 가면 얼마 안 가 학력이나 인격에 상관없이 다 똑같아진다는 농담도 같은 맥락이다.

복잡다단한 인간이 특별한 상황에 던져졌을 때 하는 행동, 그것을 포착해서 그려주고 새로운 양상을 발견해내는 일이 소설 쓰기다. 어떤 때는 현미경을 동원하고 어떤 때는 망원경을 쓴다. 또 다른 때는 그냥 맨눈으로 바라보아야 한다. 때로는 마음의 눈도 필요하다.

프로페셔널한 작가정신
— 나는 왜 이 글을 쓰는가

처음 글을 쓰기 시작했을 때도, 무슨 주제로든 능수능란하게 글을 쓸 수 있게 된 때에도, 중요한 건 글의 품질이다. 어쩌다 한 번은 태작을 낼 수도 있다. 사람이 살다 보면 아무리 애를 써도 도저히 힘이 나오지 않아 글이 엉성할 때가 있다. 그것이 한두 번을 지나 세 번까지 반복된다면 사람들은 그 사람의 실력을 의심하기 시작한다.

작가는 가까운 사람이 읽을 메모나 편지를 쓰는 것이 아니다. 작가가 쓴 글은 시장에 나와 곧바로 상품이 된다. 불특정다수의 사람이 내 글을 돈 주고 사서 읽는다. 내용이 형편없을 때 어디다 대고 말은 못 해도 독자는 그 책을 물리고 싶을 것이다. 책을 잘못 선택한 책임이 자신에게도 있으니 참긴 하지만 다시는 그 작가의 책을 사지 않는 것으로 복수한다.

그럼 좋은 글이 무엇인가, 좋은 소설이 무엇인가에 대해 이야기해 보자. 답은 간단하다. 독자가 감동할 책, 독자의 마음을 사로잡는 책이다. 그렇다면 어떻게 해야 그런 글을 쓸 수 있을까. 방법은 각자 찾아내야 한다. 하나 제안할 수 있는 것은 어떤 글을 쓰든지 내가 이 글을 왜 쓰는지 확실히 나타나야 한다는 점이다. 쓰는 사람도 읽는 사람도 그게 가장 중요하다. 포인트를 찾아라. 내가 이 글을 정말 쓰고 싶어서 썼다, 내 기를 다 쏟아부었다, 최소한 책값은 할 것이다, 등등의 의사표시다. 나탈리 골드버그는 자신의 저서 《뼛속까지 내려가서 써라》에서 이렇게 말한다.

"수업을 할 때 학생들에게 '뼛속까지 내려가서 쓰라'고 요구한다. 자기 마음의 본질적 외침을 적으라는 말이다."

글쓰기 관련 책 중에서 상당히 오래 사람들의 사랑을 받은 책인 만큼 핵심을 찌른다. 이 간단한 말을 실천에 옮기기는 결코 쉽지 않다. 마음에도 여러 층위가 있어서 단계적으로, 내가 정성을 쏟은 만큼 깊은 곳까지 내려갈 수 있다. 마음의 표피층을 지나 마지막으로 뼈에 가 닿아야만 작가가 되는 것이다. 그러니까 작가는 자기 뼛속의 말을 할 줄 아는 사람이다. 어느 날 자신이 더 이상 뼛속의 말을 꺼내서 쓸 수 없을 때 작가의 생명은 다한 것이다. 작가 노릇을 하는 동안은 무슨 방법을 동원해서라도 뼛속에 양분을 많이 저장해야 한다. 필요할 때마다 야금야금 꺼내서 자신의 문장으로 만들어낸다. 피부나 지방층에서 꺼낸 이야기로 적당히 때우지 않도록 관리해야 생명력이 지속된다.

뼛속에다 영양분, 즉 글감을 저장하기 위해 우리는 책을 읽고, 여행을 하고, 사람을 만나고, 세상을 관찰한다. 글을 쓰다 스스로 지쳐 조울증에 걸리지 않도록 늘 몸과 마음을 일정한 평형상태로 유지한다. 운동도 하고 산책도 하고 명상도 한다. 무엇보다 세상을 향한 눈과 귀를 열어두기 위해 마음이 굳지 않도록 마음을 '관觀'하는 노력을 멈추지 않는다. 작가가 평생 써먹어야 할 것은 자신의 마음과 생각과 태도다. 간단히 이렇게 정리할 수도 있다.

"좋은 글을 쓰기 위해서 나의 마음과 생각과 태도의 품질과 수준을 향상시켜야 한다."

열정을 잃는 순간, 마음이 집중과 몰입에서 멀어지는 순간, 문장은 힘이 빠지고 글에서 영혼이 느껴지지 않는다. 나의 문장은 내 영혼의 거울임을 잊지 말기 바란다.

몇 번 소설을 써봤다면 이미 느꼈을 것이다. 소설에 대한 생각이 깊어지고 수정과 퇴고를 거듭하면서 소설 속에 오래 머무를수록 작품이 발전하지 않았는가. 작가는 그것을 오래 지속적으로 열심히 하는 사람이다. 내가 쓴 글이 바로 밥이 되는 것이 작가의 삶이다. 그건 선택이 아니라 필수다.

무엇을
이야기하고
싶은가

자신이 소설로 표현하고 싶은 세계를 늘 생각하라

소설을 쓰겠다고 처음 창작 강의를 들으러 온 사람들은 대부분 말한다.

"나는 꼭 소설로 쓰고 싶은 이야기가 있습니다."

아버지 이야기, 어머니 이야기, 자신의 이야기, 자식의 이야기, UFO 이야기, 혹은 원수의 이야기 등 각양각색의 얘깃거리를 들고 온다. 소설을 쓰고 싶게 만든 동기는 사람의 얼굴만큼 제각각이다. 그 동기 없이 소설을 쓰겠다고 나서기는 쉽지 않다. 가족사에서부터 환경문제, 사랑과 이별, 자본주의 사회의 모순, 이념에 관한 성찰, 주제도 다양하다. 요새는 전문작가들이 등장하고 있는 추세라 경제, 예술, 종교, 자서전 등, 자기 집필분야를 가진 작가도 많다. 의학, 범죄,

스릴러 같은 장르 문학의 활동도 활발해지고 있다.

'나는 이 이야기를 꼭 하고 싶은데 어떻게 써야 하지?'

그 생각이 머리에서 떠나질 않는다면 언젠가는 그 이야기를 써야한다. 개중에는 소설을 쓰다가 중간에 주제가 바뀌는 사람도 있다. 처음에는 가족사에 대해 쓰려고 소설을 시작했는데 쓰다 보니 자기 속에서 전혀 다른 것들이 튀어나온다. 내면의 신세계를 발견한 경우다. 소설을 쓰기 전까지는 자기 안에 그런 게 있다는 것조차 알지 못했다. 내 존재, 내 고통의 뿌리는 그거였구나, 뒤늦게 깨닫고 뜨거운 눈물을 흘린다. 어떤 경우든 시작을 해봐야 자기가 진짜 하고 싶은 이야기의 정체를 알 수 있다. 그 이야기를 해야만 그 문제에서 벗어나 다른 것들에 눈이 가고 다른 이야기를 할 수가 있다. 소설가 은희경은 말했다.

"소설가의 내면은 우물과 같아서 윗물을 퍼내야만 아랫물이 고입니다."

작가 자신도 윗물을 퍼낼 때까지는 아래에 그렇게 많은 물이 고일 줄 몰랐다는 뜻이다. 윗물을 퍼내야만 아랫물을 만날 수 있다. 처음부터 아랫물을 먼저 밖으로 퍼낼 수는 없다.

언제나 생각만 하고 궁리만 해서는 절대 꽁꽁 숨은 내면을 만날 수 없다. 손으로 문장을 써서 세상의 빛을 보게 해야만 비로소 내면이 자신을 조금 보여준다. 대체 그 심연에 무엇이 도사리고 있는지 절대 한꺼번에 알 수가 없다. 엉킨 실타래를 풀듯이 하나씩 하나씩 써나가다 보면 우리는 점점 더 깊은 곳의 자신과 만나고, 점점 더 심오한 우주의 한 모습과 만날 수 있다. 소설을 쓰려면 생각하고 또 생각하라고 말한 이유도 그 때문이다.

자신의 생각과 감정을 지배하고 있는
그 이야기가 바로 주제다

중·고등학교에서 소설을 배울 때는 주제가 무엇인지 찾는 것이 참 중요했다. 주제와 소재, 입이 닳도록 이야기한다. 하고 있는 이야기가 소재이고 전하고 싶은 속마음이 주제인데 과연 두부모 자르듯이 선명하게 그것을 밝혀낼 수 있을까?

소설가에는 두 부류가 있다. 이건 소설 쓰는 방식에 관한 것인데, 한 사람은 모든 내용이 머릿속에 설계도로 완성되어야 소설을 시작하는 사람이고, 다른 경우는 첫 문장이나 인물, 혹은 어떤 한 장면만 떠오르면 바로 소설을 시작하는 사람이다. 어떤 소설가는 처음부터 모든 것을 다 정해야만 소설이 써진다고 한다. 나는 몇 개의 장면이나 문장만 떠오르면 무조건 시작하는 부류에 속한다. 그러니 주제를 말하기가 어려운 것이다. 어, 난 원래 이 이야기를 하려던 게 아니었는데 어쩌다 엉뚱한 데로 빠지게 됐지, 하면서 고개를 갸웃하는 때가 부지기수다.

소설이 나를 이끌고 가는 대로 따라간다. 소설에 끌려가는 재미가 제법 쏠쏠하다. 오히려 나의 제어가 먹히지 않는 강한 힘으로 소설이 제멋대로 뻗어가길 고대한다. 과연 이 주인공이 나중에 어떤 상황을 만나서 어떤 사람이 될 것인지는 나조차 모른다. 내가 살아온 삶이나 생각이 그 인물에 투사된다고밖에 말할 수 없다. 뜻밖의 결론에 도달해서 스스로도 놀라고 감탄할 때도 많다. 이야기가 이렇게 진행될 줄 정말 몰랐네, 중얼거리면서 혀를 찬다.

소설의 핵심 중 하나는 주인공이 끝에 가서 처음과는 다른 사람이 되어 있어야 한다는 점이다. 주인공은 한 사건을 겪고 난 뒤 전혀 다른 사람이 된다. 다시는 예전의 자신으로 돌아가 살 수 없게 되는 것이다. 한 인물의 변화과정, 인생역정이 바로 소설이다. 여태껏 읽은 소설을 한번 떠올려보자. 아까 말한 《호밀밭의 파수꾼》의 홀든도 재기발랄한 말썽꾸러기였지만 결말에서는 우울한 정신병자가 되고 만다.

어제까지 이 세상에 없던 이야기를 창조해내는 것이 소설 쓰기이고, 소설가의 일이다. 어렵다면 어렵고 쉽다면 쉽다. 어느 경우든 매력적인 일임에는 틀림없다. 그 매력은 집중과 몰입에서 나온다. 인간에게는 무엇이든 자신의 혼을 빼는 몰입의 대상이 필요하다. 그중 극단적인 예가 중독이다. 몰입을 추구하다 보니 중독에까지 이르게 된다. 일단 소설이라는 세계를 방문했다면 소설 쓰기를 열심히, 열렬히, 뜨겁게, 진하게 하기 바란다.

이야기를 만들고 문장을 다듬고 인물과 동화되며 소설을 완성해가는 과정은 즐겁다. 내가 쓴 이야기 속에는 내가 이 세상을 어떻게 바라보고 있느냐가 고스란히 드러난다. 그것이 작가의 세계관이고 그 자체가 주제인 것이다. 따로 주제를 내세울 수도 있지만 그렇지 않다 해도 작가의 생각과 감정이 주제에 갈음하는 역할을 한다.

인물이나 사건이 머릿속을 맴돌기는 하는데 문장으로 써지지는 않을 때가 있다. 체하거나 하고 싶은 말을 참고 있는 것처럼 이루 말할 수 없이 속이 불편하다. 도리 없이 뾰족한 수를 찾을 때까지 견뎌야 한다.

"국수 가락 뽑아내듯 소설이 쉽게 써진다면 별로 매력이 없잖아. 소설 같은 건 뭐하러 쓰나 했을 거야. 쉬운 건 재미없어. 어려워야 도전할 맛이 나지."

말도 안 되는 위안을 해가며 맴도는 생각의 정체를 밝히려고 무진 애를 쓴다. 급기야 한 가지 단서를 찾아낸다. 내 소설이 안 풀리는 이유 중 하나는 너무 잘 쓰려고 하기 때문이다. 내 머릿속에는 고전 수준의 좋은 소설이 롤모델로 자리 잡고 있으니 뭘 쓰고 싶은 의욕이 나질 않는 거다. 힘 빼자, 힘 빼. 깡패가 몸에 힘 빼는 데만 3년이 걸린다는데 하물며 소설가가 문장의 힘을 빼는 데 그 정도의 시간은 기본이지. 그러면서 멍하니 얼마간의 시간을 보낸다. 마음에서 힘을 빼고 느린 호흡으로 가겠다고 해놓고도 조급해지는 건 어쩔 수 없다. 내 마음이 내 마음대로 안 된다는 건 고금의 진리다.

어쨌거나 한참을 버티면 언젠가는 뭐든 떠오른다. 이때는 형편없다고 내던지지 말고 일단 모니터에 그 문장을 타이핑하자. 얼마 만에 건진 건데 그냥 버릴 순 없지. 공원에서 담배꽁초를 주워 피우는 노숙자의 심정으로 그 한 문장을 고이 받들어라. 바닥을 친, 바로 이런 순간이 중요하다. 평소에 하지 않던 생각을 하게 된다. 기름기가 빠진달까. 거품이 빠진달까. 정신의 도약, 일종의 에피파니의 찰나다. 온갖 의미와 이론으로 무장되었던 뇌가 말랑말랑해지면서 사람이 산다는 것이 뭔지 겸손하고 정직한 마음으로 들여다보게 된다. 어쩌면 소설가는 바로 이때, 안 풀리다가 지쳤을 때 건져 올린 한 문장 앞에서 소설가의 정신과 육체로 최적화하는 것이 아닐까 생각한다. 한마디로 쓴맛을 봐야 조금 철이 든다는 뜻이다. 이럴 땐 이상하게 쓴맛도 그냥 쓰기만 하지는 않다. 입안에 오래 머금고 있으면 서서히 단물이 고인다. 멸종위기에 봉착했다는 이야기꾼, 소설가들, 참 이상한 종족이다. 이 정도의 생존력이면 그리 쉽사리 사라지지는 않으리라.

소설과
소설가

나의
글쓰기 목표는
무엇인가?

① 다른 모든 직업을 제쳐놓을 만큼 절실하게 작가가 되고 싶은가?
② 내가 꼭 쓰고 싶은 글이 있는가? 또는 글쓰기가 미치도록 좋은가?
③ 글쓰기에 1만 시간을 투자할 의지와 의욕이 나에게 있는가?
④ 작가로서 자리를 잡을 때까지 겪어야 하는 고독과 가난을 견딜 수 있는가?

글쓰기
목표를
정하라

　소설이 무엇인가, 소설가는 어떻게 살아가야 하는 사람인가에서
시작해서 소설을 시작하는 법, 소설의 세부와 아울러 목표라고도 할
수 있는 소설가의 작업과 작업에 임하는 자세까지 이야기했다. 이제
한 걸음 더 나아가 나는 어떤 소설을 어떻게 쓸 것인가를 공부해보
자. 공부라기보다는 모색과 수련의 과정이다. 여기에서 방점은 소설
보다 '나'에 찍힐 것이다. 내가 쓸 수 있는 소설, 내가 써야 하는 소설
에 대해 조금씩 범위를 좁혀 나가보자.

글쓰기의 최종 목표를 정하라

　목표를 정하는 건 창작에 좀 더 쉽게 접근하기 위해서다. 집중해

야 할 대상, 즉 목표가 있으면 시간과 정신을 효율적으로 쓸 수 있다. 막연히 소설을 쓴다, 작가가 된다는 생각만으로 하루하루 창작에 몰두하기란 쉽지 않다. 구체적인, 눈에 보이는 이정표가 필요하다. 목표는 내비게이터 역할을 한다. 지치고 헤매고 자꾸 길을 잃는 나를 이끌어준다. 목표를 정하기 위해서는 두 가지가 필요하다. 자신이 원하는 것이 무엇인지 확실히 알아야 하고, 자신의 역량이 어디까지인지 파악해야 한다. 소망과 역량을 알면 답이 보인다.

어떻게 해서든 열심히 글을 써서 꼭 작가가 되고 말겠다는 결심을 했다면 거기에 맞는 매뉴얼을 짜면 된다. 나는 작가가 될 생각은 별로 없고 그냥 소설이 뭔지 알고 소설 읽는 재미를 제대로 느낄 고급독자로 남고 싶다면 거기 맞는 방법이 또 있다. 목표가 무엇이든 다 괜찮다. 파워블로거가 되기 위해 글쓰기를 익히는 경우도 있을 수 있고 연애편지나 기획안을 잘 쓰고자 하는 사람도 있을 것이다. 퇴직이나 인생의 전환점에서 자신의 인생을 돌아보기 위해 글쓰기를 선택한 사람도 있다.

고급독자나 파워블로거나 자서전을 쓰고자 하는 사람의 경우에는 큰 문제가 없다. 나 혼자 하는 일이니 나만 만족하면 된다. 글쓰기 기초를 닦고 여러 분야의 책을 읽으면서 생각날 때마다 글을 써나가면 된다. 누가 평가하는 것도 아니고 돈을 받는 것도 아니니 부담이 없다. 하지만 프로페셔널의 길에 나선 작가가 되고자 한다면 이야기가 달라진다. 철저한 사전준비와 노력이 뒤따라야 한다. 돈을 주고 내 원고, 내 책을 사는 사람과의 관계에 대한 책임을 져야 한다. 공생이 되느냐,

공멸이 되느냐, 늘 이 엄중한 화두를 떠올리며 글을 써야 한다. 여기서는 후자의 경우를 다루고자 한다. 우선 사전작업으로 아래의 사항을 점검한다.

얼핏 엄청난 이야기처럼 들리지만 사실 어느 분야에서나 자리를 잡으려면 이 정도 결의와 노력은 있어야 한다. 목표를 설정한 뒤 옆을 돌아보지 말고 열심히 앞을 향해 달리는 수밖에 없다는 뜻이다. 그런 각오 없이 자신만의 문장을 익히고 소설을 완성하는 과정에서 생기는 숱한 좌절과 낙담을 어찌 견디겠는가. 간혹 운이 좋아 큰 어려움 없이 고지에 도달하는 사람도 있지만 그것조차 한시적이다.

글 쓰는 일을 정말 좋아하고 즐긴다면 아무리 힘든 일도 가볍게 넘길 수 있다. 어려움을 극복하는 과정조차 공부가 된다. 많은 사람을 만나고, 여행을 하고, 힘겨운 일을 겪고, 남이 모르는 한 세계를 경험했다면 인생의 그 모든 순간을 글 속에서 다시 한 번 살아볼 수 있다. 글을 통해 나의 오류와 실패도 차분히 돌아보고 위안하거나 해법을 찾을 수도 있다. 좋았던 일이나 대견한 일은 한 번 더 음미해볼 수 있다. 매력적인 일인 만큼 수고가 필요하다고 생각하면 공평하다.

전업작가 혹은 아마추어작가가 될 것인가, 고급독자로 남을 것인가

전업작가가 되려는 결심을 하는 순간, 처음 직장에 들어간 신입사원이 된다고 생각하면 틀림이 없을 것이다. 걸음마부터 배워야 한다. 걸음마 하던 사람이 어느 날 마라톤을 하고 자전거나 자동차를 탈 정도의 실력을 갖출 때까지 쉼 없이 정진해야 한다. 주어와 동사를 겨우 찾아 쓸 수 있던 문장력에서 인물을 창조하고 소설 한 편을 완성하기까지의 작업은 신입사원이 연수를 받고 회사에 적응하는 몇 년의 기간에 비할 만하다. 더구나 소설은 한 편 완성했다고 해서 끝나는 것이 아니다. 새 소설을 쓸 때마다 매번 새로운 회사에 취직한 신입사원이 되는 것이다. 철저한 프로 정신으로 무장한 근기와 뚝심 없이는 불가능하다.

그런데 왜 많은 문학청년들이 소설가가 되려고 하는가?

물리칠 수 없는 매력이 있기 때문이다. 실용적인 부분부터 이야기하자면 인간이라면 누구나 추구하는 자유가 보장된다. 자유가 아니면 죽음을 달라고 할 정도로 절대적인 가치인 자유를 얻는다는 건 결코 작은 유혹이 아니다. 늦게 일어나든 놀러다니든 일을 게을리하든 누가 뭐라는 사람이 없다. 일정한 시간 안에 일정한 수준의 작품만 써낸다면 삶의 내용에 대해 간섭할 사람이 없는 직업이라니 자유를 지상명제로 삼는 사람에게 더할 나위 없는 조건이다. 또 한 가지는 옛날부터 '문文'을 숭상하는 한국사회에서 작가는 비교적 존경받는 직업에 속한다는 점이다. 돈이 제일이고 돈 많이 버는 직업이 최고라는 생각이 지배적이지 않을 때는 작가가 명예로운 직업이었다. 지금은 빛 좋은 개살구의 대표주자가 되었지만 고도의 지성과 정신력을 갖춰야 살아남는 분야라는 점은 부정할 수 없는 사실이다.

실제적인 측면에서 살펴보자. 작가가 될 잠재능력이 있는, 언어감각이 발달한 사람이라면 자기 재능을 맘껏 발휘하고 자신의 최대치를 보여줄 수 있는 창작은 고기 물 만난 듯 행복한 일이다. 머릿속에 떠도는 온갖 잡생각들이 글이 되고 돈이 된다. 나도 언젠가는 베스트셀러를 내고야 말겠다는 허황한 꿈조차 매력 있는 요소다. 더구나 그것을 타인과 공유해서 사랑을 받을 수도, 인기를 누릴 수도 있다. 글의 소재가 괴상하고 특이할수록 환영받는다. 글을 쓰기 시작했더니 글이 점점 더 발전하고 내 글을 좋아하는 사람이 자꾸 늘어난다. 인간은 자기 인생에 대해 끊임없이 의미를 부여하고 싶어 하는 족속이다. 내 말과 내 글에 엄지를 치켜들며 환영하는 팬이 생겼으니 얼마나 행복한 일인가. 돈 받고 쓰는 글이 아닌, 인터넷에 저 좋아서 올리는 블로그만 해도 조회 수가 늘어나고 댓글이 많아지면 우쭐해진다. 인간의 명예욕은 식욕, 성욕, 수면욕 다음으로 큰 욕망이다. 그러면 이런 전업작가가 되기 위해 무얼 해야 하느냐?

첫째, 손에서 책을 놓지 않고 꾸준히 독서를 해야 한다.

독서가 받쳐주지 않는 감수성과 공상과 상상력은 유치한 말놀음에 그친다. 계속 이어지는 독서를 통해 내 생각을 더 나은 생각으로 발전시켜야 한다. 책에서 배운 식견으로 동시대를 살아가는 사람의 감정과 생각을 읽어내고 그들과 유연하게 소통해야 한다. 독서를 통하지 않고는 우리가 세상에서 무슨 일이 일어나고 다른 사람들은 어떤 생각을 하고 있는지 수준 높은 정보를 얻을 수 없다. 텔레비전이나 인터넷에서 제공하는 정보는 대체로 피상적이다. 말하자면 책의 목차에 해당한다. 본문은 제대로 된 독서를 통해야만 읽을 수 있다.

　나한테 필요한, 또는 읽고 싶은 책을 한 권 읽고 나면 그 다음에 읽을 책이 또 생긴다. 그 책에서 제시해주기도 하고 그 책을 읽고 났더니 어떤 책이 읽고 싶다고 스스로 깨닫는다. 이렇게 꼬리의 꼬리를 문 독서를 하다 보면 내가 어떤 글을 좋아하고, 어떤 글을 쓰고 싶은지 취향이 생긴다. 이때의 취향은 목표가 되고 실력으로 쌓인다. 독서 자체가 지식과 정보로 축적되고, 그것이 작가에게는 재산이다.

둘째, 깊고 넓은 눈으로 주변을 관찰한다.

　세상을 알려면 세상을 보고 세상 속으로 들어가야 한다. 망원경과 현미경, 또는 맨눈으로 나를 둘러싸고 있는 세상을 살펴보라는 제안을 기억할 것이다. 내 눈은 낚싯바늘이 되어 세상에서 뭔가 하나를 건져 올린다. 그걸 물고 늘어지면 된다. 그 하나를 위해 그동안 내가 본 것, 읽은 것, 배운 것, 들은 것을 쏟아부어 그것을 더 풍부하고 탄탄하게 만들어야 한다. 관찰하지 않으면 알 수 없고, 관찰하지 않으면 쓰고 싶은 걸 찾기도 어렵다. 전철이나 버스를 타든, 시장이나 백화점을 가든, 놀이공원을 가든, 바다나 산을 가든 우리는 늘 주위를 둘러봐야 한다. 남들이 그냥 지나치는 풍경이나 사건도 더듬이를 세워 마치 당사자인 양 느끼고 바라봐야 한다. 그것이 공부요, 습작의 제1단계다.

　내가 소설을 쓴다는 사실을 알게 되면 많은 사람들이 나를 찾아온다.

"소설가 양반(무조건 존칭을 쓴다, 이제부터 아쉬운 소리를 해야 하는 입장이니까), 내 얘기 좀 들어보쇼. 내 얘기를 꼭 좀 쓰라니까. 이런 일 겪은 사람 나 말고 아무도 없을 거요."

갖은 감언이설을 동원해서 자기 이야기를 들어달라면서 소설보다 더한 이야기라고 주장한다. 그중에는 제법 쓸 만한 것들도 있다. 듣는 동안 나는 상상력으로 살을 붙이고 소설적으로 재미있게 각색을 한다. 나중에 그 이야기를 들려준 사람이 읽어도 혀를 찰 정도로 완전히 새로운 이야기가 만들어지는 거다. 상상만으로도 흥미롭지 않은가. 작가는 매일 밤 이야기를 기다리는 왕이 되었다, 이야기를 들려주는 세헤라자드가 되었다 한다. 변신로봇이 따로 없다.

나의
특장기를
찾아라

내가 가장 잘 쓸 수 있는 글은 무엇인가?

에세이를 잘 쓴다고 해서 소설을 잘 쓰는 것도 아니요, 소설을 잘
쓴다고 해서 시를 잘 쓰는 것도 아니다. 저마다 화법이 다르고 호흡
이 다르다. 자기 목소리에 맞는 글을 선택해야 한다. 소설이라도 장
르는 다양하다. 역사소설, 연애소설, 추리소설, 관념소설 등등 사회
가 복잡해지면서 종류가 점점 더 늘어나고 있는 추세다.

연애소설이라도 문체는 또 각양각색이다. 하드보일드한 건조체에
서부터 축축 늘어지는 만연 화려체, 엽기 발랄체, 진지 철학체. 여러
소설을 읽어나가다 보면 취향이 맞는 작가가 눈에 들어온다. 그 작가
의 문체나 이야기 전개 방식이 맘에 들면 그게 자기가 추구하고 도전
해볼 만한 방향이다. 신경숙처럼 쓸 수 있는 사람이 김영하처럼 쓸

수 없고, 김영하 또한 신경숙 문체에 흥미가 없을 것이다. 생각의 속도가 문장의 속도를 달리 한다. 이 지점에 엄청난 개인차가 있다.

소재 면에서도 사회정치 문제, 환경 문제, 도시빈민 문제 등 다룰 분야가 많다. SF소설에 도전해보고 싶은 사람은 그 분야의 공부를 착실히 하면서 발간된 소설을 꾸준히 탐독하면 감을 잡을 수 있다. 그쪽 소설을 쓰는 사람들은 대개 어릴 때부터 그 방면의 많은 소설을 읽어와서 소설문법에 대해서는 어느 정도 익숙해져 있다. 문제는 습작이다. 읽는 데서 그치지 않고 자기가 직접 써보면 자기 세계가 확장되는 걸 느끼고, 읽을 때와는 전혀 다른 즐거움이 있음을 알게 된다. 물론 난관에도 부딪친다.

"내가 고작 이것밖에 못 쓰다니 말도 안 돼."

처음에는 좌절도 하겠지만 당연한 과정이라고 생각하고 좀 더 천착해나가면 자기 글의 문제점과 지향점을 알게 된다. 열정과 의지가 있으면 어떤 지옥에서도 문이 보인다. 실제로 해보면 이 과정에서 좌절하는 사람이 가장 많다. 아무래도 나는 독자로 남아야 하나 봐, 하며 포기한다. 각오가 그만큼밖에 안 된다면 할 수 없다. 글을 쓰겠다고 덤비는 사람 중에 10분의 1도 안 되는 숫자가 실제로 작가가 된다. 거창하게 시작할수록 장애물도 크다.

"난 소설이 좋아. 그러니까 한번 써보는 거야. 안 되면 말고."

박찬욱 감독의 가훈이라는 '안 되면 말고' 정신으로 밀어붙이자. 편안하고 느긋한 생각으로 접근해야 과부하에 걸리지 않고 꾸준한 페이스를 유지한다. 소설을 너무 엄청나게 생각하고 소설가라는 직업도 먼 일이라고 설정하는 순간 기가 질려서 손이 잘 안 풀린다. 제까짓 게 대단해봤자 남도 다 하는데 하면 되겠지 뭐, 마음먹고 소처럼 묵묵히 한 길만 파는 시간을 보내기를 바란다. 우보천리라는 말이 있지 않은가. 소걸음으로 가야 천 리를 간다. 단박에 비행기 타고 휙 가는 방법, 적어도 소설 창작에는 없다.

　자신의 특장기를 정확히 알아내기 위해서도 꼭 해야 하는 것이 독서와 습작이다. 그것은 거울에 자신을 비춰 보는 일이다. 나의 현재 상태를 파악해서 바로 볼 수 있게 해준다. 무엇이 모자라고 넘치는지 알아야 채워 넣든 빼든 할 것 아닌가. 독서와 습작에 일정량의 축적이 있어야 스스로 작가가 되겠다는 결심을 굳히게 된다. 책도 별로 안 읽고 글도 써본 적 없는 사람이 어느 날 갑자기 작가가 되겠다고 나서지는 않는다. 보통 책도 읽을 만큼 읽고 몰래 써본 것도 꽤 되는 사람이 이 정도면 명함을 내밀어도 창피하진 않겠지, 할 때 세상에 얼굴을 들이민다. 그러니 대부분의 작가가 독서광이요, 일중독자라는 사실은 놀랍지 않다.

쓸 수 있는 글과 써야 할 글의 범위를 정하라

나는 소설을 쓰고 싶다.
나는 연애소설, 역사소설을 쓰고 싶다.
나는 자기계발서를 쓰고 싶다.

나는 여행기를 쓰고 싶다.

제각기 나름의 계획이 있을 것이다. 쓰고 싶다고 쓸 수 있는 게 아니다. 'want'와 'can'은 완전히 다르다. 원한다고 할 수 있지도 않고, 할 수 있다고 원하는 것도 아니다. 도표를 그려보면 확연히 알 수 있다.

- 내가 쓸 수 있는 글, 거기 필요한 준비.
- 내가 쓰고 싶은 글, 거기 필요한 능력.

그중 어떤 것을 써야 하는지를 정해야 한다. 에너지를 쓸 수 있는 글에 집중할 것인가, 쓰고 싶은 글에 집중할 것인가. 글쓰기는 노동이다. 모든 작업과정 하나하나의 디테일이 생명이다. 필요한 과정과 노력을 자세히 적어놓은 다음 O·X표를 해가면서 근접하도록 노력해야 한다. 그런 세부적인 노력이 받쳐주지 않으면 목표는 영원히 가까워지지 않고 '가까이 하기엔 너무 먼 당신'으로 남는다. 노력만이 거리를 좁혀줄 수 있다.

습작을 거듭하면서 점차 자기가 쓸 글의 범위를 좁혀 나간다. 일단 소설로 정했으면 소재와 문체, 인물과 장르 등 세세한 것까지 정하고 그 방면으로 시간을 절약해서 쓰고 생각도 집중해야 한다. 예를 들어 학교폭력에 대해 이야기하고 싶다고 정했으면 유머를 곁들일 것인지, 그로테스크한 분위기로 갈 것인지 정한다. 화자를 학생으로 할지, 선생으로 할지, 학부모로 할지도 중요하다. 주인공도 가해자로 할지, 피해자로 할지, 상담교사로 할지, 정해야 할 것들이 많다. 작업일지를 옆에 놓고 한 가지씩 해결해 나가면서 점차 구체적인 인물과 상황을 그려준다. 이 과정에서 어려운 점을 만나면 고민과 모색을 거듭하면서 해법을 찾아간다.

우리에게는 경전과도 같은 수많은 기성작가의 작품이 있다. 그걸 보고 배우고 뛰어넘으려는 각오가 있어야 한다. 내 생각에는 창작자, 모든 예술가에게 어느 정도의 교만함은 미덕이다. 나 아니면 안 되는 것이 있고, 나만 할 수 있는 것이 있다는 긍지는 일할 때 에너지원이 된다. 누구나 하는 일도 할 수 있지만 나는 아무도 할 수 없는 일까지 할 수 있다는 자신감을 유지하기 위해서라도 노력을 게을리해선 안 된다.

예를 들어보겠다. 나는 역사소설을 쓰려 한다. 일제 강점기의 지식인에 대해 써보고 싶다. 이런 사람은 제일 먼저 무엇을 해야 할까. 이것은 어떤 편집자가 제안한 소재인데 자기가 작가라면 그 당시 이야기를 써보고 싶다고 했다. 혼란기였고 너무나 많은 희생자와 사건들이 있었을 텐데 인물이든, 사건이든 역사책에 있는 것 말고 그 당시 지식인, 일상인의 고뇌가 들어간 살아 있는 소설이 없다니 안타까운 일이라고 한탄했다.

양반집에서 태어나 한학만 공부하다가 일본으로 건너가 서양학문을 공부한 청년이 있다고 가정해보자. 그에게는 일본문화 자체가 하나의 충격이었을 것이다. 일본에서 만난 서양 사람과 서양 문물에 대한 매혹이 상상을 초월했을 거라는 짐작은 어렵지 않다. 자유연애를 경험하고 남녀가 주고받을 수 있는 감정의 극점까지 경험했으리라. 처음 보는 음식이나 술도 많이 접해봤을 것이다. 이런 사람이 고국에 돌아온다. 여긴 아직도 장옷으로 얼굴을 가리고 다니는 여자들이 있고 발효음식이 대부분이다. 지금 바깥세상에서 어떤 일이 일어나고 있는지에 대해서는 깜깜속이다.

그 청년의 심정이 어떠했을까. 일본에 사랑하는 여자를 두고 왔는데(그녀가 일본여자든, 서양여자든, 다른 신분의 조선여자든) 부모님께는 말도 못 꺼낸다. 게다가 나라의 운명은 위태롭다. 꿈을 키우고 삶의 방향을 정하는 것이 예전처럼 단순하지 않게 되었다. 민족주의로 갈 것인가, 현실주의자로 살 것인가. 얼마나 많은 고민이 그를 옥죌지 상상이 되지 않는가.

친일행각으로 회자되고 있는 《혈의 누》의 작가 이인직도 이 범주에서 크게 벗어나지 않는다. 내가 읽어본 어떤 사람의 논문 주제였다. 일본에 가서 더 넓은 세상을 보고 돌아온 이인직이 처음에는 조선인을 계몽해야겠다, 교육밖에 살길은 없다는 각오로 사람들을 모아 공부를 가르치고 머리를 깨치기 위한 교육을 시켰다고 한다. 그 과정에서 이완용의 눈에 들어 친일을 선택하게 된 것이다.

역사소설을 쓰려고 한다면 주제의 방향을 정하고 인물을 설정하고 거기에 맞는 상황을 그리기 위해 당시 상황에 대해 쓴 자료들을 모아야 한다. 그것이 즐겁고 흥미롭다면 그 사람은 역사소설을 쓸 수 있는 체질이다. 지나간 일은 재미도 없고 자료 찾기는 더 지겹다, 이런 사람은 현대물, 지금 내 주변에서 일어나고 있는 일을 써야 한다.

소설과
소설가

우선순위를 정하는 것이 필요하다. 지금은 왕따 문제와 학교 폭력 문제를 쓰지만 다음 작품은 연애소설이나 역사소설을 써보고 싶다. 그런 식으로 계획을 짜면 된다. 그래야 주변에 널려 있는 자료나 이야기들이 눈에 들어온다. 어떤 경우에도 직접 글을 쓰고 있는 동안에만 마음이 열려 눈도 밝고 귀도 밝아져서 모든 것이 소설감이 되고 써먹을 거리가 된다. 배고파야 음식이 눈에 들어오는 법이다. 굶주린 표범의 눈으로 세상을 바라보라. 어제와는 전혀 다르게 보일 것이다.

　나의 관심사와 잠재력이 무엇인지 정체를 밝히는 일을 1순위로 삼자. 더 나아가 소설 한 편 완성하는 것이 2순위 목표다. 이 책을 덮고 난 뒤 최소한 내가 쓰고 싶은 주제 하나는 정하기 바란다. 매일 거기다 살을 붙이고 피를 돌게 해서 한 생명체인 소설을 탄생시키자. 한 계절을 목표로 잡자. 인생 전체에서 석 달, 길다면 길고 짧다면 짧다. 하지만 먼 훗날 내가 그 석 달 동안 어떤 소설을 썼었고, 그게 내 인생에 어떤 영향을 미쳤었구나, 추억할 날이 있으리라 믿는다.

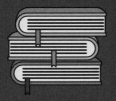

II

소설 창작 기본기 다지기

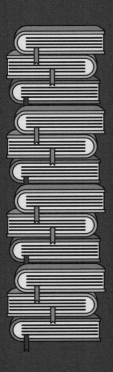

무엇을
쓸 것인가?

나 자신에게 가장 절실한 문제, 가장 아프
고 가장 놀라웠던 사건에 대해 써야 한다.
그것이 아니면 무엇을 쓰겠는가. 최소한
거기서 시작해야 한다. 그래야 책 한 권을
완성할 근기가 나온다. 써 내려가다 보면
그 문제의 참모습을 만나게 되고 치유와 화
해가 이루어진다. 작가와 작품 사이에 이
런 다리가 놓여 있는 경우는 숱하게 찾아볼
수 있다. 소위 '모티브'다. 꼭 좋은 일이어야
만 동기부여가 되는 건 아니다. 나쁘건 좋
건 내 인생에 강렬한 인상을 남긴 사건이나
경험은 다 모티브가 될 수 있다.

나는 무엇을
쓰고 싶어
하는가

소재란 무엇인가

소재素材는 말 그대로 글을 쓰는 바탕이 되는 재료다. 다른 말로 글 감, 혹은 글거리라고 할 수 있다. 글을 쓰고 싶은데 마땅한 소재를 찾 지 못해서 쓸 게 없다는 사람이 있다. 소재라는 거창한 단어에 사로 잡혔기 때문에 하는 말이다. 세상에 글 소재가 안 될 것은 하나도 없 다. 멀리 갈 것도 없이 이미 나와 있는 작품들을 보라. 얼마나 다양한 이야깃거리들이 있는가. 자신의 가족사에서부터 연애나 사업의 실 패담, 교통사고, 범죄나 화재 현장, 애호하는 물건, 주변 사람 혹은 자 기가 앓고 있는 병까지도 소재가 된다. 9·11 사건이나 광주항쟁 같은 사회적 이슈는 물론 환경문제나 인권문제 같은 거대담론도 얼마든 지 글의 소재, 소설의 소재가 될 수 있다.

"소재는 널려 있다."

이 한 마디로 정리할 수 있다. 중요한 건 무엇을 소재로 정할 것이냐가 아니라 어떤 소재를 정해야 내 글이 술술 풀려 나가느냐다. 나한테 동기를 부여하고 의욕을 북돋워 주는 소재를 찾는 게 관건이다. 물론 처음부터 순조롭게 되지 않을 수도 있다. 그럴 때는 가까운 데서 소재를 찾자. 나의 일상생활에서 반짝, 하고 내 눈을 끄는 것부터 써본다. 그러다 보면 관찰하는 눈이 점점 예리해져 어느 순간 내 가슴을 흔드는 소재를 만날 수 있다. 가만히 앉아서는 얻어지지 않는다. 소재는 발로 뛰고 눈으로 보고 손으로 쓰는 과정에서 자연스럽게 나를 찾아오는 것이다.

또 하나는 아직 잘 알지 못하지만 내 관심을 끄는 분야에 대한 글을 써보는 거다. 음악이나 영화 이야기일 수도 있고 좋아하는 스포츠나 연예인, 드라마도 가능하다. 처음에는 간단하고 얄팍한 생각의 나열에 불과하겠지만 쓰다 보면 차츰 더 많은 정보와 견해를 담게 된다. 거기에 내 감정과 생각을 녹여 나만의 글을 완성한다. 《아내가 결혼했다》라는 소설은 축구를 소재로 했지만 주인공 남자의 연애담이 씨줄과 날줄로 엮여서 찰진 소설이 만들어졌다. 카나페나 잡채를 만드는 과정에 자신의 감정을 실을 수도 있다. 이때도 가능하면 독자의 호기심을 끌 만한 메뉴이면 좋겠다. 예를 들면 '뱀장어 스튜' 같은 음식. 이 말을 하다 보니 독서가 얼마나 중요한지 더욱 실감이 난다. 많은 책을 읽다 보면 얼마나 많은 작가가 얼마나 다양한 소재로 글을 썼

는지 배우게 되고 나한테 좋은 참조가 된다. 모방은 창조의 어머니라
는 말을 기억해라.

구슬이 서 말이라도 꿰어야 보배!

예술 활동에 있어서 이 말보다 정확히 현실을 대변하는 말도 없
다. 누구나 구슬이 있다. 어떤 사람은 한 말이고 어떤 사람은 열 말도
넘는다. 자루에 담긴 구슬은 쓸모가 없다. 쏟아서 내가 원하는 모양
의 목걸이나 장신구를 만들어야 구슬이 제 역할을 하는 것이다.

나한테 어떤 구슬이 있는지, 얼마큼 있는지 살펴보는 것이 첫 번
째 단계다. 구슬을 펼쳐 내 마음에 드는 것을 골라야 한다. 이 작업이
쉽지 않다. 그러기 위해서는 혼자 있는 시간이 필요하다. 혼자 곰곰
이 생각하다가 나라는 존재 안에 널려 있는 구슬의 실체와 대면하는
일이 글쓰기의 시작이다. 이 과정이 짧은 사람도 있고 긴 사람도 있
을 것이다. 진짜 하고 싶은 이야기, 꼭 해야 하는 이야기일수록 밖으
로 나오지 않으려고 꽁꽁 숨어 있다.

내 안의 얘깃거리, 소재를 찾아내기 위한 깊은 숙고는 평생을 두
고 나한테 도움이 될 단서를 제공한다. 바쁜 일상에 매몰되어 자신을
돌아볼 시간이 없었는데 어느 날 가만히 책상 앞에 앉아, 혹은 깊은
밤 창밖을 내다보다가 까맣게 잊고 있던 어떤 문제와 맞닥뜨린다.

'아, 네가 거기 그렇게 오래 서 있었구나. 내가 몰라봤다. 미안하

다.'

그런 말이 절로 나올 어떤 일들이 나를 찾아온다. 그게 제일 좋은 소재다. 안에 있던 것이든 밖을 떠돌던 것이든 문득 나를 찾아와 내 마음에 파문을 일게 하는 것이 바로 내가 써야 할 소재, 아직 꿰지 않은 구슬이다.

구슬을 꿰는 방법은 여러 가지가 있다. 개개인별로 자기가 편하고 효과적인 방법을 발견하거나 만들어내야 한다. 쓰고자 하는 이야기의 구도를 그림으로 그려놓고 시작할 수도 있고, 주인공의 이름을 지은 뒤 그 주인공을 움직이게 하면서 구도를 짜나갈 수도 있다. 아니면 머리를 땅, 하고 때린 그 장면을 첫 문장으로 써보는 것도 좋다.

예를 들어, 그때 그녀는 왜 화를 냈을까, 그때 나는 왜 그 말을 했을까, 그때 그 사람은 왜 죽었을까, 혹은 나는 광화문역에서 내렸다, 라는 문장으로 시작하면 그 다음 문장을 이어가기가 쉽다. 이곳은 지옥이다, 는 어떤가. 무엇이든 마음을 붙잡은 첫 문장을 쓰고 나면 생각이 확장되어 머릿속이 풍성해진다. 가장 유명한 첫 문장으로 뽑힌 프란츠 카프카의 소설 《변신》을 생각해보라.

어느 날 아침 그레고르 잠자가 불안한 꿈에서 깨어났을 때 그는 침대 속에서 한 마리의 흉측한 갑충으로 변해 있는 자신의 모습을 발견했다.

놀랍고 충격적인 첫 문장이다. 읽은 사람의 뇌리에서 좀처럼 사라지지 않는다.

엄마를 잃어버린 지 일주일째다.

신경숙의 《엄마를 부탁해》의 첫 문장도 독자를 단번에 끌어당긴다. 그 다음에 어떤 이야기가 나올지 짐작하면서 동시에 궁금하게 하는 압축적이고도 명쾌한 출발이다. 첫 문장 때문에 고민해본 사람이라면 이 정도로 흡인력이 강한 첫 문장을 써놓고 작가는 얼마나 행복했을까, 부러움을 금치 못할 것이다.

"간단한 첫 문장에 그 문장을 읽게 만드는 것 말고 또 어떤 역할이 있을까? 바로 두 번째 문장을 읽게 만드는 것이다."

미국의 유명 카피라이터 조셉 슈거맨이 저서 《첫 문장에 반하게 하라》에서 말한 조언이다. 첫 문장은 두말할 것 없이 작품의 첫인상이다. 시작이 반이고, 첫인상이 진면목의 반을 결정한다. 전력을 다해 매력적인 첫 문장을 찾아야 한다. 이런 방법도 있다. 우선 글을 써나가다가 도중에 이게 좋겠다 싶은 첫 문장을 찾아낼 수도 있다. 어떤 작가는 첫 문장과 마지막 문장을 쓰기 위해 소설을 쓴다고도 말한다.

헤밍웨이는 글이 써지지 않을 때 "그저 내가 알고 있는 가장 진실한 한 문장을 써 내려가기만 하면 된다"고 말했다. '가장 진실한 문장'이란 얼마나 깊숙하고 머나먼 곳에 숨어 있는가. 언젠가 그걸 만날 수는 있는가, 의심하지 않는 순간이 없다는 것이 글 쓰는 사람의 비극이다.

이렇듯 구슬 꿰는 방법은 무궁무진하다. 한 문장과 다음 문장을 한 땀씩 수놓듯 써야 한다. 쓰고 나서 읽어보면 비어 있는 문장이 보일 것이다. 그 부분에 빠진 것을 채워 넣고서 다시 읽으면 글이 훨씬 매끄럽고 완성도가 높아졌음을 알게 된다. 소걸음으로 차근차근 천천히 꾸준히 나아가야 한다는 점을 꼭 기억하자.

소재는
내 속에
있다

나는 왜 이것을 써야 하나?

쓰고자 하는 소재를 발굴해놓고 기뻐한 것도 잠시, 곧 한숨이 이어진다. 소재를 찾았다고 글이 줄줄 써지는 것이 아니기 때문이다. 몇 줄 써놓고 망연자실 앉아 있기 일쑤다.

"이 다음엔 대체 뭘 써야 하는 거지?"

자신한테 끊임없이 묻지만 답해주는 사람은 없다. 그때 해야 할 일이 왜 이 소재가 나를 찾아왔을까, 나는 왜 이것을 쓰고 싶어 했을까, 원류를 추적하는 일이다. 어떤 사람이나 사건을 오래 잊지 못하고 기억하는 이유는 자신만이 안다. 고통스럽거나 부끄럽더라도 그것을 들여다보아야만 다음 단계로 나아갈 수 있다.

시작한 소설이 잘 안 써지거든 내 마음을 따라가면서 추적 과정을 적어보는 것도 한 방법이다. 자기 고백이 될 이 과정은 소설가가 갖추어야 할 필수덕목인 '나 자신 알아가기'의 가장 기초적인 작업이다. 소설의 결말에서 주인공은 도입과는 다른 사람이 된다. 한 인간의 변모를 그려낸 것이 소설이기 때문에 어떻게 위기를 극복하고 그런 삶에 봉착하게 됐는지 추적하는 것은 필수다.

　김훈의《칼의 노래》는 평론가와 대중 모두의 사랑을 받은 작품이다. 소설가 김훈은 왜 이 소설을 썼을까. 그는 다니던 직장에서 필화 사건을 겪은 뒤 자의반 타의반으로 퇴직을 하게 되었다. 그때 그의 심정이 어땠을까 상상이 간다. 그는 매일 현충사에 가서 이순신 장군의 칼을 보면서 마음을 벼려 그 소설을 완성했다고 한다. 당시 그의 화두는 '백의종군'이 아니었을까. 목숨을 바쳐 전쟁에서 싸웠지만 모함과 파직을 당해야 했던 이순신의 심정에 감정이입 되어 소설을 완성했음을 짐작하기는 어렵지 않다.

　바로 이것이다. 나 자신에게 가장 절실한 문제, 가장 아프고 가장 놀라웠던 사건에 대해 써야 한다. 그것이 아니면 무엇을 쓰겠는가. 최소한 거기서 시작해야 한다. 그래야 책 한 권을 완성할 근기가 나온다. 써 내려가다 보면 그 문제의 참모습을 만나게 되고 치유와 화해가 이루어진다. 작가와 작품 사이에 이런 다리가 놓여 있는 경우는 숱하게 찾아볼 수 있다. 소위 '모티브'다. 꼭 좋은 일이어야만 동기부여가 되는 건 아니다. 나쁘건 좋건 내 인생에 강렬한 인상을 남긴 사건이나 경험은 다 모티브가 될 수 있다.

가장 멀리 있는 나

가장 멀리 있는 나.

소설가 윤후명의 창작집 제목이다. 가장 멀리 있는 나, 라는 한 문장에 우주가 들어 있다. 나의 여러 모습 중에서 찾은 '가장 멀리 있는' 나. 왜 나는 멀리 있으며, 그중에서도 가장 멀리 있는 나는 또 누구인가. 이 한 문장에서 수많은 생각들이 쏟아져 나온다.

자신의 트라우마는 작가가 평생을 던져 천착하는 소재가 된다. 리움 미술관 입구에 있는 거대한 거미 설치물을 생각해보라. 루이스 부르주아의 작품인 '거미 시리즈'는 전 세계에 여덟 개가 있다. 그녀는 왜 모성을 상징하는 거미 조각만을 만들어왔나. 그 거대한 거미 한 마리는 보는 사람의 눈길을 사로잡고, 배에 가득 담긴 알을 볼 때는 뭔가 뭉클한 게 가슴에 맺힌다. 그 작품에는 그녀의 가족사가 겹쳐 있다.

한집에 사는 가정교사와 내연의 관계를 유지했던 아버지, 자식을 위해서 그 굴욕을 참고 살았던 어머니가 그녀에게는 트라우마였다. 어릴 때 받았던 그 상처를 스스로 치유하기 위해 모성애를 상징하는 거미만을 조각했다. 그 과정에서 그녀는 자신을 치유했고 다른 상처 입은 사람들의 영혼도 위로해주었다. 예술가에게는 상처조차 예술의 소재가 된다는 걸 보여준 대표적인 예다.

가까운 나도 다 알기 어려운데 가장 멀리 있는 나는 어떻게 찾을 것인가. 영원한 숙제다. 이 방법은 어떨까? 나의 여러 얼굴 중에서 가장 나쁜 얼굴을 그려보는 거다. 나쁘다는 명제 아래 다소 위악적이고 과장된 문장을 쓰다 보면 뜻밖의 자유로움을 느낄 수 있다. 나쁘다고 먼저 선언했기 때문에 아무리 나쁜 내 모습을 그린다 해도 마음이 불편하지 않다. 나쁜 나를 그리면서 내 속에 숨은 억압이나 트라우마를 발견한다. 이런 나를 내가 싫어했구나, 나 자신을 속여왔구나, 이토록 오래 묵었는데 이 엄청난 문제를 극복하려는 노력이 과연 소용이 있을까, 수많은 생각이 오고 갈 것이다.

가장 행복했던 순간의 나, 가장 자랑스러운 나, 가장 똑똑했던 나, 가장 멍청한 나, 가장 부끄러운 나, 등의 제목으로 생각을 키워갈 수도 있다. 가장 멀리 있는 나를 가까이로 줄인하는 작업은 흥미롭다. 우리가 잘 알고 있다고 생각한 자기 자신 속에 무척 생소한 모습이 숨어 있다는 걸 발견하는 일은 매혹적이다. 글은 자신의 내면을 가감 없이 보여주는 속성을 가지고 있다. 자신도 모르는 사이에 내면의 그림자가 밖으로 새어 나온다. 언어가 가진 놀라운 힘이다. 그래서 자기만큼밖에 쓸 수 없다지 않는가. 그 사람이 사용하는 언어가 그 사람 자신이라는 말을 하는 이유도 바로 그 때문이다. 건조하고 단순한 언어를 사용해서 말했는데 사람들은 놀랍게도 그 아래 숨은 진의를 눈치 챈다. 우리 입에서 빠져나온 말들은 말 너머의 말, 언어 이전의 언어를 그림자처럼 거느린다.

사람들이 문학을 통해 얻고 싶어 하는 것에는 교훈과 감동, 재미도 있지만 나와 비슷한 생각이나 감정을 가진 인간이 어딘가에 또 있다는 동병상련도 포함된다. 그러면서 만난 적도 없는 작가와 깊이 소통한다. 그 소통은 친밀한 사람과 직접 만나는 것과 비교해 결코 가볍지 않다. 누구나 '가장 멀리 있는 나'를 데리고 산다. 그것을 바깥의 타인에게서 발견했을 때의 기쁨은 말로 표현할 수 없을 만큼 크다. 너! 너도 그랬니? 와우, 굉장한걸. 그런 교감을 가장 잘 전달하는 것이 문학이라는, 특히 소설이라는 장르다.

소재는 주제가 될 수 있다

일기를 써라

글을 쓰고 싶다는 사람, 소설을 쓰고 싶다는 사람을 만나면 제일 먼저 묻는 질문이 있다.

"혹시 일기를 쓰시나요?"

상당수가 일기를 쓴다고 대답한다. 글을 쓰겠다고 나선 사람이니 최소한 일기 정도는 쓰고 살았을 것이다. 매일 꼬박꼬박 쓰고 있다고 답하는 사람도 의외로 많다. 가끔씩 메모하듯 끼적거린다는 사람도 있다. 어쨌거나 인간은 언어로 자신을 표현하고 싶어 하는 존재다. 어떤 사람은 말로 표현하는 걸 즐기고 또 어떤 사람은 글을 통해서만 진실을 표현할 수 있다고 믿는다. 어느 경우든 일기를 쓰라고 권한다.

일기의 장점은 비공개적이라는 점이다. 공개하는 일기는 일기가 아니다. 어떤 아이는 학교에 제출하는 일기장과 자신의 내밀한 고백을 적은 일기장을 따로 가지고 있다. 비밀을 간직하고자 하는 것은 인간의 본능 가운데 하나다. 어찌 보면 그것이 개별성의 출발이다. 가능하면 일기는 소소한 일들을 기록하는 것에 그치지 말고 한 걸음 더 나아가자. 일상에서 타인과 공유하지 못했던 것을 적어보는 거다. 말이 되어 밖으로 나오지 못한 것, 그렇게 할 수 없을 만큼 부끄럽거나 추한 것이면 더 좋다. 카타르시스를 경험함과 동시에 고구마 줄기처럼 그 이상의 것들이 뒤에 딸려 나온다.

일기를 10년 이상 꾸준히 써온 사람과 일기를 한 번도 쓰지 않은 사람은 사고력에서 큰 차이가 난다. 아이들을 가르치면서 발견한 사실이다. 일기를 정성 들여 쓰는 아이는 생각할 줄 안다. 일기장을 앞에 두고 행동을 멈춘 뒤 자신의 하루를 돌아봤으니 생각하는 훈련을 한 셈이다. 우리의 짐작과 달리 누구나 다 생각하는 법을 아는 건 아니다. 관성에 밀려, 습관에 젖은 방식대로 말하고 행동하는 사람이 더 많다.

일기를 꼭 하루 일과를 마친 밤에 써야 한다고 생각하지 마라. 점심시간이나 자투리 시간, 아무 때나 써도 좋다. 지금 쓰지 않으면 잊어버릴 것 같은데 꼭 기록해두고 싶은 게 있다면 그 순간 아무 데나 적어두면 된다. 휴대폰에 저장해도 좋고 수첩이나 메모지에 적어도 된다. 그걸 일기장에 다시 베껴 적거나 컴퓨터의 일기 파일에 옮겨 기록하자. 다시 적는 동안 새로운 생각이 첨가되기도 하고 빼버릴 내용도 생긴다.

세월이 많이 흐른 뒤의 먼 훗날 지금 쓴 일기는 타임캡슐처럼 한 시기의 내 인생을 보여준다. 고개를 끄덕이며 수긍하는 부분도 있고, 고개를 갸웃대며 도저히 믿을 수 없는 내용도 있을 것이다. 내 역사의 기록인 일기를 쓰는 일이야말로 글쓰기 작업을 나 가까이로 끌어당기는 가장 작은 노력, 그러나 결코 무시할 수 없는 습관이다.

관심 분야에 대한 메모를 쉬지 마라

내가 관심 있는 분야가 무엇이든 내 생각을 적어보고 객관화할 필요가 있다. 글로 적어보면 알겠지만 막연히 생각한 것과 글로 정리된 것 사이에는 큰 차이가 있다. 글에서는 내가 모르는 부분과 아는 부분이 명확하게 드러난다. 잘 쓰려는 마음에 너무 뜸을 들이지 말고 말하고 싶은 내용을 쓰고 나서 읽어보라. 음악이면 뮤지션에 대한 느낌을 쓸 수도 있고 가사를 적어 외워보기도 하고 비슷한 제목으로 내가 가사를 다시 써보기도 한다.

메모를 하는 것과 아울러 스크랩이나 자료를 모아 파일로 만드는 작업이 병행되면 더 좋다. 소설 속의 소재나 상황을 위한 취재에 대비하는 일이며, 폐부를 찌르는 한 문장을 찾거나 만들기 위한 선행 작업이다. 많은 정보를 갖추고 있을수록 밀도 높은 문장이 나올 가능성이 높다.

자동차 정비공이나 제빵사, 보석세공사가 주인공이라면 현장에서 나누는 실감 나는 대사 한두 마디가 소설의 신뢰도를 높인다. 음악과 영화, 미술에 대한 많은 정보를 갖고 있으면 소설 속에 인용하거나 활용해서 딱 맞아떨어지는 한 장면을 쓸 수도 있다. 진짜 일어난 일처럼 사실적인 글을 쓰기 위해서 이런 취재는 필수과정이다.

관심 분야 자체에서 어떤 소재를 발견할 수도 있다. 연예인에 관심이 많았던 사람이 자신이 좋아하는 스타의 죽음을 보고 충격을 받아 그것을 글로 쓸 수도 있다. 실제로 그런 소설도 있다. 나의 뇌관을 건드릴 무언가는 어디든 있다.

관심 분야를 넓히고 관심을 깊게 가져라. 관심 분야의 사람과도 접촉하고 그들의 이야기에 귀 기울여라. 한 분야에서 일가를 이룬 사람의 세계는 소설 소재의 보물창고다. 거기에서 내게 맞는 부분을 뽑아내 글감으로 삼는다.

요즘에는 작가도 시인이나 소설가, 수필가에 국한되지 않는다. 의학, 과학, 자동차, 증권, 패션 등 전문 분야의 자유기고가도 있고 방송작가, 여행작가도 각광을 받는다. 자신이 가진 특장기를 최대한 살려그 분야로 나가면 남과 다른 특화된 글을 쓸 수 있다. 창작에 있어서가장 중요한 점은 '새롭게', '남다르게'다. 내가 남보다 조금이라도 잘알고 더 아는 분야를 개척하려는 노력은 작가로서의 기본자세다.

내가 남과 다르면 불안을 느끼는 사회에서 오랫동안 살아왔다. 획일화된 심미안을 가진 사회에서 차이는 차별을 낳는다. 그렇다고 미인에 속하지 않는 인구의 절반 이상이 갑자기 이 세상에서 사라질 수는 없는 노릇이다. 어쨌거나 아웅다웅 뒤섞여 살아야 한다. 미모는필요 없어, 개성으로 승부할 거야, 라고 부르짖는 사람이 늘어나면좋겠지만 세상은 정반대로 흘러가고 있다. 버스나 지하철에 즐비한성형외과 광고를 볼 때마다 저 얼굴을 과연 예쁘다고 할 수 있나, 의

문이 든다. 거울을 보면서 가끔 떠올리는 말이 있다.

"개성은 비교가 끝나는 지점에서 시작된다."

현대적인 감각의 지적이고 섹시한 여성스러움을 추구한다는 평가를 받는 독일의 패션전문가 라거펠트의 말이다. 비교는 사람을 초라하게 만든다. 아무리 잘난 사람도 결점이 있게 마련이라 비교하다 보면 살아남을 사람이 없다. 소설도 마찬가지다. 수직적인 기준으로 작품을 평가하다 보면 끝이 없다. 어느 정도의 기본기를 터득한 다음에는 개성으로 승부해야 한다. 나만의 색깔, 소위 자기 브랜드를 구축해야 한다는 말이다. 이 말 앞에 떳떳하고 자신 있게 나설 사람은 많지 않다. 왜냐하면 이건 단번에 이루어내는 것이 아니라 반복되는 작업 속에서 서서히 형태를 갖추어가야 할 목표이기 때문이다. 이때 해주고 싶은 말이 있다.

"달리 느껴라. 다른 오감을 찾아라."

아름다움을 느끼는 관점은 개인에 따라 천차만별이다. 그것을 더 정교하게 발전시켜 나가라는 말이다. 예술계의 오래된 잠언인 '추한 건 아름다울 수 있어도 예쁜 건 아름다울 수 없다'는 명제를 잊지 말기 바란다. 획일화된 감각을 벗어던지는 일은 창작자가 부단히 노력해야 할 사명이다.

91

소설, 어떻게
시작할 것인가?

소설 쓰기의 초기단계에서는 모든 집중력을 인물에 모으고 오직 앞으로 나간다. 인물이 구체화되면 그때는 다른 구성요소들에 에너지를 안배해가면서 균형을 맞추어 이야기를 입체화시킨다. 인물이 형상화되기 전에는 소설로써의 형태가 갖춰졌다고 말할 수 없다. 아직은 소설을 끝까지 밀고 나갈 힘이 생기지 않았다는 뜻이다. 주인공과 나는 한배를 탄 운명이고 서로가 서로를 먹여 살려야 하는 관계다.

소설의 첫머리,
성패의
갈림길

도입의 사전적 의미는 이렇다. 문예 창작이나 학습 활동에서 전체의 개관, 방향의 제시, 방법이나 준비 따위를 미리 알리거나 암시하는 일, 또는 그 단계를 일컫는다. 가장 극적인 장면을 도입에 쓰거나, 작가의 의도나 주제를 담는 것이 일반적이다. 도입의 성공은 독자를 끌어당기는 흡인력 여부에 있다. 독자의 관심과 흥미를 유발하고 소설의 전개방향을 제시해주는 역할도 한다.

"첫머리에서 독자를 사로잡아라!"

독자가 책에서 눈을 떼지 못하게 하는 것은 모든 작가들의 꿈이자 목표다. 그러기 위해서 온갖 방법을 동원한다. 독자들이 소설을 계속 읽어나가게 하려면 많은 요소들이 필요하다. 적어도 좋은 출발

(도입)을 하면 반은 성공한 셈이다. 첫 느낌은 그만큼 중요하다. 긴장을 유발하는 도입의 여러 예들이 있다.

《호밀밭의 파수꾼》의 도입을 살펴보자.

완전히 미쳐 여기로 와서 편안하게 지내기 전, 지난 크리스마스 무렵에 미친놈 소동이 있었다.

우리는 이 문장을 통해 앞으로 어떤 일이 일어날지 짐작할 수 있고 기다려지기까지 한다. 주인공의 성격이나 소설의 배경이 되는 분위기도 엿볼 수 있다. 짧지만 결정적인 정보를 담고 있는 첫 문장은 독자의 주의를 끌어 긴장해서 책을 읽어나가도록 해준다.

배수아의 소설《철수》의 도입을 살펴보자.

1988년 나는 경기도에 있는 한 대학의 임시직원으로 일하고 있었다.

다음 문장은 임시직원으로서 해야 하는 업무에 대한 설명으로 이어진다. '철수'라는 짧고 호기심을 불러일으키는 제목과 설명적인 첫 문장은 사뭇 대조를 이루며 독자의 궁금증을 유발한다. 왜 하필 1988일까, 경기도라면 어느 도시일까, 어느 대학 무슨 과이며, 왜 정규직이 아니라 임시직원으로 일하게 되었을까. 여러 의문들이 읽는 사람의 머릿속에 떠오른다. 제각각 주인공의 상황을 나름대로 상상해볼 것이다.

《바람과 함께 사라지다》의 도입에서는 주인공 스칼렛 오하라를 소개한다.

스칼렛 오하라는 미인은 아니었지만, 남자들은 그녀의 매력에 빠지면 이 사실을 거의 눈치 채지 못한다. 탈튼 쌍둥이 형제가 그랬던 것처럼 말이다.

첫머리에 스칼렛과 그녀를 둘러싼 세계가 제시된다. 그녀는 자신의 매력으로 남자를 사로잡을 수 있고, 그걸 즐긴다. 다음 문장에서는 그녀가 어떤 사람인지를 보여준다.

그녀는 언제나 솔직했다. 자신이 주요 화제가 아닌 대화는 오래 견딜수 없었다. 그녀는 말할 때 입가에 보조개가 생기도록 미소 지었고, 짙은 속눈썹을 나비날개처럼 깜박였다. 그녀가 마음을 먹으면 사내들은 언제나 매혹 당했다.

흥미로운 문장으로 그녀의 매력에 대해 묘사한다. 그 다음은 그녀에게 닥친 위험이 등장한다. 사랑하는 사람과의 결혼이 엉망진창이 되어가는 과정을 소설은 성실히 그려준다.

도입에서부터 깊은 감정으로 직접 들어가는 장면을 묘사하는 소설도 있다. 그렉 일레스의《조용한 게임》의 도입이다.

애니는 내 팔을 잡아당기더니, 사람들 사이를 가리키며 말했다.

95

"아빠! 엄마가 저기 있어! 서둘러!"

나는 보지 못했다. 어디냐고 묻지 않았다. 애니의 엄마는 7개월 전에 죽었기 때문이다. 나는 꼼짝 않고 계속 줄에 서 있었다. 뜨거운 눈물이 눈에서 흘러내리는 것 빼고는 다른 사람들처럼 보였을 것이다.

단번에 소설의 중심으로 들어가 모든 것을 밝히는 내용이다. 애니의 엄마는 죽었고 애니는 그 사실을 받아들이지 못하고 있음을 알 수 있다. 독자는 앞으로 어떤 일이 일어날 것인가, 생각해보게 된다. 나와 애니가 잘 극복해가는 해피엔딩일까, 슬픔에 빠져 어떤 사고를 겪게 될까. 독자가 상상의 나래를 펴도록 미끼를 던지는 것, 그것이 도입이다.

한
사람을
정하라

자신의 머릿속에 있는 인물을 불러내기

"소설은 인물이다."

이 말에는 한 치의 과장도 없다. 소설은 한 인물이 겪는 좌충우돌, 우여곡절, 파란만장의 삶을 그리는 것이다. 그러면 과연 인물은 어떻게 설정할까. 이 세상의 모래알처럼 많은 사람들 중에 나는 누구를 주인공으로 데려올 것인가. 소설의 여러 출발점 중에서 가장 직접적이고 결정적인 요소다. 인물이 정해져야 성격과 사건과 구성을 짤 수 있다. 인물을 만들고 그 인물의 감정에 따라 소설을 전개해나가는 방법을 알아보자.

실상 소설을 쓰려고 할 때 인물을 결정하는 데는 많은 시간이 걸

97

리지 않는다. 보통 머릿속에 어떤 인물이 떠올랐을 때 소설을 쓰기 시작하기 때문이다. 아니면 내가 전달하려는 이야기가 먼저 있고 거기 맞는 인물을 만들어낼 때도 있다. 주인공이 정해지지 않았다 해도 주변을 한번 돌아보라. 각양각색의 얼굴과 특성을 가진 사람들이 거리를 활보하고 있다. 소설에서 길게, 자세히, 설득력 있게 묘사를 하려면 잘 아는 인물이어야 한다. 관찰과 묘사가 손쉬운, 가까운 데 있는 사람이 좋다. 아니면 취재를 하러 나가야 한다.

자기가 쓰고자 하는 소설에 적합한 방법을 선택하면 된다. 소설 쓰기의 초기단계에서는 모든 집중력을 인물에 모으고 오직 앞으로 나간다. 인물이 구체화되면 그때는 다른 구성요소들에 에너지를 안배해가면서 균형을 맞추어 이야기를 입체화시킨다. 인물이 형상화되기 전에는 소설로써의 형태가 갖춰졌다고 말할 수 없다. 아직은 소설을 끝까지 밀고 나갈 힘이 생기지 않았다는 뜻이다. 주인공과 나는 한배를 탄 운명이고 서로가 서로를 먹여 살려야 하는 관계다. 그럼 인물을 어떻게 만들어가야 할까?

테마소설 《스물다섯 개의 포옹》에 실린 〈굿모닝, 조르바〉를 예로 들어보자. 그 소설을 처음 구상할 때 중년 여인의 감정, 사랑에 대해 생각했다. 20대도 30대도 아닌 여자, 세상을 살 만큼 살았고 인생을 알 만큼 알게 된 상태에서 누군가를 만난다면 어떤 일이 일어날까? 그녀는 어떤 마음일까? 이 질문에서 출발했다.

환경의 영향을 받아서 그런 생각을 하게 되었을 것이다. 가까이 지내는 내 주변 사람들이 대부분 중년이라 그 사람들의 이야기를 들을 기회가 많다. 그러면서 한 여자의 이미지가 머리에 떠올랐다. 그녀가 갑자기 누군가를 만나 사랑을 하게 되면 어떤 모습일까, 상상하다가 동호회 번개모임을 생각했다. 그리고 나서 첫 데이트의 하루를 산뜻하게 그려보자는 구상을 갖고 쓰기 시작했다. 이건 단편이나 중편, 장편이 아닌 30매짜리 짧은 소설이니까 이 에피소드 전과 후는 알 수 없다. 한 장면으로 제시했고 나머지는 독자의 상상으로 남겨놓았다. 아마 나중에 이 주제로 긴 소설을 쓰게 될지도 모르겠다.

일단 인물이 정해지면 머릿속에 영상이 떠오른다. 말랐다거나 통통하거나 말이 없다거나 많다거나, 점점 인물이 구체화된다. 이럴 땐 버스를 타도, 친구를 만나도, 어디를 가도, 사람들을 계속 내 소설 속 인물과 겹쳐놓는다. 저 옷을 입혀볼까, 저 구두, 저 말투, 아! 딱이다, 이러면서 속으로 쾌재를 부른다. 내가 무슨 콜렉터가 된 것 같다.

지금 여러분의 머릿속을 맴도는 인물이 있는가? 그 인물을 그림으로 그려보자. 그림이 안 되면 글로 묘사해보자. 그게 순조롭지 않으면 내 주위를 돌아보고 거기서 누군가를 끌어오라. 가족, 친구, 연인, 동료, 적, 원수, 마트 직원……. 참고할 대상은 숱하게 많다. 외모는 택배직원을 따서 묘사하고 성격은 내가 좋아하는 사람을 닮게 그려보자. 조연도 내 가족이나 경비원, 단골식당 주인 등을 참고하자. 습작을 하는 동안은 내 주변의 조건을 최대한 이용해서 어떻게든 하나씩 문제를 해결하고 밀고 나가는 연습을 하는 게 중요하다.

소설을 발표하고 나면 가끔 이런 전화를 받는다.

"너 이번 소설 주인공 혹시 S 아니니? 걔랑 성질머리도 똑같고 밥

99

소설 창작
기본기 다지기

먹을 때 버릇도 그대로 갖다 썼던데?"

내 소설 속 인물의 퍼즐조각을 나름대로 맞춰본 뒤 뭔가 발견하고 전화를 한 것이다. 다 맞는 경우도 있고 반만 맞는 경우도 있지만 확실한 대답은 해주지 않는다. 신비주의 고수!

"왜 남의 영업 비밀까지 다 알려고 그러냐? 독자가 책이나 읽으면 됐지."

이런 말로 어물쩍 넘어간다. 주인공과 보조인물 속에 내 주변 사람의 특징이 조각조각 나뉘어서 흩어져 있다. 눈 밝은 작가들은 그걸 찾아내고 놀린다.

"야, 교묘하게 잘도 쪼개서 숨겼던데. 그 사람 나 아냐?"

마음에 안 들면 섭섭함, 마음에 들면 뿌듯함을 담아 의사 표시를 한다. 내가 만든 관계들이 내 삶의 흔적이니 어딘가에는 남아 있겠지. 그것이 인간이다. 자기가 살아온 삶에 의미를 부여하기 위해 어디에든 자취를 남기고 싶어 한다. 무의식이든, 의식이든. 《보바리 부인》을 쓴 플로베르에 의하면 모든 소설은 작가의 자전소설이다.

주인공을 정하는 방법

우리나라 소설가 중에 생동감 있는 인물을 창조해내는 재능에 있어서는 김승옥을 따라잡을 사람이 없다는 게 내 개인적인 생각이다. 김훈의 역사소설에 나타난 다양한 인물 역시 그 개성과 매력이 타의

추종을 불허하지만, 김승옥의 인물들은 한번 읽고 나면 결코 잊을 수 없도록 깊이 각인시킨다는 점에서 문제적이다. 눈앞에 보이는 듯, 언젠가 만난 듯 생생한 인물을 등장시켜 한국소설계에 감수성의 혁명을 일으켰다는 평가를 받는다. 김승옥 이전에는 김승옥 같은 소설을 쓰는 사람이 없었다.

〈서울, 1964년 겨울〉이라는 소설이 특히 그렇다. 여기에는 세 명의 등장인물이 나온다. 추운 겨울 포장마차에서 만난 이들은 하룻밤을 같이 보낸다. 아내의 시체를 병원에 팔고 그 돈을 포장마차에서 함께 쓰자고 옆자리 사람에게 말을 건다. 가난한 행색의 남자는 다음 날 아침 여관의 옆방에서 자살한 시체로 발견된다. 하룻밤이라는 시간을 함께 보내는 세 사람의 삶과 생각과 운명을 잘 직조해냈다. 책을 덮고도 오랫동안 그들이 생생한 모습으로 가슴속에 살아 있다. 무엇이 이것을 가능하게 했을까? 이 점을 두고두고 생각해보아야 한다. 작품을 샅샅이 분석하고 문장을 꼼꼼히 읽어본다. 필사하고 모방해보는 것도 한 방법이다.

그때 한 사내가 우리에게 말을 걸어왔다. 우리 곁에서 술잔을 받아놓고 연탄불에 손을 쬐고 있던 사내였는데, 술을 마시기 위해서 거기에 들어온 것이 아니라 불이 쬐고 싶어서 잠깐 들렀다는 꼴을 하고 있었다. 제법 깨끗한 코트를 입고 있었고 머리엔 기름도 얌전하게 발라서 카바이드의 불꽃이 너풀댈 때마다 머리칼의 하이라이트가 이리저리 움직이고 있었다. 그러나 어디선지는 분명하지는 않지만 가난뱅이 냄새가 나는 서른대여섯 살짜리 사내였다. 아마 빈약하게 생긴 턱 때문이었을까. 아니면 유난히 새빨간 눈시울 때문이었을까.

우리는 독자가 아닌 작가의 눈으로 이 소설을 파헤쳐야 한다. 독자라면 음, 아주 찰진 문장으로 밤풍경을 잘 묘사했군, 하면 끝이다. 소설을 쓰고자 하는 사람이라면 위의 문단이 최종적으로 소설이 될 때까지의 과정을 되짚어보아야 한다. 도시의 한 장면을 보여주기 위해 작가는 포장마차를 골랐을 것이다. 그리고 밤늦게까지 발이 시린 것을 참으며 술잔을 기울이는 정처 없는 사내들을 떠올렸을 것이다. 여기까지는 구상단계다.

그 다음 이 장면을 써먹기로 결정했다면 내가 한번쯤 가본 적이 있거나 지나면서 보았던 장면을 문장으로 썼으리라. 가능하면 겨울이어야 했을 것이고(겨울 추위 앞에서 우리가 겪을 고통은 극대화되기 마련이다) 20대 두 명과 30대 한 명을 심사숙고 끝에 결정했을 것이다. 이 부분을 실감나게 묘사하기 위해 직접 포장마차에 갔을 수도 있다. 물론 수첩을 들고서. 그것이 겸연쩍다면 포장마차에 갔다가 오자마자 그 장면을 그대로 베껴 그렸을 가능성이 크다. 이후의 에피소드는 작가가 생각하고 또 생각해서 자신이 애초에 정했던 주제에 가까운 이야기들과 대사를 누에고치에서 실 뽑듯 뽑아냈을 것이다.

소설을 쓰다 보면 남의 소설의 공정을 상상해보게 되는 과정에 도달하게 된다. 특히 마음에 드는 소설일 경우에 더 그렇다.

"야, 이 소설은 분명 이런저런 일을 겪은 다음 쓰게 되었을 거야."

"이 소설은 P라는 주인공을 직접 만난 뒤에 영감을 받아서 쓴 게 분명해."

"이 장소는 나도 가봤는데 이 사람은 거기서 이걸 건졌네."

여러 상념이 오갈 것이다. 다른 사람이 소설을 써나간 과정을 되짚으며 나도 따라 해본다. 이를테면 여자주인공, 그들의 부모와 친구, 보험사기나 교통사고 같은 돌연한 사건들을 내 소설에도 대입한다. 가능하면 다른 작가들이 별로 써먹지 않은 에피소드를 써야 한다. 이미 나온 에피소드라면 다르게 표현해야 한다. 이런 공정을 반복해야 하는 이유는 이 과정을 통해 소설 쓰기가 별게 아니라는 것을 깨달을 수 있기 때문이다. 그러면 쉽게 소설을 쓰려고 덤빌 것이고 자꾸 쓰다 보면 좋은 소설을 건질 수 있다. 나는 도저히 인물을 찾을 수 없다고 하는 사람에게 이런 이야기를 한 적이 있다.

"정 쓸 게 없으면 네가 제일 미워하는 사람을 써봐. 미워 죽겠고, 뺨이라도 한 대 때리고 싶거나 집에 가다 돌부리에 걸려 넘어지길 바랐던 사람 없어? 그 사람에 대해 써. 그러면 투지가 생길 거다. 글 속에서 맘껏 복수를 해봐."

정반대의 경우도 있다.

"네 인생에서 다시는 만날 수 없을 것 같이 좋아했던 사람 얘기를 써봐. 죽을 때까지 잊지 못할 사람. 너에게 좋은 것을 가장 많이 준 사람. 그 사람에 대해 쓰다 보면 너 역시 무엇을 주었고 그 사람이 준 것의 의미도 확실히 알게 될 거야. 또 무얼 잘못해서 관계가 망가졌는지도 알 수 있지 않겠어? 좀 더 잘 이해하게 된다는 말이야."

상대는 그런 사람이 없다고 대답한다. 그래도 방법은 남아 있다.

"옆집 아저씨에 대해서 써봐. 꼭 재활용쓰레기 버릴 때 엘리베이터에 병뚜껑 같은 걸 질질 흘리고 다니고, 저녁때는 검은 비닐봉지에 맥주나 소주 한 병씩 사 들고 들어오는 40대 남자. 아니면 그 남자의 부인을 화자로 해도 되고. 그 사람이 키우는 개를 주인공으로 하면 더 좋지. 새로운 시각이 생길 테니까."

세상에는 너무나 많은 사람과 사건과 이야기들이 있다. 내가 발견해서 쓰는 순간 소설이 된다. 내가 발견하지 못하면 이 세상에는 아무것도 없고 아무 일도 일어나지 않은 것이다. 없다고 답을 정하지 말고 어떻게 발견해야 할까를 고민해라. 뜻이 있는 자에게는 답이 제 발로 걸어서 찾아온다. 대문을 활짝 열어놓고 기다리기만 하면 된다.

한
감정을
정하라

내가 가장 ~~했을 때

작가가 주로 다루고자 하는 감정은 주제와도 상통한다. 분노, 사랑, 슬픔, 고통, 어떤 감정을 주된 톤으로 잡을 것인지 정하자. 그 감정에 따라 문체도 문장의 길이도 분위기도 달라진다. 분노에 찬 이야기를 하려고 하면 자기도 모르게 심장박동이 빨라지면서 속도감 있는 단문을 쓰게 되고 문장도 건조하고 힘차게 쓴다. 감정은 문장을 지배한다.

내가 가장 슬펐을 때를 쓴다고 가정해보자. 몇 가지 상황이 떠오를 것이다. 내가 가장 부끄러웠을 때, 이 감정 또한 누구나 한두 번은 크든 작든 경험해봤을 것이다. 트라우마가 될 만큼 큰 사건일 수도 있고, 지금은 그냥 웃어넘길 작은 사건일 수도 있다.

105

이별이 주제라고 하면 집착형 인간의 지리멸렬한 이별 공식을 다룰 것인가, 쿨한 인간의 산뜻한 결별을 다룰 것인가를 정한다. 여러 가지 가능성 중에서 내가 고르는 것이 내 소설이 된다. 평생 내 이름을 달고 이 세상을 활보할 내 자식이 되는 거다.

우리가 경험한 감정도 사람처럼 기억에 남는다. 그때, 그 사람과, 그곳에서 나는 어떤 시간을 보냈지. 내내 앙금처럼 남은 기분, 애정, 증오, 분노, 우울, 슬픔, 무력감, 여러 가지 감정이 있을 것이다. 그것은 치명적일 때 어느 순간 소설로 발화한다. 그래서 어떤 감정이든 더욱 진하거나 강렬하거나 충격적이기를 바란다. 아프면 완전히 아파야 병의 근원을 찾아내서 치료할 수 있다. 사건이 그 경지에 미치지 못하면 내가 생각을 거듭함으로써 그 깊이에 도달해야 한다.

"이 소설은 어쩐지 2퍼센트가 부족해."

"그 작가, 문장은 좋은데 힘이 좀 달리는 것 같아."

흔하게 듣는 이런 비평은 소설로 형상화시킨 감정이 올곧게 제대로 표현되지 않았다는 뜻이다. 경험이나 사유가 부족해서이기도 하고 숙성과정을 충분히 거치지 않아서, 문제의 핵심을 건드리지 않아서이기도 하다.

모진 사건을 겪고 나면 그때 비로소 뭐가 좀 보인다. 보통 때는 일상이라는 표면 위에서 살기 때문에 그 심연에 대해 알 필요도 없고 알 수도 없다. 어느 날 우리에게 사고가 났다고 치자. 이전까지 내가 생각했던 것과는 전혀 다른 세상을 만나게 된다.

몇 년 전 여름을 더 덥고 뜨겁게 달궜던 '씨랜드 화재사건'이 있었다. 유치원생들이 씨랜드라는 곳에 캠프를 갔다가 화재가 나서 열 명 넘게 죽는 참사가 일어났다. 전날 아침까지만 해도 잘 다녀오겠다고 웃던 아이가 죽었다는 소식을 들은 부모의 심정은 어땠을까. 뜨거운 불길 속에서 숨이 막혀 죽었으니 부모는 세상이 무너지는 고통을 느꼈을 것이다.

나와 직접적인 관련이 없는 사건을 내가 왜 여태까지 기억하고 있을까. 그때 그 일을 겪은 한 부모 때문이었다. 내 기억으로 그 부부는 국가대표 운동선수로 올림픽에서 메달까지 딴 사람들이었다. 그들은 그 사건을 계기로 조국인 한국을 버렸다. 사건 처리과정에서 경찰과 국가가 납득할 만한 합리적인 절차를 보여주지 않았다. 희생자 부모들은 책임자 처벌과 정당한 해결을 요구했지만 받아들여지지 않았다. 국가대표였던 부부는 이런 나라에서 더는 살 수 없다며 이민을 갔다. 그들의 좌절감, 상처, 절망에 대해 무엇을 말할 수 있겠나.

여기가 소설의 자리다. 전날 아침까지 그들은 행복했었다. 앞으로도 죽 그렇게 살게 될 줄 알았다. 그런데 하루아침에 모든 걸 잃었다. 다시는 돌이킬 수도 없다. 국가에서 유가족의 절망감을 잘 위로해주었다면 어떻게 되었을까? 재난에 대한 합리적인 절차와 제도가 있었다면? 그 일을 겪기 전에 그들은 우리나라가 선진국인줄 알았다. 고통 받는 자에게 그토록 냉담하고 무관심한 곳인 줄 몰랐다.

잠시 전까지 상상조차 않았던 불행이 우리에게도 갑자기 닥칠 수 있다. 그 앞에서 속수무책의 심정으로 쓰러질 수도 있다. 더 큰 문제는 그 일을 겪은 뒤 우리는 더 이상 이전의 우리로 살 수 없다는 사실

107

이다. 바로 그게 소설의 소재이고 주제다. 무엇이, 왜, 어떻게 우리를 더 이상 옛날의 우리로 살 수 없게 만드는가. 무엇이 잘못되었는가. 그걸 찾고 생각하고 따라가 보는 것이 소설가의 역할이다.

소설의 발화점

멀쩡한 일상에서 핀셋으로 집어내듯 한 가지 사건과 인물을 끄집어내 이야기를 시작하는 시점은 일종의 발화점 같은 거다. 불이 붙으려면 적당한 조건이 갖춰져야 한다. 티핑 포인트라고도 부르는 이 순간은 언제고 때를 기다린다. 물은 99도에서는 끓지 않는다. 바로 여기가 티핑포인트, 조금만 지나면 끓어 넘친다. 우리는 그 지점을 찾아야 한다.

내 생각이든 감정이든 세상에서 일어나는 갖가지 사건이든 대부분은 아직 티핑 포인트까지 이르지 않아 가만히 도사리고 있다. 거기에 물 한 방울이 떨어져야 넘치게 된다. 그때 시작한다. 정상과 비정상, 영감과 광기의 경계도 여기다. 이 티핑 포인트를 포착하기 위해서는 눈을 부릅뜨고 세상을 바라봐야 한다. 호기심과 열정, 내가 해내고야 만다는 확신, 일단 시작한 뒤에는 앞뒤를 돌아보지 않는 집중력, 그것이 창작자의 재산이고 능력이다.

요즘은 대학의 미술이나 음악, 문학창작 분야에서 학생을 뽑을 때 예전에 비해 면접이 강화되었다. 사람을 마주 보고 대화를 하면 그 사람이 어떤 사람인가 금방 알 수 있다. 잠깐의 면접이 당락에 결정적이라는 사실은 무엇을 말해주나. 이 경우 무엇을 가장 우선시할까? 평가자였던 교수한테 물었더니 대답은 간단했다.

"오리지널 인터프리테이션을 얼마나 갖고 있느냐를 보는 거지."

original interpretation. 영어로 표현하니까 어렵게 들리지만 한마디로 말하면 '너는 세상을 어떻게 바라보느냐'가 중요한 평가 요소다. 세계, 또는 인간에 대한, 더 나아가 네 작업에 대한 너만의 독창적인 해석방식을 보여달라는 거다.

학원이나 개인교습으로 단기간에 훈련을 해서는 세상 보는 법을 배울 수 없다. 그런 사람은 대학에서도 이 사회에서도 그다지 필요하지 않다. 오랫동안 자신만의 세계를 갖고 자기가 하고자 하는 일에 대한 고민과 노력과 수련을 했느냐를 전문가는 금방 알아본다. 수십 장, 수백 장의 그림이 책상 위에 널려 있다. 교수들은 어슬렁거리며 책상 사이를 오간다. 다 잘 그렸다. 다 훌륭하다. 그러나 다 거기서 거기다. 그 중 한두 점은 눈에 띈다. 자기만의 해석이 들어간 독창적인 작품이다. 망설일 것도 없이 그 작품은 합격이다.

소설에서도 자기만의 눈을 갖는 데 많은 시간을 보내야 한다는 걸 이미 알았을 것이다. 그래야 소설의 세계로 데려올 것들이 발견된다. 많이 관찰하고 많이 생각하고 많이 써라. 그중에서 불이 붙을 만큼 나에게 절실한 문제를 붙들고 늘어져라. 다시 한 번 말하지만 이 일을 매일 빼먹지 말고 조금씩이라도 해나가라. 인생은 서서히 전과 달라지며 나는 다른 사람, 오리지널 인터프리테이션을 가진 강한 사람으로 바뀌어간다. 독창성은 공감과 더불어 소설가의 두 다리에 해당한다. 탄탄한 두 다리로 세상을 버텨내며 소설세계에서 살아남아라.

〈타인의 삶〉이라는 독일영화가 있다. 억수로 감동받은 친구가 내가 작가라는 이유로 꼭 읽어야 한다면서 추천했다. 보통 그런 경우 빤한 감동을 선사하는 시시한 영화이기 일쑤여서 별 기대 안 하고 봤다. 결과는 내 예상을 완전히 뒤엎었다. 나는 이런 순간을 정말 사랑한다. 나의 밋밋하고 건조한 감성의 뺨을 세게 갈기는 신선한 충격, 그 충격은 진하기마저 했다. 작가로서의 정체성을 고민하는 나치 치하의 작가와 그의 아내, 그 작가를 지켜주고자 조국을 배신하는 비밀경찰의 삶을 가감 없이 보여주는 영화 앞에서 나의 무책임한 냉소주의가 부끄러웠다. 세상과 타인을 바라보는 나의 시선이 매정하고 가차 없을 때 나는 이 영화를 떠올린다. 창작자의 독창성은 아무리 강조해도 부족하지만 그것을 타인에 대한 사랑과 연대가 떠받치고 있을 때 더욱 굳건한 힘을 발휘한다.

한
시점을
정하라

그 시절의 나와 지금의 나의 연결고리 찾기

소설에서 시간적 배경은 중요하다. 여러 시간 중에서 그 시간을 배경으로 고른 이유는 내가 표현하고자 하는 주제와 연결되어 있기 때문이다. 어린 시절로 할 것인가, 중학교, 고등학교, 군대 시절로 할 것인가. 이 시점에 따라 전달하고자 하는 이야기의 방향이 달라진다. 뱃속에서 보낸 열 달을 소설 배경으로 설정한 소설도 있다. 역사소설, 성장소설은 아예 과거 시점에서 이야기가 진행된다. 이 경우 그때의 상황을 재현하기 위한 고증과 취재는 필수다. 내가 하고자 하는 이야기에 따라 시점은 얼마든지 다양하게 선택할 수 있다.

내가 쓴 소설에서 과거와 현재를 어떻게 끌어오며 왜 끌어와야 하는지에 관한 내용을 중점적으로 다루고자 한다. 소설에 어떤 시기를 정할 때는 대개 그 시기에 해결 안 된 문제가 있고, 지금까지 그걸 잊지 않고 있다는 뜻이다. 세상에 존재하는, 나에게 일어난 여러 사건 중에서 유독 그 시기에 일어난 그 일을 나는 왜 쓰고 싶어 할까? 본인은 이유를 알고 있다. 그 이유가 소설의 핵심주제다.

어떤 글쓰기 수업에서는 어린 시절 사진 한 장을 가져와 묘사해보게 한다. 사진 속의 집이나 주변배경을 묘사하는 것도 물론 중요하다. 더 나아가 그때의 나는 어떤 생각, 어떤 감정을 가지고 있었나, 돌아보는 건 경험을 소설로 육화시킬 때 꼭 필요한 과정이다. 현재는 과거의 연장선상에 있고, 현재의 내 존재나 나를 둘러싼 사건은 과거에 끈을 대고 있기 때문이다.

최근에 읽은 김중혁 작가의 〈요요〉라는 3인칭 소설은 중학교 시절에서 이야기가 시작된다. 중학교 2학년 겨울방학에 부모가 이혼한 이후 주인공의 삶은 바뀐다. 주인공 선재는 부모가 자기 때문에 이혼했다고 생각한다. 엄마가 자신을 임신했기 때문에 아버지와의 결혼을 선택했다는 이야기를 엿듣는다. 어머니가 떠나고 아버지와 둘이 살면서 그는 방 밖으로 잘 나오지 않는다. 아버지의 얼굴을 보고 싶지 않았다. 우리가 짐작할 수 있거나 혹은 알 수 없는 여러 이유가 있을 것이다.

고등학교 때부터 시계에 몰두하기 시작하면서 그의 삶은 또 한 번 큰 변화를 겪는다. 우연히 시계를 뜯어보았다가 그곳에 완벽한 세상이 있다는 걸 알게 된다. 그 세계에 매혹된 주인공은 그때부터 시계가 움직이는 원리를 알고자 고군분투한다. 그 일은 직업으로까지 이어져 훗날 그는 시계를 만드는 사람이 된다. 그는 직업적으로는 성공을 해서 자기가 만든 시계로 전시회를 여는 위치까지 올라간다.

이 소설은 꽤 긴 시간적 배경을 갖고 있다. 중학교에서 시작해 대학생 시절, 군대, 직장생활, 그리고 중년으로까지 이어진다. 시계라는 매개체를 가지고 거기에 주인공 인생과 수많은 관계의 실패담이 어우러진다. 이 소설의 결말 부분을 읽어보자.

지난 시간을 다시 태어나게 할 마음은 없었다. 돌아갈 수 없었다. 책상을 정리하고 스케치북을 펼쳤다. 만년필로 원을 그렸다. 원 속에 새로운 시간이 흐르게 하고 싶었다. 다이얼과 문자판을 그려 넣는 중에 제목이 떠올랐다. 오랜 시간 제목을 생각하지 않고 번호만 붙인 작품을 만들었는데, 갑자기 제목이 떠올랐다. 그래, 요요로 하자. 가까워지고 다시 멀어지고 다시 가까워지는 시간, 영원을 향해 직선으로 흐르지만 결국 다시 돌아오는, 요요의 시간으로 하자. 그래 나쁘지 않아. 나쁘지 않아. 돌아갈 수는 없지만 그 시간을 떠올리는 것만으로도 나쁘지 않아. 차선재는 만년필로 새로운 원을 그렸다. 스케치를 하고 또 새로운 원을 그렸다. 원에다 계속 또 다른 시계를 그려 넣었다. 벽에 걸린 시계를 보았다. 새벽 세 시였다. 새벽 세 시의 시계를 보는 건 오랜만이었다. 고등학교 시절의 방에서, 대학교 때의 기숙사에서 그렇게 자주 만났던 시간인데, 한동안 그 시간을 잊고 있었다.

시계는 시간을 상징하고 시간은 또 우여곡절 많은 인생을 상징한다. 긴 흐름의 일들을 보여주기 위해서 긴 시점을 잡았다. 소재가 시계여서 그랬을 수도 있다. 우연히 시계를 열어 내부를 들여다보았다가 최고급 시계를 제작하는 전문가가 되기까지의 과정을 그리려면 아무래도 긴 시점이 필요했을 것이다. 무엇을 정하든, 어떤 시점을 선택하든 '효과'를 생각해야 한다. 독자에게 어떻게 하면 내가 의도한 것을 제대로 전달해야 할지 효과를 극대화시키기 위해 온갖 방법을 동원한다. 다양한 실험을 거치며 심사숙고해야 한다.

만약 소재가 시계가 아니라면 어느 하루를 배경으로 정했을 수도 있다. 그가 관계에 실패하고 실의에 빠졌을 때의 하루 혹은 세월이 많이 흐르고 결혼 또는 사업이 실패한 어느 시기를 그렸을 수도 있다. 과거를 끌어오는 건 현재를 설명하기 위한 수단이다. 한 시점이 다른 시점과 연결고리로 묶이면서 의미를 가질 때 그 시점과 사건을 소설 속으로 데려온다.

왜 그 시점이 지금의 나에게 중요한가

〈요요〉에서 중·고등학교 시절 이야기가 나온 것은 그 시절이 주인공이 시계를 만드는 사람이 될 수밖에 없었던 이유를 설명해주기 때문이다. 그때 부모님이 주인공 차선재 때문에 이혼하지 않았더라면 이야기는 달라졌을 것이다. 차선재는 잠 안 오는 밤에 괜히 시계를 뜯어보지도 않았을 것이고, 그 뒤로 시계 제작에 몰두하지도 않았을 것이다. 그런 맥락에서 이 소설의 첫 문장은 의미심장하다.

나는 관계를 부수는 사람이다. 고리를 끊는 사람이다. 폐허 위에 서 있다. 고등학교를 다니던 내내 차선재의 일기장 맨 앞에는 그 말들이 적혀 있었다.

매일 새벽 세 시, 모든 소음이 아래로 가라앉으면 차선재는 잠자리에서 일어나 책상 앞에 앉았다. 책을 읽기도 하고 노트에다 뭔가 적기도 하고 낙서를 하기도 했다. 의미 없는 말들을 주로 적었다. 연필이 하는 말을 따라 다녔다. 의미, 창문, 형광등, 새벽의 자전거 소리……. 들리는 것들을 그대로 받아 적었다. 의미 있는 말을 적는 게 무서웠다. 아무런 의미가 없는 새벽 세 시부터의 시간이 차선재를 버티게 해주었다. 여섯 시가 되면 학교 갈 준비를 했다. 학교에 가면 오히려 마음이 편했다. 학교에서는 무의미하기 위해 노력할 필요도 없었다.

이 부분을 읽고 나니 왜 차선재가 그런 사람이 되었고, 그런 삶을 살 수밖에 없었는지 알 것 같지 않은가. 나는 관계를 부수는 사람이라는 자기인식, 셀프이미지가 그의 인생을 만들었다. 그 때문에 여자친구와도 순조로운 관계를 만들지 못하고 결혼도 하지 않았을 것이다. 희망이나 확신이 있을 때 우리는 노력을 한다. 자신이 관계를 부수는 사람이라는 생각을 가지고는 타인과의 관계에 적극적일 수 없다. 그래서 부수는 게 아닌 만드는 일을 직업으로 선택하고 거기 집중했을 것이다. 하나의 완벽한 세계를 이루고 이 세계를 관장하는 시간을 인간에게 알려주는 시계에 매혹되었으리라. 거기에는 오차가 없다. 내가 원하지 않는 일들이 일어나지도 않는다.

만약 여러분이 장의사에 대한 소설을 쓴다고 가정해보자. 그 장의

115

사가 어디에 있는지 우선 정해져야 한다. 서울인지, 지방인지, 대규모 장례식장인지, 아니면 동네 장의사인지에 따라 이야기의 방향은 완전히 달라진다. 이때 시점이 중요하다. 만약 어렸을 때 이야기를 쓰기로 했다면 동네 장의사가 될 것이다. 현재를 시점으로 잡았다면 대개 장례식장에서 일하는 장의사, 전문대 장의학과를 졸업한 사람이어야 개연성이 있다. 시점은 이렇게 소설 속의 많은 조건들을 바꿔놓는다.

평생 죽은 사람의 마지막 모습을 대면하면서 보낸 한 남자 이야기를 하고 싶다면, 죽음과 동전의 양면처럼 맞닿아 있는 그의 삶에 대해 쓰고 싶다면 옛날 시점을 설정해야 한다. 간판 하나 달랑 달고 동네 귀퉁이에 초라하게 자리 잡은 장의사. 나이 지긋한 주인이나 그 아들이 장의사를 지킨다. 사람들은 초상이 나면 제일 먼저 그곳으로 달려간다. 신산스러운 한 인간의 삶, 살아가는 그 모든 과정이 다만 죽음을 향한 도정일 뿐이라는 쓸쓸한 소설이 될 것이다.

젊고 아름다운 여자가 장의학과를 졸업하고 장례식장에 취직한 상황을 생각해보자. 이야기의 방향은 완전히 달라진다. 주제가 바뀐다는 말이다. '왜 하필 젊은 여자가.' 여기에 초점을 맞추기 십상이다. 그 여자의 지난 삶이 나올 것이고 부모가 나올 것이다. 그 학과를 결정하도록 기여한 어떤 사건이 나와야 한다. 그리고 그 여자의 남자 친구도 등장할 것이다. 이런 직업을 가진 여자와 결혼하고 싶어 할까, 그의 가족의 반응은 어떨까. 당연히 활기차고 사건이 많은 역동적인 소설이 탄생할 것이다. 여기 등장하는 사람들끼리 빚는 소동은 시체를 눕혀놓은 싸늘한 안치실의 풍경과는 대조적이다.

인물과 주제와 톤을 정하고 나면 시점이 저절로 자리 잡는다. 짧게 하루, 길게 몇 년, 전 인생에 걸쳐서, 이런 식으로 구분 짓는다. 처음 소설을 쓸 때는 긴 시점을 잡지 말라고 권하고 싶다. 며칠 혹은 몇 달 안에 일어난 일을 밀도 있게 그려보는 연습이 필요하다. 과거의 어느 시점이 잠깐 나올 수는 있지만 문장도 아직 숙련되지 않은 상태에서 과거의 비중이 커지면 소설 전체가 엉성하고 늘어지는 느낌을 준다. 자신의 주특기가 무엇인지 살펴서 유장한 이야기를 다룰 것인지, 생동감 있는 에피소드를 산뜻하게 그려나갈 것인지 정하고 거기에 맞춰 시점을 선택한다.

한
장소를
정하라

나와 가장 가까운 곳

처음에는 잘 아는 익숙한 곳에서부터 쓰기 시작해라. 나의 집, 방, 책상, 부엌, 남의 사무실, 친구네, 백화점, 노래방, 여행지. 눈만 들면 보이는 곳에서 일어난 사건, 주인공의 행동을 묘사한다. 엄청난 곳, 너무 크고 특별한 장소를 선택하면 생생한 묘사가 어려워서 중간에 포기하기 쉽다. 예를 들어 청와대나 궁궐은 그리기가 어렵다. 감옥, 군대, 창녀촌도 직접 가보지 않고 묘사하면 자칫 엉터리 소설이 되기 쉽다. 특히 이런 곳은 장소가 주는 의미가 워낙 크기 때문에 적당히 넘어갈 수도 없다. 이 작가 뭘 모르는군, 소리나 듣게 된다.

분장실이나 응급실, 교실이나 전철역, 버스나 택시 안처럼 우리가 익숙하게 알고 언제라도 가서 묘사를 보충할 수 있는 곳을 선택해서 습작해라. 다음의 문장을 읽어보자.

해변으로 가는 길에 장 마르크는 시외버스 정류장 곁을 지나게 되었다. 정류장에는 청바지와 티셔츠 차림의 젊은 여자아이 하나만 있었다. 그리 열정적은 아니었지만 분명한 동작으로 마치 춤을 추는 것처럼 허리를 비비꼬고 서 있었다. 곁에 바싹 다가가자 그녀의 반쯤 벌어진 입이 눈에 들어왔다. 길게 늘어진 하품을 하고 있었다. 이 커다랗게 벌어진 구멍은 기계적으로 춤을 추는 몸통에 맞춰 부드럽게 출렁거리고 있었다. 장 마르크는, 이 여자는 춤을 추고 있으며 그리고 권태에 빠져 있구나, 하고 생각했다. 그는 제방에 도착했다. 아래쪽 해변에서 머리를 치켜들고 공중에 연을 띄우고 있는 남자들이 보였다. 그들은 연 날리기에 열중해 있었고 장 마르크는 자신이 오래전에 정리해 놓은 이론을 떠올렸다: 권태에는 세 가지 범주가 있다. 수동적 권태: 춤을 추고 하품하는 소녀, 적극적 권태: 연 애호가, 반항적 권태: 자동차에 불 지르고 창유리를 깨는 젊은이들.

밀란 쿤데라의 소설 《정체성》 중 한 단락이다. 번역이 매끄럽지 않아서 읽기에 거슬리지만 일단 이 장면 하나하나를 면밀히 살펴보자. 이 남자는 여자 친구를 찾아 해변가를 서성이고 있다. 시외버스 정류장을 지나 제방으로 걸어가는 동안 본 풍경이다. 여기서 장소 자체는 큰 비중이 없다. 거기에 있는 사람들, 그 사람의 행동이 소설 형상화에 기여한다. 이 부분만 읽어도 전체 소설의 분위기를 짐작할 수 있다. 정류장 묘사에서 우리는 장 마르크의 감정을 읽는다. '권태'다.

119

장소의 역할은 이런 것이다. 주제와 연결해서 주제를 전달하는 데 기여하고 주인공의 감정과 생각을 대변한다. 이 소설을 모델 삼아 부엌이나 운동장에 주인공의 심사를 투영하는 연습을 해보자. 어느 정도 습작을 하고 나면 나중에는 저절로 된다. 등산하는 주인공이 산에서 만나는 꽃이나 너럭바위를 본다. 작가는 그 풍경에 주인공의 상황을 겹쳐놓는 식이다.

> 고속도로를 두 시간이나 달려야 도착하는 마을은 암흑 자체였다. 고속도로를 벗어나 집으로 가는 신작로까지 가로등이 하나도 없었다. 그의 차가 뿜어내는 전조등 불빛이 유일하게 길을 밝혔다. 그는 산의 어둠이 그렇게 짙은 줄 새삼 깨달았다. 늦은 밤, 마을로 들어설 때면 산은 덩치 큰 개처럼 시커멓게 누워 있다가 재빨리 짙은 그림자를 내밀었다. 그나마 의지가 되는 것은 사방에서 들리는 개 짖는 소리였다. 그 소리를 듣고서야 마을에 제대로 들어섰다는 안도감을 느낄 수 있었다. 그는 개 짖는 소리를 따라 고속도로를 벗어나 마을로 들어왔고, 어두운 신작로를 더듬거리며 집을 찾았다. 개들이야말로 마을의 유일한 가로등이자 보안등이었다.

편혜영의 소설 〈사육장 쪽으로〉의 한 대목이다. 마을에 들어서는 장면을 묘사했지만 앞으로 일어날 사건에 대한 암시로 읽힌다. 우리가 배워야 할 건 장소는 단지 장소만의 문제가 아니라는 점이다. 내가 전달하고자 하는 이야기에 맞는 배경을 고르는 일이다. 사진관에 가서 가족사진 찍을 때와 돌이나 환갑 사진 찍을 때는 소품이나 의상, 배경그림이 각각 다르다. 배경그림만 봐도 무슨 행사인지 알 수 있다. 메시지 전달 효과를 감안했기 때문이다.

시간, 장소, 인물, 사건들의 유기적 결합은 작가가 하고자 하는 말, 메시지를 전달하는 데 기여한다. 시간적, 장소적 배경의 중요성을 강조하는 것은 이 때문이다. 구체적인 배경을 소설 속에 설정함으로써 내가 하고자 하는 이야기를 효과적으로 전달해서 소설의 완성도를 높이는 것이다.

내가 잘 모르는 곳

익숙하고 여러 번 가본 곳을 묘사한 문장을 읽을 때 독자는 얼마큼 사실에 근접했느냐, 얼마큼 공들여 묘사했느냐에 신경을 쓴다. 이거 그대론데!, 혹은 어떻게 이렇게 자세히 묘사했을까, 같은 반응들이다. 상대도 나도 알고 있는 상황을 그릴 때는 충실하게 사실에 근거해서 표현하는 것이 중요하다. 그렇다고 이것만으로 소설이 되지는 않는다.

미래소설, 역사소설을 쓸 때는 내가 한 번도 가보지 않은 장소를 묘사할 수밖에 없다. 환상적인 이야기를 전개할 때도 마찬가지다. 파라다이스, 지옥, 외국, 혹은 우리가 환상을 가지고 있는 어떤 장소에 대해 써야 할 때가 있다. 익숙한 장소라고 해도 모두 가본 것은 아니다. 짐작 가능한 곳을 텔레비전에서 본 기억을 되살려 쓰는 경우도 많다. 예를 들면 감옥이나 응급실 같은 경우다. 소설에 나오는 모든 장소를 다 가보고 쓸 수는 없다.

어떤 작가가 런던이 배경이 되는 소설을 쓴 적이 있다. 문학동네 소설상을 받은 김기홍의 《피리 부는 사나이》라는 작품이다. 인터뷰에서 자신은 런던에 가본 적이 없다고 고백했다. 여러 동영상과 가이드북, 지도 등 자료를 취재해서 썼다고 했다. 한 마디로 작가적 상상력으로 종이 위에 있던 지식을 살아 숨 쉬는 장소로 소설 속에 살려낸 것이다. 과연 비결이 무엇일까, 생각해봤다.

이때 우리는 핍진함이라는 단어를 떠올리게 된다. 작가가 쓰고 싶은 마음이 절박할 때 없는 에너지도 나온다. 상상을 해보라. 자기가 가보지 않은 곳을 주요 장소로 선택한 작가는 얼마나 걱정이 되고 떨리겠는가. 가봤다고 다 알고 잘 관찰하는 것은 아니지만 가보지 않은 사람은 자기가 뭘 모르는지도 모르기 때문에 불안하다. 철저히 조사하고 공부해서 마치 그곳에 가본 것처럼 친숙해졌을 때 자판을 두드리기 시작했을 것이다. 결국 꼭 써내고야 말겠다는 마음이 지극하면 안 가본 곳도 쓸 수 있고, 이 세상에 없는 물건도 만들어낼 수 있다.

내가 가본 적 없는 장소라도 소설 속에서는 잘 아는 곳, 그럴듯하게 표현된 장소가 되어야 한다. 이때가 상상력이 싹트는 지점이다. 잘 아는 곳이든 모르는 곳이든, 중요한 건 얼마나 소설적인 문장으로 묘사해낼 수 있느냐다. 기성소설을 토대로 습작을 거듭하고 내 소설로 무대를 옮겨 써보기를 반복해야 한다. 모방은 학습이고, 반복된 학습은 더 나은 실력으로 증명된다.

이런 습작과정을 충분히 거치고 나면 많은 실험과 시도가 필요하다. 이때는 장소도 넓히고 색다르게 바꿀 수 있다. 장소적 배경을 서울에서 전국으로, 우리나라에서 전 세계로, 상상의 나라로 넓게 변화를 주어야 한다. 그런 변화가 소설 쓰는 일을 재미있게 느끼도록 만들고 계속 쓸 수 있는 동기부여를 한다. 그 일이 손에서 이루어진다는 사실, 한 단계 한 단계 건너뛰지 않고 가야 한다는 것을 잊지 말고 매일 정진해야 한다.

소설의
플롯 짜기

소설은 작가가 사건을 취사선택해서 해석하고 의미를 찾아 새로운 허구적 사건으로 재구성해 만든 이야기다. 플롯은 작가가 사건을 해석한 결과로, 이야기를 인과관계에 따라 필연성 있게 엮어낸 것이다. 겉으로 우연하게 발생한 단독적인 사건이라 하더라도 작가는 그 사건이 다른 사건들과 관계가 있다고 생각한다. 그 심층적인 사건의 맥락을 짚어서 풀어내는 것이 소설이고, 어떻게 전달해야 할까 고민하여 이야기의 순서와 내용을 만드는 것이 구성이라 할 수 있다.

소설의 구성은
어떻게 짜야
하나

문학 작품에서 여러 요소나 사건들을 통일감 있게 짜 맞추어 유기적으로 배열하는 방식이 플롯, 또는 구성이다. 이야기를 일관된 구조가 되도록 짜 맞추는 것, 사건을 인과관계에 따라 필연성 있게 엮는 것을 말한다. 좋은 작품은 구성에 따라 부분들이 개연성 있게 연결되어 통일성을 이룬다. 구성을 짜는 이유는 이야기가 작품의 주제에 이바지하도록 하기 위해서다. 내용과 형식이 적절하게 배치되어야 생동감이 넘쳐 독자에게 공감을 줄 수 있다. 부분과 전체를 맺어주는 원리로서의 구성은 작가에게는 실제 창작과정의 지침이고, 독자에게는 작품 전체를 이해하는 질서가 된다.

기승전결이라는 원리를 바탕으로 구성은 대개 사건의 도입(또는 발단), 상승(전개), 전환(절정), 하강(해결), 결말(대단원)로 이루어진다. 현대소설에서 볼 수 있듯이 이와 같은 전통적인 구성원리가 잘 맞아떨어지지 않는 것이 최근의 추세다. 백과사전이 설명하는 구성과 실제로 작품을 쓸 때 우리가 직접 짜야 하는 구성이 같을 필요는 없다.

소설은 작가가 사건을 취사선택해서 해석하고 의미를 찾아 새로운 허구적 사건으로 재구성해 만든 이야기다. 플롯은 작가가 사건을 해석한 결과다. 겉으로 우연하게 발생한 단독적인 사건이라 하더라도 작가는 그 사건이 다른 사건들과 관계가 있다고 생각한다. 그 심층적인 사건의 맥락을 짚어서 풀어내는 것이 소설이고, 어떻게 전달해야 할까 고민하여 이야기의 순서와 내용을 만드는 것이 구성이라할 수 있다.

자연스럽고 편안하게 물 흐르듯 흘러가는 진짜 같은 이야기 전개만이 독자를 내 편으로 끌어들일 수 있다. 아무리 멋진 플롯을 짰다하더라도 장면을 잇는 바느질 자국을 들키면 감동은 반감된다. 인위적으로 만들어냈다는 인상을 풍기는 순간 그 작품의 매력은 떨어진다. 억지로 짜 맞춘 것, 이른바 작위는 어쩐지 불순하고 수준미달이라는 느낌까지 든다. 작가와 이야기가 혼연일체로 하나의 생명체를이룬 작품에서만 기운생동의 감동을 맛볼 수 있다. 머리로 만들어낸이야기가 아니라 저절로 가슴에서 흘러나온 문장이 소설이 되어야한다는 뜻이다. 아직 그럴 수 없다 해도 항상 그 상태를 지향하며 소설을 써나가야 한다.

소설의 완성도,
탄탄한 구성에
달려 있다

소설이 만들어지는 여러 과정 중에 가장 결정적인 것은 발상의 순간이다. 처음 떠오른 생각이나 장면을 구현할 인물을 만들면 큰일은 해결된 것이다. 그 인물을 중심으로 사건을 배치하고 주제를 부여하는 일련의 작업은 시간이 많이 들고 고된 작업이다. 그 수고조차 그럴듯한 발상이 떠오르지 않거나 시원찮은 발상에 의지해서 소설을 쓸 때의 노심초사에 비하면 아무것도 아니다. 소설가가 탄탄한 구성에 공을 들이는 이유도 거기에 있다. 자신이 찾아낸 발상을 떠받칠 튼튼한 기둥으로써의 구성은 소설의 완성도에 절대적인 역할을 한다.

시간의 흐름대로 이야기가 흐르는 내러티브와 달리 플롯에는 독자를 긴장시키는 역동성이 있어야 한다. 상대가 플롯이 잘 짜인 이야기를 들려줄 때 우리는 "그래서? 어떻게 됐는데?"라고 물으며 귀를 쫑긋 세운다. 흥미를 끌고 재미를 선사하고 끝까지 집중해서 책을 읽도록 해주는 것은 작가가 독자에게 줄 수 있는 최고의 선물이다. 그러기 위해서 이야기를 의미 있는 형식으로 배열하는 플롯의 중요성을 가볍게 생각해서는 안 된다.

사실에는 우연이 개입되어 있어서 그것을 그대로 쓸 경우 필연성이 결여된 이야기가 될 수 있다. 실제로 경험한 것을 서술한 수기에는 우연으로 인한 사건들이 상당히 많다. 수기에서는 허용되는 우연이 소설에서는 금물이다. 소설이 비록 허구를 동원한 이야기일지라도 사건의 필연적인 전개방식을 통해 합리적으로 구성되어야 한다.

소설가는 이야기꾼이다. 이야기꾼이라고 해서 아무 이야기나 함부로 해서는 안 된다. 이야기꾼이 어떤 이야기를 하면서 스스로 낯이 뜨거워지는 경우도 분명 있다. 내 의도를 잘 전달하기 위해서 소설적 장치(상징이나 은유)나 미학적인 언어구사력이 필요하다. 뻔뻔한 얼굴로 진짜처럼 천연덕스럽게 늘어놓는 이야기꾼이 유능한 이야기꾼이다. 소설가는 소설을 쓸 때 최대한 교활해져야 한다. 순진한 소설, 빤한 소설, 돈 주고 살 사람이 있을까. 내가 써도 이보다는 낫겠다, 라며 등을 돌릴 것이다.

마음에 들지 않는 소설에 대한 응급처치로 구성을 바꿔보는 방법이 있다. 소설을 썼는데 애초에 생각했던 것과는 너무나 멀어져서 마음에 안 드는데 정확히 무엇이 문제인지 알 수 없을 때가 있다. 인물도 주제도 사건도 큰 문제가 없다. 그럴 때 구성을 바꿔보면 소설 전체가 달라진다. 어떤 문장이나 단락을 맨 앞으로 끌어오느냐, 결말을 어떻게 내느냐에 따라 소설의 완성도에 큰 차이가 난다.

예를 들어, 카프카의 《변신》의 도입을 생각해보자. 아침에 일어나니까 자신이 갑충으로 변해 있었다는 도입 부분을 가족으로부터 소외되어 큰 절망에 빠진 장면으로 바꾼다고 가정해보자. 시간 순서대로 쓰지 않고 뒷이야기를 앞에 놓고 왜 어떻게 해서 그렇게 되었는가를 뒤에 하나씩 보여주는 구성이다. 새로운 읽는 맛을 줄 수 있다. 밋밋하거나 뭔가 부족하다고 느낄 때 이야기의 순서, 그러니까 구성에 변화를 줘보는 것이 가장 빠르고 큰 효과를 낼 수 있는 방법임을 기억해두자. 아니면 중간에 엉뚱한 에피소드 한두 개를 넣어보는 방법도 있다. 이 모든 응급처치는 일단 하나의 소설을 완성하고 났을 때의 일이다. 소설을 완성하는 일이 모든 것의 시작이고 본론이면서 결론이라고 다시 한 번 강조한다.

**소설 창작
기본기 다지기**

독자의 마음을
사로잡는
플롯

　플롯은 소설의 빛깔이자 생명이다. 똑같은 이야깃거리라 할지라도 플롯에 따라 빛깔과 완성도는 천양지판이다. 그 이야기에 적합한 플롯은 어떤 것이고, 플롯을 어떤 방향으로 발전시켜야 하는가. 소설, 시나리오, 희곡, 텔레비전 드라마 등에 이르기까지 독자나 관객의 마음을 사로잡고 싶은 사람들에게 효과적인 구성에 대한 고민은 꼭 거쳐야 할 과정이다. 수많은 작품을 통해 여러 가지 플롯을 비교·분석해 보고 마음을 끄는 플롯을 찾아서 내가 쓰고자 하는 이야기에 적용해보자.

　소설 작법에서는 보통 플롯을 건축물의 뼈대에 비유한다. 플롯이 구조물이고 거기에 살(내용)을 붙여 넣는다는 것이다. 플롯은 그렇게 간단히 살과 뼈로 분리될 수 없다. 플롯은 작품의 모든 요소를 엮어주는 힘, 얼개다. 아무런 의미도 없는 것처럼 보이는 단어, 문장,

인물 등을 유기적으로 엮어줌으로써 생명력을 부여하고 추동할 수 있는 힘을 갖게 한다. 뼈와 살에 더해서 실핏줄이나 지방, 신경세포 하나까지도 소설 전체의 형상화에 기여한다. 뼈대를 세운 뒤에는 바로 세부에 공을 들이기 시작해야 한다.

《인간의 마음을 사로잡는 스무 가지 플롯》이라는 책을 쓴 토비아스가 뽑은 가장 자주 쓰이는 대표적인 플롯은 스무 가지다. 아무리 복잡하고 새롭고 대단한 이야기도 다음의 스무 가지 카테고리 안에 들어간다고 압축해놓았다. 추구·모험·추적·구출·탈출·복수·수수께끼·라이벌·희생자·유혹·변신·변모·성숙·사랑·금지된 사랑·희생·발견·지독한 행위·상승과 몰락 등이다. 소설을 쓰기로 작정했다면 내 소설이 어떤 플롯에 해당하는지 보고 이야기를 전개시켜 나간다.

예를 들어 '탈출'의 플롯을 이야기할 때 토비아스는 '삼세번의 원칙'을 강조하고 있다. 첫 번째 탈출시도에서 성공한다면 마치 청룡열차가 높은 곳에 올라갔다가 곧장 내려오는 것처럼 재미없다는 것이다. 두 번째 시도에서의 성공은 첫 번째 시도에서 성공하는 것보다는 낮지만 그래도 성공적이지는 않다고 한다. 네 번째까지 간다면 지루해질 것이다. 그래서 세 번째에 성공하는 게 가장 흥미를 높여준다는 주장이다.

첫 번째에는 치밀하지 못한 상태에서 탈출을 시도하여 실패하고, 두 번째에는 첫 번째 실패를 교훈 삼아, 독자들이 볼 때 무조건 성공할 것으로 여겨질 만큼 치밀한 계획을 세워 탈출을 시도하지만 이때도 실패해야 한다고 한다. 세 번째에는 큰 계기와 함께 기대하지 않

131

았던 일들이 일어나야 흥미가 배가된다. 예기치 않았던 일이 자연스럽게 일어날 수 있도록 사전에 치밀하게 계획하고 준비해야 소설의 완성도가 높아진다. 청룡열차가 목적지(주제 전달)에 도달한다는 점에서는 같지만, 그 중간에 어떤 단계를 거치느냐에 따라 청룡열차 타기는 밋밋하거나 지루해질 수 있으므로 '삼세번의 원칙을 지킬 때 흥미와 박진감으로 독자를 사로잡을 수 있다'는 게 토비아스의 권고다. 그는 책의 중간에 소설 창작에 적절하게 써먹을 수 있는 격언을 들려주었다.

- 등장인물은 세 명이 가장 좋다.
- 결정적인 것을 사소하게 보이게 하라(숨겨두어라).
- 첫 번째 극적 사건이 발생하기 이전에 등장인물을 소개하라.
- 다이아몬드는 평범한 돌 밑에 숨겨라.
- 이분법은 작품을 망친다.
- 사자와 사자보다 사자와 여우의 대결이 더 흥미롭다.
- 가장 중요한 단서는 숨기지 않는다.

플롯이란 무엇인지 충분히 숙지하고 익힌 다음 직접 소설을 쓸 때는 시시콜콜한 것에 얽매이지 말고 내 소설의 큰 줄기를 따라 써야 한다. 이미 내 안에 들어와 있는 소설의 몸을 내 손으로 이끌어 밖으로 데리고 나온다고 생각하면 된다. 평소에 독서와 공부와 사색을 통해 소설이 성장해나갈 수 있는 기름진 토양을 가꾸어야 한다. 전에도 후에도 존재하지 않을 '나만의 것'을 쓴다는 각오로 작품을 시작하기 바란다. 전대미문前代未聞이라는 말은 예술가의 표상과도 같다. 이전에 아무도 쓰지 않았던 것, 그것을 찾아내 쓰기 위해 다들 그토록 힘든 시간을 보내고 있는 것이다. 과거와 똑같은 이야기를 반복하는 상투적이고 진부한 이야기라면 힘들여 쓸 필요가 없지 않겠는가.

개요를
잡을 것인가,
말 것인가

소설을 시작하는 방법은 크게 두 가지가 있다. 영감이 떠오르는 대로, 소설이 이끄는 대로 따라가면서 쓰는 방법과 전체 개요와 구성을 다 짜놓고 시작하는 방법이 그것이다. 이것은 쓰는 사람의 성향에 따라 선택하면 된다. 양쪽 다 장단점이 있고 취사선택할 부분이 있으므로 쓰면서 그때그때 적절한 조합을 해도 좋다.

개요를 잡고 쓰는 작가들은 무엇보다도 안전성을 추구한다. 그들은 가능한 한 구체적인 플롯을 잡는다. 각종 항목을 적은 포스트잇을 벽에 붙여놓고 글쓰기 전에 수차례에 걸쳐 추가하거나 빼서 에피소드를 구체화시킬 것이다. 또 장소에 따라 등장인물과 주요 사건 등을 써서 장면별 줄거리를 적어 붙이기도 한다. 이 플롯 대본을 편집하고 나서야 진짜 소설을 쓰기 시작한다. 앨버트 주커만은 개요를 잡는 작가로서 ≪베스트셀러 소설 쓰기≫라는 책에서 이렇게 말했다.

"제정신이라면 설계도면 없이 마천루 빌딩 또는 집 한 채 지을 생각을 하지 않을 것이다. 잘 쓰인 소설은 시작에서 끝까지 스스로 지탱할 정도로 튼튼한 대들보와 서까래에 해당하는 문학 장치를 갖고 있다. 어떤 종류의 건물이든 복잡한 수많은 연결고리를 갖고 있는 것처럼, 소설도 그래야만 한다."

개요를 쓰면 잘 짜인 플롯을 보장할 수 있지만 개요를 잡지 않을 때 누릴 수 있는 신선함과 자연스러움은 갖기 어렵다. 개요를 잡는 작가도 등장인물들이 처음에 계획하지 않았던 무슨 일인가를 하기 위해 애쓰는 장면에 이를 수도 있다. 이때 등장인물을 다그쳐 작가가 원했던 대로 만들려고 애쓰지 말고, 인물이 작가를 이끄는 대로 맡겨두면 의외의 장면을 만나 더 나은 작품이 나오기도 한다.

일목요연하게 정리한 계획표보다 느낌으로 소설을 쓰는 작가는 자신의 내면에 이미 있었지만 깨닫지 못하던 것을 매일매일 발견하는 재미에서 시작한다. 양쪽의 중간쯤도 얼마든지 가능하다. 마음속에 어떤 주제가 떠오를 때 자신에게 자유로운 형식으로 편지를 쓰는 거다. 매일 새롭게 떠오르는 것을 덧붙여서 자라나도록 내버려둔다. 이 방법은 무의식과 상상력을 풍부하게 만들어 심오한 이야기 구조를 만들어준다. 종종 한 장면에서 가장 중요한 순간은 예상하지 못한 순간에 나온다. 그 방법은 독자뿐만 아니라 글을 쓰는 사람도 즐겁게 한다.

전혀 다른 이야기를 하는 작가도 있다. 개요 없이 직관에 따라 처음부터 끝까지 떠오르는 대로 순차적으로 원고를 쓴다. 본능적으로 한 관점에서 다른 관점으로 건너뛰면서 말이다. 미리 만들어놓은 청사진이 없다고 해서 짜임새가 덜한 것은 아니라는 건 두 가지 방법을 실험해보면 알 수 있다. 작가는 논리적으로 사건과 인물을 바라보고 머릿속에서 재조합해 보는 존재이기 때문에 떠오르는 대로 써도 저절로 구성이 만들어진다.

두 방식을 모두 시도해보면 어떨까. 개요를 잡지 않는 작가에게는 초고가 큰 개요라고 할 수도 있다. 이 초고가 플롯을 위한 준비노트다. 일단 초고가 작성되면 개요를 잡지 않는 작가도 한발 물러나서 작품을 살펴보며 플롯을 탄탄하게 하기 위해 개요를 짜볼 수도 있다. 초고를 읽어보고 두세 페이지짜리 시놉시스를 쓴다. 자신이 쓰고자 하는 이야기가 만들어질 때까지 플롯을 다시 짜고 시놉시스를 편집한다. 원고를 다시 쓴다기보다 다듬는 것이다.

개요를 잡는 작가에게는 개요가 초고 역할을 한다. 원고 형식의 개요를 만들 때 열정적으로 재미있게 써보라. 이때 계획하지 않은 일들이 생기면 내버려두라. 포스트잇이나 메모지에 작업을 기록할 때 제정신이 아닌 생각까지 포함해 별의별 장면 아이디어를 모두 기록해라. 나중에 메모를 모아서 섞어보라. 이야기의 윤곽이 보일 것이다.

어떤 방식을 선택하든지 명심해야 할 것은 매일 일정한 분량의 글을 써야 한다는 사실이다. 내가 만들어낸 인물이 고군분투하는 과정은 내가 그 속에 들어가 있다는 생각이 들 만큼 가까이 가지 않으면 잘 그려내기 어렵다. 그러려면 매일 글과 대면해야 한다. 전날 쓴 것을 거듭 읽어본 후 더하거나 뺄 부분을 염두에 두고 써 내려간다. 일주일의 하루쯤 여태까지 쓴 내용으로 플롯을 만들어본다. 말하자면 요약 편을 한번 작성해보라는 뜻이다. 그러면 이야기가 어디까지 진행되었는지 알 수 있고 어디로 더 나아가야 할지가 보일 것이다.

소설 창작
기본기 다지기

갈등은
생명체의
본질이다

　이야기가 소설이 되기 위해서는 인물 간의 갈등과 대립이 필수적인 요소다. 원래 존재하는 모든 생명체는 서로 갈등하고 대립한다. 개별적인 자아가 있기 때문에 갈등하는 것이다. 갈등이라는 단어를 보자. 갈葛은 칡, 등藤은 등나무를 일컫는다. 이 두 나무의 특기는 다른 나무를 감고 올라가는 것이다.

　칡은 오른쪽으로 감고 올라가고, 등나무는 왼쪽 방향으로 타고 올라간다고 한다. 그래서 두 나무가 같이 있으면 서로 갈 길을 막기 때문에 화합하지 못하고 심각하게 싸우는 상황이 벌어지는 것이다. 덩굴줄기를 풀어서 반대 방향으로 감아도 줄기 끝은 고집스럽게 원래 방향으로 다시 감아 올라간다. 모든 생명이란 모름지기 자기의 본성대로 살고자 하는 존재다.

　가족이나 친구랑 식당에 가는 간단한 일조차 서로 자장면을 먹겠다, 해물탕을 먹겠다, 각자 다른 주장을 하며 마찰을 일으킨다. 갈등은 어디에나 있고 그 갈등을 조절하고 합의를 도출해내는 일이 현실 속의 삶이다. 생명을 가진 존재가 움직이고 돌아다니면 필연적으로 문제 상황, 즉 갈등을 일으키게 된다. 팽팽한 긴장과 갈등이 없으면 그 또한 재미없는 인생이다. 소설에서도 마찬가지다. 소설은 부조리와 모순이 내재되어 있는 인간의 삶, 갈등과 대립으로 고통 받는 인간의 삶을 극복하고자 분투하는 과정을 보여주어야 한다.

갈등에도 여러 가지가 있다. 나 자신의 운명과의 갈등, 자연이나 사회와의 갈등, 친구나 가족, 주변사람과의 갈등, 더 나아가 또 다른 나 자신과의 갈등이 있다. 갈등, 대립구조가 명확하지 않을 때 그 소설에는 어떤 일이 일어날까. 문장이 탄력을 잃는다. 구성을 제대로 할 수 없다. 이야기도 재미없고 주제도 확실히 도출해낼 수 없다.

플롯을 만드는 결정적인 요소는 두 가지로 압축할 수 있다. 첫째는 인물, 사건을 만들고 이끌어가는 갈등의 주체다. 플롯이 전개됨에 따라 인물의 진실이 작가의 의도에 따라 독자에게 전달된다. 인물과 플롯은 서로 침투하며 이야기를 전개시켜 나간다. 무슨 일이 일어났는가? 또는 누가 행동해서 만들어졌는가? 둘째 요소는 갈등의 구조와 배경이다. 플롯이 전개됨에 따라 갈등양상이 변모되거나 심화되면서 문제의 실상이 구체적으로 드러난다. 이 두 가지 요소를 적절히 배치하고 얽히게 해야 구성에 긴장이 생긴다.

이야기의 주축이 되는 갈등을 구성하는 방법은 대개 ARM이라 일컫는다.

"Action, Reaction, More reaction."

주인공은 움직이며 사건을 만들고 주변사람이나 상황이 거기에 반응한다. 그 반응에 대한 다각도의 더 극적인 주인공의 반응이 뒤이어 일어난다. 그 충돌과 극복과 의사결정들이 소설의 내용이다. 요약하자면 소설은 중요한 목표를 가진 주인공이 장애물과 대결하면서 이야기를 끝까지 끌어가는 것이라 할 수 있다.

"아주 심각한 문제가 있는 주인공을 만들어내고 그 주인공이 역경에서 빠져나오는 과정을 멋지게 부르는 이름이 바로 플롯이다."

작가이자 창작 교사인 바너비 콘래드의 말처럼 매력적인 주인공이 욕망을 이루기 위해 계속 분투하게 만들면 탄탄한 이야기 구조를 얻을 수 있다.

등장인물의 흐름은 이야기가 진행되는 동안 인물의 내부에서 일어나는 변화를 뜻하기 때문에 플롯의 흐름과 대비된다. 이야기가 시작될 때 한 등장인물은 어떤 특정한 성격을 가진 사람으로 그려진다. 그와 그 주변에 여러 가지 사건이 발생하고, 이 사건은 인물이 변하도록 몰아간다. 주인공은 이야기의 끝에서 완전히 다른 인물이 된다. 이렇듯 등장인물의 변화에 초점을 맞춰 플롯을 만들어가야 하는데 아래의 몇 가지 유의사항을 염두에 두자.

- 등장인물이 자신의 내면을 이해하기 시작하는 지점이 있어야 한다.
- 등장인물이 지나가야 할, 마지못해 지나가더라도 반드시 지나가야 할 관문이 있어야 한다.
- 여러 층의 내면에 영향을 미칠 만한 사건이 있어야 한다.
- 인물을 심화시키는 동요, 에피파니(순간의 깊은 깨달음)의 장면이 있어야 한다.
- 변화의 결과가 반드시 나타나야 한다.

사건만으로는 소설이 될 수 없다. 그 사건이 왜 중요하며, 그 사건 속에서 인물은 어떻게 변화하고 그것이 그의 삶을 어떻게 바꾸었는지 보여주어야 비로소 소설이 완성된다. 그러려면 인간이라는 존재에 대한 깊은 성찰과 탐구와 고민이 있어야 한다. 소설을 쓰는 일은 결국 인간을 발견하는 일이라고 해도 크게 틀린 말은 아닐 것이다. 그래서 소설 쓰기를 '인간학'이라고 칭한 사람도 있다. 삶 속에서 인간이 어떤 모습을 보여주는지 다각도로 찾아내는 것이 소설가의 일이기 때문에 많은 소설이 있음에도 불구하고 계속 새로운 소설이 나오는 것이다. 우리의 삶이 달라지고 인간의 태도도 달라지니까 소설가가 쓸 부분도 따라서 계속 늘어나는 것이다.

소설 창작
기본기 다지기

새로운
안목을
가져라

좋은 플롯을 짜기 위해서는 새로운 안목을 가져야 한다. 안목이 새로워야 소설도 그 수준에서 만들어지고 이야기가 맛깔스럽게 전개된다. 자기 그릇만큼 물건을 담을 수 있는 것이다. 그릇을 크게 키우고 잘 닦아두는 일은 담을 물건을 마련하는 것만큼 중요하다. 좋은 안목을 가진 사람을 금방 알아보듯이 좋은 안목으로 쓴 소설 또한 독자들의 눈에 띄어 사랑받을 수밖에 없다.

작가는 완성되어 태어나는 것이 아니라 노력에 의해 점차 형태가 만들어진다. 온몸과 마음이 더듬이가 되어 세상을 탐색하고 그 세계 속에다 자신의 독보적인 자리를 만들어야 한다. 작가가 되려면 우선 좋은 눈을 가져야 한다. 작가는 보되, 그냥 보는 것이 아니고 대상의 의미와 가치를 따지고 가리고 비판하면서 보는 것[觀]이다.

절대적으로 새 안목이 필요하다. 새 안목은 기성작가가 보지 못한 방향에서 세상을 보고 새로이 해석하는 것을 의미한다. 많은 독서와 경험에서 얻어진 식견과 통찰에서 새 안목이 생겨난다. 동양 고전, 서양 고전, 철학, 종교, 역사, 사회, 인류문화학, 자연과학, 미생물학 등 우주 만상에 대해서 총체적으로 읽지 않으면 안 된다. 독서라는 양분 없이 어느 날 갑자기 새 안목이라는 꽃이 피지 않는다. 다른 일에서와 마찬가지로 소설 쓰기도 인풋과 아웃풋은 정확히 일치한다. 많이 읽고 생각하고 느낀 만큼 많이 쓸 수 있으며 잘 쓸 수 있다.

새로운 안목을 위해서 다음과 같은 시도들이 있어야 한다. 단순히 시도에 그치지 않고 일이고 생활이고 삶이 되어야 한다. 이것을 몸에 익혀 습관이 되고 성격이 되어 몸에 배야지만 소설 쓰는 사람으로 살아갈 수 있다. 그때부터는 소설 쓰기가 처음만큼 힘들지 않고 소설 쓰기의 즐거움과 맛을 만끽할 수 있다. 쉬운 것 같으면서도 결코 단순하지 않은 세상 바라보는 방법으로 다음의 예를 들 수 있다.

- 고정관념에서 벗어나서 세상을 바라보기
- 어린이의 눈으로 보기
- 광인의 눈으로 보기
- 짐승이나 식물이나 별이나 달의 눈으로 보기

하나같이 고정관념이나 틀에 박힌 생각이나 지식을 버리고 새로운 시각으로 세상을 바라보라고 권한다. 일본의 어떤 애니메이션 작가는 오랫동안 개를 키웠다. 어느 날 문득 '저 개는 나같이 한심한 인

143

간을 바라보면서 무슨 생각을 할까?' 궁금해서 개를 화자로 내세워 작품을 썼다고 한다. 화자만 바뀌어도 이야기는 엄청 달라진다. 발상의 전환, 시각의 변환이 저절로 이루어지는 설정이다.

작가는 낡은 생각에서 벗어나 새 안목으로 새 윤리를 제시하지 않으면 안 된다. 윤리는 사람으로서 지켜야 할 규범이다. 새 윤리란 새로운 삶의 방법이며, 새 윤리를 찾기 위해서는 주입받은 방식의 수직적인 사고(고정관념)를 버려야 한다. 소설을 쓰다 보면 저절로 그렇게 된다. 소설을 쓰면서 교과서에서 배운 지식을 되풀이하는 사람은 없다. 내 목소리로 내가 하고 싶은 말을 하려고 소설을 쓰기 때문이다. 나만의 깨달음, 내가 본 세상, 그걸 쓰자.

"경험을 한 문장으로 정리한 다음 소설을 시작하라."

구성의 시작은 여기서부터다. 자기가 겪었다고 해서 명확히 아는 것도 아니고, 그것을 글로 제대로 표현할 수 있는 것도 아니다. 머릿속이 헝클어지고 복잡할수록 내가 쓰고자 하는 것을 우선 한 문장으로 정리해보라. 그 문장에서 시작해라. 그 한 문장이 첫 문장이면 좋겠지만 그렇지 않더라도 그 다음 문장을 하나씩 이어가다 보면 어느 순간 소설의 형태를 띠게 된다.

소설이 좀 더 진행된 다음 그 문단의 위치는 얼마든지 바뀔 수 있다. 그게 구성이다. 처음에 짜놓은 개요대로 진행되지 않을수록 많은 작업이 이루어진 것이니 걱정하지 마라.

한 문장으로 내 생각을 정리할 수 없으면 아직 고민이 끝나지 않은 것이다. 한 문장으로 정리될 때까지 더 깊이 더 오래 생각해보라. 비록 불완전하고 미심쩍어서 마음에 들지 않더라도 일단 한 문장이 떠올랐다면 나름의 의미가 있는 것이다. 거기서부터 시작해서 차츰 심화시켜나가면 된다.

**소설 창작
기본기 다지기**

소설 속
문장 읽는 법

소설에서 제일 중요한 건 주인공이지만 주인공을 살아 움직이게 만드는 것은 사건, 즉 에피소드다. 에피소드를 정한 다음에는 그것을 전체 이야기에 걸맞은 문체와 문장으로 풀어내는 것이 소설 쓰기다. 문장력이 좋을수록 상상을 마음껏 자유롭게 소설 안에 풀어놓을 수가 있다. 문장은 작가에게 유용하고 절실한 작업도구요, 작품을 이끌어가는 힘이다.

의미를
명료하게 전달하는
정확한 문장을 써라

소설은 문장이다

소설은 문장이다, 라는 사실은 아무리 강조해도 지나치지 않다. 개성 있는 인물을 설정하고 매력적인 구성을 짰더라도 문장이 좋지 않으면 좋은 소설이 될 수 없다. 그러면 좋은 문장이란 어떤 문장인가. 아름다운, 문학적으로 세공한 문장을 머릿속에 떠올릴 것이다. 물론 그 점도 중요하다. 하지만 많은 작가들이 강조했듯이 정확한 문장이 먼저다. 정확한 문장으로 명료하게 의미를 전달하지 못하면 독자를 설득할 수 없다. 당연히 감동도 요원하다.

독자가 꼭 이야기를 듣고 싶어서 소설을 읽는 것은 아니다. 소설 애독자라면 마음에 남는 문장, 자신의 생각과 감정을 대변한 깔끔하고 간명한 문장을 만나는 순간을 기다린다. 소설을 쓰려고 마음먹었

147

다면 상당량의 에너지를 문장을 갈고닦는 데 써야 한다. 정확한 문장, 은유를 담은 문장, 나만의 향취를 가진 문장에 대해 늘 고민하고 발전시켜나가야 한다. 문장은 문체를 만들고 문체는 소설을 만든다.

박범신의 《은교》나 하루키의 〈토니 타키타니〉를 예로 들어보자. 작가는 주인공을 창조해내고, 주인공의 운명과 소설의 도입과 결말을 정한다. 일어날 가능성이 있는 사건들을 머릿속에 생각하고 있는 주제에 맞게 써나간다. 이때 에피소드를 어떻게 설정하느냐가 소설 읽는 사람을 소설 속으로 끌어들이느냐 마느냐를 결정한다.

제일 중요한 건 주인공이지만 주인공을 살아 움직이게 만드는 것은 사건, 즉 에피소드다. 에피소드를 정한 다음에 그것을 전체 이야기에 걸맞은 문체와 문장으로 풀어내는 것이 소설 쓰기다. 문장력이 좋을수록 상상을 마음껏 자유롭게 소설 안에 풀어놓을 수가 있다. 문장은 작가에게 가장 유용하고 절실한 작업도구요, 작품의 힘이다.

세월이 흐른 다음 남는 것은 하나의 문장이고, 하나의 비유다. 결국 소설은 문장이라고 말할 수밖에 없다. 문장 속에 주제도 있고 주인공의 삶도 있고 세상의 훈기와 모순도 있다. 일단 써 내려가는 것이 중요하다. 쓰는 힘, 필력이 필요하고 그 다음에 정확하게 쓰는 능력이 필요하고 그 다음에 감동을 주는 문체를 찾는 솜씨가 필요하다.

소설가 김탁환도 다음과 같은 말로 이야기의 유기성을 강조했다.

"물론 아름다운 문장은 좋은 것이지만, 그 때문에 많은 것들을 놓치게 된다. 나는 아름답게 쓰지 않고 정확하게 쓰고 싶다. 그 길은? 일단은 열심히 공부하는 것. 그래서 그 단어를 만들어낸 앞뒤 문맥을 모두 파악한 상태에서 글을 쓰기 시작하는 것이다."

귀담아들을 만한 이야기다. 문장의 아름다움은 우선 정확성에서 나온다. 정확하지 않은 문장은 아름다움을 논할 수도 없다. 정확한 문장으로 앞뒤 이야기를 유기적으로 엮어나가는 것이 우리가 선택해야 할 소설의 전개방식이다.

[주어+술어]를 정확히 쓰기가 얼마나 어려운가

간결하고 명료한 문장을 쓰는 습관을 들여라. 추상적이고 모호한 문체보다 구체적이고 명확한 문장을 써라. 그것이 소설 문장이다. 보랏빛 향기, 이런 말은 소설에 없다. 향기가 어떻게 보랏빛이지? 설명할 수 있어야 한다. 눈에 보이는 것, 손에 만져지는 것, 오감으로 느낄 수 있는 것을 써야 한다. 없는 것을 쓰고자 한다면 있는 것처럼 보이게 그럴듯하게 묘사해야 한다. 소설은 삶이다. 꿈틀꿈틀 살아 숨 쉬게 묘사해야 한다. 삶과 인간과 괴리된 요설로 떨어진 문장은 소설을 실패로 이끄는 지름길이다.

명료하고 간결한 문체로 유명한 SF소설의 대가 조르주 심농은 인터뷰에서 이렇게 말했다.

"나는 언젠가 프랑스 인구의 절반 이상이 600단어 이상은 사용하지 않
는다는 통계를 읽었다. 그러니 내가 추상적인 단어들을 써서 무엇하겠
는가? 추상적 단어는 두 명의 독자 머릿속에서 다른 의미를 띠게 마련
이다. 결코 같은 식으로 해석되지 않는다. 그래서 나는 항상 '물질적인'
단어만 쓰려고 노력해왔다. 탁자, 의자, 바람, 비 같은. 만일 비가 온다
면, 나는 '비가 온다'고 쓸 뿐이다. 내 책에서는 물이 진주가 되는 일 따
위 눈을 부릅뜨고도 찾을 수 없다."

《난장이가 쏘아올린 작은 공》은 정통리얼리즘 소설과 달리 감각
적이고 간결한 문체, 반복과 생략을 통한 서술법, 동화적 상상력의
활용, 풀리지 않는 화두 같은 철학적 명제의 제기 등 다분히 반리얼
리즘적인 요소와 어우러진다. 이 작품이 고전이 되어 이렇게 오래 독
자의 사랑을 받는 이유도 문장, 문체의 힘에 있다.

소설에 쓰이는 문장은 얼마든지 다양할 수 있다. 작가도 다양한
문체를 구사할 수 있어야 한다. 방법은 얼마든지 있다. 필사, 명문장
사전 만들기, 멋진 20장면 베껴 쓰고 의미에 대해 설명하기, 좋은 단
편 5편 필사하기. '만약 내가 지금 이 소설을 쓰고 있는 중이라면'이
라는 가정을 하고 쓴다면 더 효과적일 것이다.

이문열은 특히 문장에서의 리듬을 중시했다.

"작가라면 누구나 자기 문장에 유려함이랄까 유연성을 주고 싶어 하는
데, 산문에 정형성이나 음수율을 적용하면 문장이 유려해진다. 내 문
장에서 유려하다 싶은 곳을 행갈이하면 산문시가 되거나 정형시가 나

온다. 우리에게 익숙한 음수율로 흔한 게 3·4조나 7·5조 정도고, 기분에 따라서는 12·8조도 반복하면 작은 노력으로 쉽게 효과를 볼 수가 있다."

글을 읽히게 하는 힘은 내용과 구성뿐만 아니라 문장의 흐름과 각 문장에 내재된 운율에서도 얻게 된다는 사실을 깊이 인식하자.

지문과 대화로
감추기와 들추기를
변주하라

대화로 문장에 탄력과 긴장을 준다

소설의 문장은 대화와 지문으로 나눌 수 있다. 대화로는 회화, 독백이 있고, 지문은 서술과 묘사를 일컫는다. 대화는 인물에 대한 정보를 제공하고 사건의 흐름이나 내용을 효과적으로 이해시킬 수 있다. 화자의 성격이나 상황에 적절한 참신하고 생생한 대화여야 한다.

대화는 스토리와 유기적으로 결합하여 향신료처럼 맛을 돋우는 역할을 한다. 예를 들어서, '어디 갔다가 왔느냐고 내가 묻자 그녀는 약국에 갔다 왔다고 말했다'라는 문장은 사건의 정리와 종합으로 끝난다. 적절한 대화의 삽입의 경우 "어딜 그리 쏘다녀?" 나는 잔뜩 화가 치밀어 큰 목소리로 외쳤다. "쏘다니긴요. 약국에 갔다 왔는데." 그녀는 깜짝 놀라 기어들어 가는 소리로 겨우 말했다'라고 수정한다면 훨씬 더 맛깔스러운 내용이 될 것이다. 퇴고할 때 대화를 검토하는 것도 필수다.

- 대화는 대개 짧을수록 효과적이다.
- 대화는 양쪽 모두에게 공평하라. 한 인물에게만 좋은 문장을 몰아주지 마라.
- 좋은 대화는 독자를 놀라게 하거나 긴장감을 유발한다. 대화를 한 인물이 다른 인물들을 농락하는 게임이라고 생각하라.

이야기가 설득력을 갖는 것은 작가의 능수능란한 들추기와 감추기 능력에 있다. 들추기와 감추기란 무엇인가. 일본 작가 무라카미 하루키는 최근 한 인터뷰에서 이렇게 말했다.

"가장 하고 싶은 말은 하면 안 됩니다. 거기서 멈춰버리니까요. 대화라는 것은 스테이트먼트가 아닙니다. 훌륭한 퍼커서니스트는 가장 중요한 소리를 내지 않아요. 그것과 마찬가지입니다."

대사 만드는 법

1 대사는 항상 스토리의 방향에 맞게 흘러가야 한다.
2 대사는 말하는 인물에 적합한 언어를 사용해야 한다.
3 대사는 매력적이어야 한다. 매력적이라는 것은 뉘앙스가 있고 감각적인

153

멋, 맛, 함축성, 유머가 있어야 한다는 의미다.

4 대사는 명확하고 간결해야 한다. 그것은 짧은 문장이 긴 문장보다 극적 가치를 갖기 때문이다. 그리고 방언 사용 시에는 악센트가 원형과 꼭 같지 않아도 된다.

5 화려한 문체를 쓰지 마라.

6 강조 외에는 반복하지 마라.

7 무의미한 말을 쓰지 마라.

8 절대로 필요하지 않는 한 독백은 삼가라.

9 화자의 성격이나 외모의 단서를 대화에 집어넣는다.

10 대화는 인물이 나누는 말 이상을 알려주어라.

"어떤 대사를 넣어야 되는지 안 되는지 절대 규칙은 없다. 그러나 유용한 기준은 있다"고 말한다. 기준 중 하나는 이런 것이다. "낯선 사람이 당신의 대화를 엿듣고 싶어 할까?" 대답이 '아니다'라면 그 대사를 넣지 마라. '그렇다'라는 답이 나오면 그 대사를 넣어라.

묘사,
설명하지 말고
그려서 보여주어라

인물과 상황을 그려주기

소설을 처음 쓸 때는 어떤 것이 묘사고 어떤 것이 서술인지 얼른 감이 잡히지 않는다. 간단히 말하면 묘사는 그림처럼 어떤 장면을 보이는 대로 그려주어서 읽는 사람의 머릿속에 한 장면이 떠오르게 하는 것이다. 묘사의 '사'자가 사진의 '사'자임을 상기해보면 알 수 있다.

나는 생선 먹는 것이 서툴러서 가자미는 머리와 껍질, 뼈가 엉망으로 짓이겨져 있었다. 차마 남에게 보이기 부끄러운 상태였다. 나는 다시 얼굴이 붉어졌다. 다카다 상을 보니 완전히 새빨개진 얼굴로 꾸벅꾸벅 졸고 있었다. 순식간에 취해버린 듯했다. 나는 수술이라도 하듯이 조심스럽게 가자미의 뼈와 껍질을 골라내고 남은 살을 입에 넣으면서 청

155

주를 홀짝거리며 장국을 마셨다.

다니구치 지로의 만화 〈고독한 미식가〉 마지막 장에 후기를 대신해서 붙인 짧은 소설의 한 대목이다. 주인공이 술자리에서 음식을 먹는 장면과 동료들의 모습을 우리는 머릿속에 훤히 그릴 수 있다. 언뜻 보면 주로 묘사로 이루어진 문장 같다. 이 중에서 '차마 남에게 보이기 부끄러운 상태였다', '순식간에 취해버린 듯했다'는 서술 문장이다. '얼굴이 붉어졌다'는 '있는 그대로 보여준' 묘사이고 '취해버린 듯했다'는 주인공의 판단이 들어간 서술 문장이다.

습작할 때는 묘사보다 서술 문장을 더 많이 쓰게 된다. 장면을 길게 묘사하기보다는 한 문장으로 간단히 설명하고 싶어 한다. 주인공이 장례식장에 갔다고 가정해보자. 상주와 조문객과 망자의 사진 등을 세세히 묘사해서 그려 보여주려면 그만한 필력과 노력이 필요하다. '그들은 슬픔에 휩싸여 정신없이 이리저리 왔다 갔다 했다'라는 한 문장으로 설명하면 너무도 쉽고 간단하다. 하지만 그런 문장을 읽으면서 마음이 찡해지지는 않는다.

아내로 보이는 여자는 눈물을 흘리지 않았다. 이마 위에 흐트러진 머리칼이 눈썹을 찌르는지 그녀는 계속 눈을 깜박거렸다. 그녀 옆에는 어린 여자애가 손에 헬로키티 인형을 들고 서 있었다. 영정 사진 속의 남자는 서른을 갓 넘긴 얼굴이었고 등산모자를 쓴 채 활짝 웃고 있었다. 여자는 어린애의 손을 꼭 잡고 놓지 않았다.

이 문장은 장례식장을 묘사하고 있다. 우리는 머릿속에서 각자의 느낌대로 어떤 이미지를 그릴 것이다. 남자는 분명 때 이른 죽음을 맞았을 것이고 남은 가족의 미래는 불안하기 이를 데 없다. 다음 장면은 망자의 부모와 친구들의 망연자실한 모습이 그려지겠지, 상상하며 소설을 읽는다.

묘사가 좀 더 친절하고 좀 더 문학적인 문장임을 알 수 있다. 묘사를 잘하려면 그만한 문장력이 따라주어야 한다. 한 장면 한 장면 수를 놓듯이 밭을 갈듯이 문장을 써나가는 것을 즐기고 기꺼이 그렇게 하자면 문장을 쓰는 힘이 좋아서 문장을 술술 뽑아낼 수 있어야 한다. 그게 안 되면 한두 문장으로 간단히 설명해서 알려주고 넘어가게 된다. 상황설명만으로는 독자의 마음을 잡을 수 없다.

소설 쓸 때 묘사를 잘하는 작가의 작품을 필사하는 것도 그 때문이다. 오정희, 김승옥, 하성란 같은 작가들의 세공이 뛰어난 문장을 하나하나 외우듯이 읽거나 필사하다 보면 '문학이란 것이 이런 거구나', '소설이란 이렇게 쓰는 거구나' 피부로 느낄 수 있다.

자기 글의 결점을 창작자 스스로도 잘 모르고 있거나 어렴풋이 알고 있더라도 정확하게 고칠 수 있을 정도로는 알기 어렵다. 충분히 준비된 상태에서 글을 쓰는 사람이 많지 않다. 이럴 때 좋은 소설을 읽고 나면 이정표를 발견한 것처럼 자신의 내부에서 화학작용이 일어나 문장에 변화가 일어나고 실력이 쌓이는 것이다.

어떤 단점도 집중과 몰입을 통해 극복할 수 있다. 내공은 내가 그 일에 투자한 시간과 공력에 절대적으로 비례한다. 모니터 앞에 앉으면 바로 글쓰기를 시작해라. 필요할 때마다 인터넷을 검색해서 정보와 지식을 축적해가야 한다. 꾸준히 선배작가의 작품을 읽고 때로 필요한 부분을 필사하는 끊임없는 아날로그적 노력이 필요하다.

처음엔 누구나 글을 쓰는 것에 대해 두려움을 조금씩 갖고 있다. 이런저런 글을 많이 읽고 써나가면서 소설을 위한 공부를 하다 보면 서서히 눈앞이 밝아지며 길이 보인다. 어렵지만 불가능하지 않은 것이 작가의 길이다. 무조건 첫 문장을 써라. 그리고 이어서 다음 문장, 또 다음 문장을 써나가라.

해설은 독자의 논리적 이해에 호소하지만, 묘사는 오감에 호소한다. 소설은 어떤 형상을 통해 정서적 반응을 꾀하는 게 목적이다. 묘사는 참신한 시각으로 실감나게 하되 반드시 의미를 가져야 한다. 묘사와 서술의 구별이 항상 분명한 것은 아니다. 서술이 묘사를 수반하게 마련이다. 묘사는 작가가 이야기하는 세계에 실감과 신뢰성을 부여하고 대리경험의 힘을 준다.

묘사는 건축물의 내장과 같은 것으로, 골조(서술)를 다 올렸다고 건축물이 완성된다고 할 수 없다. 건축은 골조를 올리고 난 뒤 내장을 시행하지만, 소설은 골조를 올리면서 동시에 내장을 해나가는 형태다. 소설 쓰기에서 묘사와 서술은 교대로 사용하면서 균형을 이루어야 한다.

다양한 색깔의 묘사 문장들

1990년대 이후 발표된 소설은 대부분 묘사 문장을 훌륭하게 구사하고 있다. 독서를 통해 묘사의 기법을 익히면서 나라면 이 장면을 어떻게 묘사할까 궁리해보고 직접 써보는 훈련이 필요하다. 좋은 묘사 문장을 발견하면 표시를 해두고 나중에 다시 그 부분을 반복해서 읽거나 베껴 써보라.

물소리가 뚝 그친다. 수도꼭지에서 불규칙하게 떨어져 내리던 물소리만큼 조금씩 움직이던 그녀의 몸짓도 멈춘다. 정적이 왜소한 몸을 휘감는다. 그녀의 몸은 천 년을 견뎌 낸 미라인 것 같다. 풍성한 육감을 가진 반백의 머리털만이 그녀가 살아 있음을 주장하고 있다.
그녀는 느슨하게 땋아 내린 머리 모양으로 여든을 넘기고 있다. 뒷목에서부터 등뼈를 따라 엉덩이까지 내려온 머리다발은 늙은 수사자의 푸석한 갈퀴 같기도 하고 소의 휘어진 꼬리털 같기도 하다. 머리카락을 따라 머리통으로 시선을 옮겨 조금만 세심히 들여다보면, 정수리에서부터 새카맣고 윤기 흐르는 머리털이 나오고 있음을 알 수 있다. 늙은 그녀의 머리통에서는 검은 머리카락이 새치처럼 솟구치고 있는 중이다.

천운영의 〈숨〉이라는 단편소설의 도입부다. 노파의 외모를 차분하고 꼼꼼히 묘사하고 있다. 이 대목을 읽으면 우리의 머릿속에는 늙어가는 한 여인의 모습이 그려질 것이다. 또한 읽는 사람에 따라 각자

159

다르게 인물의 성격과 삶에 대한 상상을 할 것이다. 묘사의 장점은 독자로 하여금 그려준 장면을 바탕으로 상상할 수 있게 만든다는 점이다. 서술이 답을 가르쳐주는 것이라면 묘사는 풀이과정을 보여주는 것이다.

외국작가는 어떤 묘사 문장을 쓰고 있는지 살펴보자.

> 이 책에서 이야기되고 있는 시대에는 우리 현대인들로서는 거의 상상도 할 수 없을 정도의 악취가 도시를 짓누르고 있었다. 길에서는 똥 냄새가, 뒷마당에서는 지린내가, 계단에서는 나무 썩는 냄새와 쥐똥 냄새가 코를 찔렀다. 부엌에서는 상한 양배추와 양고기 냄새가 퍼져 나왔고, 환기가 안 된 거실에서는 곰팡내가 났다. 침실에는 땀에 절은 시트와 눅눅해진 이불 냄새와 함께 요강에서 나는 코를 얼얼하게 할 정도의 오줌 냄새가 배어 있었다. 거리에는 굴뚝에서 퍼져 나온 유황 냄새와 무두질 작업장의 부식용 양잿물 냄새, 그리고 도살장에서 흘러나온 피 냄새가 진동하고 있었다. 사람들한테서는 땀 냄새와 빨지 않은 옷에서 악취가 풍겨 왔다. 게다가 충치로 인해 구취가 심했고, 트림을 할 때는 위에서 썩은 양파즙 냄새가 올라왔다.

내가 가장 인상적으로 읽은 소설 중 하나인 파트리크 쥐스킨트의 《향수》의 도입 문단이다. 18세기 파리의 뒷골목 냄새와 풍경을 마치 겪은 것처럼 묘사하고 있다. 이 문장 다음에는 인간들에게서 나는 냄새를 계급별로 묘사한다. 너무 생생하게 실감이 나서 문장 자체만으로도 감동적이다. 다음과 같은 마지막 문장으로 그 문단을 정리한다.

18세기에는 아직 박테리아의 분해활동에 제약을 가할 방법을 알지 못했을 뿐 아니라, 건설하고 파괴하는 인간의 활동, 싹이 터서 썩기까지의 생명의 과정치고 냄새 없이 이루어지는 것은 하나도 없었기 때문이다.

이 정도 완성도를 가진 문장을 써낼 때까지 작가가 얼마나 쓰고 지우고를 반복하며 고심했을지 생각해보라. 그 노력에 옷깃을 여미게 된다. 겉으로 보기에는 술술 썼을 것처럼 물 흐르듯이 편안하게 읽히는 문장이다. 오히려 그런 문장일수록, 작가는 그만큼 많은 시간과 정성을 들여 문장을 쓰고 다듬고 고쳤을 것이라고 짐작한다. 이 시대 최고의 문장가 중 하나로 일컬어지는 김훈의 작품을 읽어보자.

버려진 섬마다 꽃이 피었다. 꽃피는 숲에 저녁노을이 비치어, 구름처럼 부풀어 오른 섬들은 바다에 결박된 사슬을 풀고 어두워지는 수평선 너머로 흘러가는 듯싶었다. 뭍으로 건너온 새들이 저무는 섬으로 돌아갈 때, 물 위에 깔린 노을은 수평선 쪽으로 몰려가서 소멸했다. 저녁이면 먼 섬들이 박모 속으로 불려가고, 아침에 떠오르는 해가 먼 섬부터 다시 세상에 돌려보내는 것이어서, 바다에서는 늘 먼 섬이 먼저 소멸하고 먼 섬이 먼저 떠올랐다.

《칼의 노래》 도입부다. 조사 하나를 고르는 데 며칠씩 걸렸다는 일화는 널리 알려진 이야기다. 첫 문장 '꽃이 피었다'를 '꽃은 피었다'로 쓸까 말까 수십 번 바꾸면서 마지막까지 고민했다고 한다. 여기서 주의 깊게 봐야 할 것은 명사의 사용이다. 특히 추상명사를 물질명사

161

와 함께 사용해서 '낯설게 하기' 수법을 쓰고 있다. 노을이 '소멸'했다고 표현한 작가가 전에도 있었던가. 작가가 자신만의 방식으로 문장을 다룰 수 있다면 이미 상당한 경지에 도달한 거다. 대상을 자유자재로 문장으로 표현할 수 있는 능력, 그것이 문장력이다.

정확한 문장을 쓸 수 있을 때까지 그것에 집중해라. 그 다음엔 나만의 향취가 있는 문장을 계발해라. 그 과정을 즐길 수 있으면 그 사람은 작가다. 작가가 되는 일은 내 안의 생각과 느낌을 언어로 최대한 원형에 가깝게 표현해내는 일임을 잊지 말자.

얼마 전에 비디오클립을 하나 보았다. I am blind, 라고 쓴 종이를 앞에 둔 걸인이 광장에 앉아 있다. 한 여자가 그 앞을 지나가다 종이의 뒷면에 글씨를 새로 써준다. 그 다음부터 지나가는 거의 모든 사람이 걸인에게 동전을 던져준다. 저녁때쯤 다시 맹인 앞을 지나가던 그 여자는 돈이 가득 담긴 깡통을 보고 만족해 한다. 맹인은 그녀의 신발을 만져보고서 아침의 그 사람인 걸 알아차리고 묻는다.

"당신, 대체 내 종이에 뭐라고 적었나요?"

"당신이 한 얘기와 똑같은 걸 적었어요. 다만 다른 말로 적었을 뿐이죠."

카메라는 새로 쓴 종이를 비춘다. 그 종이에는 이렇게 쓰여 있었다.

'It's a beautiful day! And I can't see it.'

이 살아 있는 표현이 맹인의 고통이 어떤지 실제로 보여주었고,

지나가는 사람들의 마음을 움직인 것이다. 맹인이라는 사실에 근거한 평면적인 단어를, 아름다운 풍경을 볼 수 없다는 감각적인 문장으로 바꿔놓았다. 그것이 감정이입을 일으켰고 행동에 변화를 불러들였다. 그것이 문장의 힘이다. 'Power of Words' 라는 제목의 5분 정도 길이의 짧은 영화다. 이 영화를 본 사람은 누구나 한번쯤 웃었을 것이고 가슴이 뭉클해졌을 것이다. 글을 쓰는 사람은 이런 광경을 꿈꾸어야 한다. 나의 문장이 어느 날 누군가를 웃게 하고 또 어느 날은 누군가를 울게 한다. 세상과 인간을 변화시키는 것이다. 그것이 작가들이 힘들다고 하면서도 글을 계속 쓰는 이유다.

인물이나 사건이
시간과 함께한 과정을
보여준다

행위와 사건을 설명한다. 서술은 시간이 흐르면서 사건이나 사물이 움직이거나 진행되는 과정을 나타낸다. 이런 서술에는 인물, 움직임, 시간, 의미 등이 기본요소가 된다. 독자에게 정보를 제공하기 위해 인물, 사건, 배경을 서술자가 직접적으로 요약해서 해설한다. 사건, 행동을 박진감 있게 표현하려면 현장에서 느낀 인상을 극적으로 기술해야 한다.

인물과 상황에 대한 정보를 알려준다

서술의 사전적 의미는 '사물이나 사건 따위의 사정이나 과정 등을 차례대로 기술함'이다. 입체적인 문장이기보다 평면적인 문장이다.

그래서 묘사만으로는 소설이 될 수 있지만 서술만으로는 소설이 될 수 없다고 말한다. 문학이라면, 소설이라면 사건의 과정을 차례대로 적는 것만으로는 부족하다. 마음을 움직일 그 무엇! 그것을 문장에 심어야 한다.

스토리텔링은 머리가 아니라 가슴을 자극하는 것이다. 스토리텔링은 없는 것을 창조하는 것이 아니라 이미 존재하는 것을 찾아내서 재창조하는 것이다. 나와 다른 사람의 이야기를 듣는 것은 타인과의 소통은 물론 세상을 조금 다른 방식을 바라볼 수 있는 눈을 준다. 자기가 속해 있는 현실과 사회를 고민하는 것은 소설가의 역할이면서 새로운 변화를 꿈꾸는 바탕이 된다. 소설을 읽는 과정은 문학이라는 세계로 들어가서 언어의 섬세한 결을 만나는 일이다. 다른 사람이 쓴 글을 통해 다양한 삶을 간접체험하며 세상을 더 많이 더 깊게 이해할 수 있다. 덤으로 상상력과 스토리텔링의 힘도 길러진다.

앞에 인용한 〈고독한 미식가〉의 한 장면을 더 읽어보자.

그의 목소리에는 현지인의 자부심 같은 것이 배어 있었다. 그 자부심이 또 한 번 나를 안절부절못하게 했다. 나는 갑자기 큰 빚을 떠안은 기분이 되었다. 맥주를 한 모금 마셨지만, 목으로 잘 넘어가지 않았다. 홀짝홀짝 마시는 맥주는 쓰다.

이 문장들은 주인공의 감정을 설명하고 있는 서술 문장이다. 장면을 그려주기보다 장면이 어떻다는 것을 말로 알려주고 있다. '현지인

165

의 자부심이 배어 있었다', '큰 빚을 떠안은 기분이 되었다' 등은 감정을 설명해주는 문장이다.

서술 문장이 상황을 설명하는 데서 그치지 않고 문학적으로 형상화되려면 문장에 맛깔스러움을 더해야 한다. 그것은 서정적이고 아름다운 문체에서 올 수도 있고 철학적인 통찰에서 올 수도 있다. 어! 하고 멈춰 그 문장을 곱씹게 만드는 힘을 보여주어야 한다. 좋은 비유나 머리를 쾅 때리는 지혜가 담긴 잠언 같은 문장이 그런 역할을 한다.

서술은 사건 전개를 빠르게 하고 상황을 요약해서 설명해준다. 이런 점에서 묘사와 서술의 적절한 활용은 소설의 속도, 완급을 조절하도록 작용한다고 할 수 있다. 호흡이 빠른 단문은 사건 위주의 작품에 적절하고, 호흡이 긴 장문은 작중인물의 내면심리를 추적하는 소설에 적당하다. 모험담과 에피소드가 중심이 될 경우 템포가 빨라져야 한다. 성격묘사나 심리변화, 의식의 흐름을 중시할 때는 느린 템포가 효과적이다. 전자는 서술에 적당하고, 후자는 묘사에 적합하다. 소설적 시간의 완급 조절은 작품의 성격과 작품 속의 상황에 따라 유연성 있게 처리되어야 한다.

권정생의 《밭 한 뙈기》라는 작품에 실린 두 작품을 읽어보자.

인간성에 대한 반성문1

주중식한테서 소포가 왔다.

끌러 보니 조그만 종이 상자에 과자가 들었다.

가게에서 파는 과자가 아니고 집에서 만든 것 같다.

소포에다 폭탄도 넣어 보냈다는데…….

잠깐 동안 주중식과 나 사이에 무슨 문제가 있는지 생각했다.

십 년이 넘도록 알고 지냈지만 원한 살 일은 없는 것 같다.

좀 더 큰 것을 집어 먹어 봐도 괜찮다.

한 개를 다 먹고 다섯 시간 지나도 안 죽는다.

겨우 마음이 놓인다.

주중식과 나 사이는 아무런 문제 없이

돈독함이 확인되었다.

인간성에 대한 반성문2

도모꼬는 아홉 살

나는 여덟 살

이 학년인 도모꼬가

일 학년인 나한테

숙제를 해 달라고 자주 찾아왔다.

어느 날, 웃집 할머니가 웃으시면서

도모꼬는 나중에 정생이한테

시집가면 되겠네

했다.

앞집 옆집 아웃 아주머니들이
모두 처다보는 데서
도모꼬가 말했다.
정생이는 얼굴이 못생겨 싫어요!

오십 년이 지난 지금도
도모꼬 생각만 나면
이가 갈린다.

두 작품을 읽고 나면 우리는 나와 주중식과 도모꼬의 성격을 파악
할 수 있다. 이 짧은 글 속에 인물들의 성격을 잘 형상화한 덕분이다.
군더더기 없이 바로 하고자 하는 이야기로 질러갔다. 솔직하고 직접
적이고 그러면서도 독자의 감정을 대번에 끌어들인다. 어려운 단어,
어려운 표현은 하나도 없다. 그럼에도 자신의 마음을 있는 그대로 가
장 정확하고 알맞은 단어로 묘사했기 때문에 감동이 있는 것이다. 인
물의 성격이 잘 살아나면서 더불어 전하고자 하는 주제도 느끼게 된
다. 긴 문장으로 설명하지 않고 인물묘사 하나로 모든 걸 해냈다.

좋은 문장은 직관적이고 단순하다. 화려하고 장식적일수록 읽
을 때뿐이고 여운이 남지 않는다. 누구든지 쉽게 읽고 이해할 수 있
게 글을 쓰는 것이 사실은 가장 어렵다. Simple is perfect. Simple is
beautiful, 이라는 말이 있듯이 모든 복잡하고 어려운 과정을 거친 뒤

에 뼈대와 같은 핵심만 남긴다. 예술에서도 최고의 경지는 바로 이 단순함의 경지일 것이다. 모든 기술과 기법을 철저하게 터득한 뒤에는 다 잊어버리고 나 자신의 것으로 돌아와야 하는 것이 예술임을 잊지 말기 바란다.

다양한 개성의 서술 문장들

폭풍이 이는 날에는 수로의 난간에 가까이 가는 것을 금하라. 그리고 안개, 특히 겨울 안개에 조심하라……. 그리고 미로 속으로 들어가라. 그것을 두려워할수록 길을 잃으리라.

로마에서의 일을 끝내자마자 그는 기차에 올라탔고 저녁 늦게 베네치아에 도착했다. 그리고 방향 잃은 호흡이 하얗게 서려 오는 새벽의 어느 창가에서 그는 이 환상에 가까운 팻말을 보았다. 여전히 정리되지 않은 환상을 헤매는 피곤한 꿈속에서였다.

그러나 그것은 이탈리아에 도착한 이래 그가 읽은 여러 여행안내 책자 속의 단어들이 거의 무의식중에 조립된 것일 뿐.

그가 눈을 떴을 때 기차는 어둠 속에서 육지와 베네치아를 잇는 철로 다리를 달리고 있었다. 약간 설익은 어두움. 겨우 여덟 시를 넘겼을 뿐이다. 이윽고 베네치아 산타루치아라는 진짜 팻말이 어둠 속에 떠오르며 기차는 역 안으로 들어섰다. 기차에서 내리는 사람들의 흐름을 따라 역을 나왔을 때……, 그는 서른두 살의 생애에 그가 본 것 중 가장 놀랍고 이상한 도시 앞에 있음을 알아차렸다. 무거운 장식을 머리에

이고 있는 건물들이 가득 떠 있는 도시, 그것은 침몰 직전의 거대한 유
람선처럼 수로 위에서 흔들리고 있었다.
그러나 거기에는 난간도, 안개도 없었다.

최윤의 〈하나코는 없다〉라는 소설의 도입 장면이다. 소설 전체
의 이야기 전개도 그렇지만 도입 문장이 특히 매력적이어서 많은 독
자들이 오래도록 이 소설을 기억한다. 도입은 앞으로 일어날 일에 대
한 조짐과 주인공이 서 있는 장소의 분위기를 의미심장하게 묘사하
고 있다. 대부분이 서술 문장이지만 묘사에 가깝게 상황을 그려 보여
주고 있다. 성공한 서술 문장인 것이다.
소설 쓰기를 시작했을 때 이 소설을 필사하면서 밀도 높은 현란한
문장력에 감탄했었다. 좋은 문장이란 이런 것이다. 쓰는 사람도 희
열을 느끼고 읽는 사람에게도 다른 것으로 대체할 수 없는 기쁨을 준
다. 소설을 꾸준히 읽는 독자는 바로 그 순간을 위해 책을 집어 든다.

나는 방 안을 천천히 돌면서 내 영혼을 지우기 시작했다. 그리고 내가
받아들여야 할 새로운 영혼의 고통과, 외로움 속에서 찾아오는 죽음을
생각했다. 그 영혼은 어느 틈엔가 내게 다가와 세월의 무게와 고독이
빚는 불안과 피곤을 등에 지고 텅 빈 내 몸속으로 들어왔다.
나는 완전히 아셴바흐였다. 내 신체는 그의 영혼을 담기 위한 그릇에
불과했다. 영화가 촬영되는 수개월 동안, 심지어 촬영장에서 집에 갈
때도 홀린 사람처럼 아셴바흐의 걸음걸이와 습관을 그대로 유지하고
있었다.

토마스 만의 소설 〈베니스에서 죽다〉의 한 대목을 정찬이 같은 제목으로 쓴 소설에 인용한 문장이다. 소설가가 얼마나 감동을 받았으면 자기 작품에 인용까지 했겠는가. 나는 이 문장을 처음 접하고 거의 전율에 가까운 감동을 느꼈다. 작가는 대체 어떤 사람이기에 상황이 아니라 내면을 이렇게까지 묘사해낼 수가 있었을까. 이것이 문장의 힘이구나, 깨달았던 기억이 난다. 이 소설만큼 압도적인 몰입을 보여주는 소설이 또 있다.

18세기 프랑스에 한 남자가 살고 있었다. 이 시대에는 혐오스러운 천재들이 적지 않았는데, 그는 그중에서도 가장 천재적이면서도 가장 혐오스러운 인물 가운데 하나였다. 이 책은 바로 그 사람에 대한 이야기이다. 사드나 생 쥐스트, 푸셰나 보나파르트 등의 다른 기이한 천재들의 이름과는 달리 장 비티스트 그르누이라는 그의 이름은 오늘날 잊혀버렸다. 물론 그것은 오만, 인간에 대한 혐오, 비도덕성 등 한마디로 사악함의 정도에 있어 그르누이가 그 악명 높은 인물들에 뒤떨어지기 때문은 아니다. 단지 그의 천재성과 명예욕이 발휘된 분야가 역사에 아무런 흔적도 남기지 않는 냄새라는 덧없는 영역이었기 때문이다.

《향수》의 첫 문단이다. 건조하고 설명적으로 한 인간에 대해 말하고 있다. 하지만 호기심을 끌어당기기에 충분한 내용을 담고 있다. 어쨌거나 소설을 쓰는 작가의 역할은 독자로 하여금 다음 페이지를 넘기게 하는 것이니만큼 성공한 도입부임에는 틀림없다.

이런 도입의 작품을 각자 한번 써보기를 권한다. 내 주변의 누구,

171

혹은 위인이나 유명인 중의 한 명을 골라서 서술과 묘사의 문장으로 써보는 것이다. 묘사라는 생각도 없이, 서술이라는 자각도 없이, 몰두해서 그 사람에 대해 쓰다 보면 글이 제 호흡으로 저절로 흘러가는 게 어떤 것인지 알게 되고 필력도 발전할 것이다.

문장을 타고
독자는 소설 속의
시간과 공간으로
이동한다

문학작품, 특히 소설은 인생의 여러 측면 중에서 한 부분을 내세워 인생 전체를 대변하게 한다. 사소해 보일 수도 있는 특정사건을 앞세워 장황하고 복잡하고 긴 사연을 짐작하게 해준다. 묘사가 필요할 땐 묘사로, 강한 메시지를 담은 서술 문장이 필요할 땐 서술 문장으로 변주해가면서 차츰 글의 진경 속으로 빠져드는 것이다. 단면으로 전체를 보여주는 것이다.

소설을 쓸 때는 어떤 것을 전경에 두고 어떤 것을 후경에 둘 것인가를 결정해야 한다. 구성이 별게 아니다. 창작을 시작할 때 치밀하게 계획을 세워 이야기의 앞과 뒤, 먼저 하고 싶은 말과 나중에 하고 싶은 말을 정하는 것이다. 충분한 자료도 확보해야 하고, 가능하면 이야기를 잘게 쪼개서 인물에 잘 녹아들도록 만든다. 인물과 배경에 대한 정보를 꼼꼼히 자세히 적어 준비과정을 철저하게 할수록 작품

173

의 질이 높아진다. 대충 시작해서 쓰다가는 실패할 확률이 높다.

소설을 쓰는 과정에서는 에피소드를 묘사 문장으로 쓸지 서술로 할지 선택해야 한다. 쓰는 사람 자신이 잘 안다. 묘사를 촘촘히 하다 보면 숨이 차서 단숨에 치고 나갈 서술 문장을 내세우게 된다. 서술 문장을 쓰다 보면 말맛이 안 난다는 느낌이 들어 묘사로 세부를 그려 주게 된다. 그것이 우리의 호흡이고 리듬이고 살아 있는 글이 가진 자연스러운 모습이다.

쓰고 있는 소설을 소리 내서 읽어보고 잘못 쓰인 대목을 파악하면 서 고쳐나가라. 꼭 담고 싶은 재미있고 파란만장한 인생사는 후경에 두고 조그만 사건을 전경에 내세워 상황을 전개해 나가야 한다. 큰 주제일수록 작은 이야기를 앞세운다는 점을 잊지 마라. 문장을 고쳐 나가면서 이야기가 잘 진행되고 있는지 점검하는 것은 필수과정이 다. 작가와 습작생의 차이는 작품을 쓴 다음 얼마나 제대로 퇴고를 하느냐에 달려 있다. 실력이 좋을수록 퇴고를 통해 작품을 한 단계 업그레이드시킬 수 있다.

한 문장을 다듬으면서 그 문장과 영향을 주고받을 내용, 앞으로 이어갈 문장, 어휘의 정확성 등에 대해 검토해서 작품의 수준을 높여 야 한다. 퇴고 후 매끄러워진 문장이 전체적으로 소설의 완성도를 높 인다는 사실은 두말할 필요도 없다. 작가는 스스로 전개시키고 있는 스토리를 크게 현재와 과거, 두 개의 시간대로 나누고 필요에 따라 적절한 관련을 맺는 구조를 만들어야 한다.

작가일지에 적어야 할 몇 가지들

● 쓰고 싶은 소설의 개요, 계획 세우기

● 영화, 소설, 연극에서 스토리텔링의 전개과정 관찰

● 새롭게 배운 시사용어, 외래어, 은어, 비속어, 사투리

● 이야기에 효과적으로 쓰일 수 있는 거리 풍경, 장소의 상세한 묘사

● 등장인물 묘사에 사용될 수 있는 사람들의 신체적 특징

● 제목에 관한 아이디어

● 첫 문장과 마지막 문장이 될 만한 후보들

● 재미있고 평범하지 않은 어휘, 아직 존재하지 않으나 있어야 할 어휘

● 생활 속의 부조리와 아이러니(순리대로 되지 않는 일, 있어서는 안 될 곳
  에 있는 사람)

● 마음을 사로잡은 노래 가사, 그림, 영화 장면

● 묘사와 배경에 쓸 디테일! 디테일! 또 디테일!

모든 곳에서 아이디어와 특이한 것들을 찾아보라. 매일 보는 장소와 한 번도 가보지 못한 장소에서, 영화나 텔레비전, 라디오 방송에서, 주변 사람들의 대화에서, 훌륭한 작가들의 작품, 연재만화, 의외의 장소도 뒤져 보라. 또 하나, 과거의 일들에 대한 기억도 소설 소재의 보물창고다. 찾아낸 디테일을 하나의 이야기에 엮어놓고 독자를 작가가 만들어놓은 공간과 시간 속으로 이동하도록 한다.

내가
가장 좋아하는 소설
필사해보기

문장력을 키우기 위해 할 수 있는 일에는 여러 가지가 있을 것이다. 독서는 말할 것도 없이 중요하다. 그 다음 시도해볼 일은 좋은 작품을 필사하는 것이다. 작가가 주어와 술어를 어떻게 썼는지 살펴보고 주어에 맞는 술어를 찾는 일을 반복해서 연습해라. 오문, 비문, 악문은 이 [주어+술어]의 구조를 제대로 익히지 못해서 생기는 것이다. 다른 소설을 찬찬히 베껴보는 과정에서 소설 쓰기가 철저하게 몸의 일임을 알게 된다. 이 노동의 과정을 거쳐야 예술의 경지에 가 닿을 수 있는 문장을 쓸 수 있음을 가슴 깊이 깨닫는다.

좋은 표현에 밑줄을 긋고 간단히 메모해두는 습관도 좋은 문장을 익히는 방법 중 하나다. 이보다 더 확실한 것은 계획을 세워 집중적으로 하는 필사다. 자기 문장에 반복되는 습관이나 어휘의 제한 같은 약점도 필사를 통해 극복할 수 있다. 힘들더라도 몸으로 문장을 파헤치는 필사는 한번쯤 해보는 것이 좋다. 감각적인 묘사에 서툴다거나 논리적 진술 문장을 구사하기 힘들다거나 할 때도 기성 작품에서 그런 대목을 찾아 필사해보는 훈련이 필요하다. 좋은 소설은 보통 단단장, 즉 단문 둘 장문 하나로 이루어져 있다고 한다. 그것이 인간의 호흡과 리듬과 가장 잘 맞기 때문이다. 물 흐르듯이 꼬리의 꼬리를 물고 다음 문장이 이어져야 한다. 그 점이 해결된 뒤에는 가능하면 다양한 책을 많이 읽어 인식의 지평을 넓히는 게 더 효율적이다.

문장과 수사, 한 작품에 좋은 비유 한두 개가 필요하다

뛰어난 작가가 되기 전에 먼저 기본에 충실한 작가가 되기를 바란다. 절대로 기본을 잊지 않는 작가야말로 소설을 제대로 이끌어갈 수 있다고 말하고 싶다. 문법적 오류를 범하거나 뜻이 명확하지 않은 단어를 사용하는 것은 금물이다. 오타 하나, 문장 부호 하나의 실수가 작품 전체를 망가뜨릴 수 있다는 점을 명심하자. 올바른 문법과 어법의 구사와 정확한 단어의 사용은 작가의 기본이다. 이러한 자세를 먼저 갖추고 나서야 새롭고 자유로운 글쓰기가 가능하다. 책을 몇 권 낸 작가들도 글을 쓸 때 항상 사전을 뒤져 아는 단어도 찾아보며 의미에 가장 근접한, 정확한 어휘를 사용하려고 애쓴다.

말은 살아 있는 것이다. 시간과 장소에 따라 다르고 끊임없이 변한다. 지역, 상황, 직업에 대한 조사를 하는 것은 하나의 글을 써 나

177

가기 위한 최초의 사전 조사라 할 수 있다. 우리나라만 하더라도 경상도와 전라도가 말이 다르고 사람들의 전반적인 성격이 다르듯이 지역에 따라 문화와 생활습관도 다르다. 직업에 따라서 사람들의 성격은 또 달라진다. 사는 지역과 주변 환경, 직업 등으로 인해 후천적으로 언어가 형성된다. 지역성은 가장 큰 영향을 미치는 요소이며 언어는 그 지역 사람들의 성향이라고도 할 수 있다. 가령 부산 사람들의 말씨는 투박하고 억세며 말을 짧게 하는 편이다. 말씨처럼 성격도 그렇다는 것이 보편적인 생각이다. 다시 말해서, 언어와 사람의 성격, 언어와 지역적 특색은 별개의 것이 아니다. 이런 언어의 미묘한 차이를 알아두어야 상황에 맞는 구어체를 쓸 수 있다.

여러 종류의 고전을 탐독하고 그 책을 참고로 습작해보는 수련도 필수다. 고전 명작 속에 나오는 문장은 작품의 가치를 한 단계 올리는 역할을 한다. 그 작가가 기본에 충실하면서도 충분한 습작을 통해 글을 발전시켰기 때문이다. 좋은 문장은 어떻게 쓰는가. 어렵게 생각할 필요 없다. 글이란 것은 문장과 문장이 만나 이루어지고, 그 문장 역시 하나의 단어와 단어가 만나 이루어진 것이다. 앞에서도 이야기했듯이 뛰어난 작가들의 글은 마치 물 흐르듯이 유려하게 이어지며, 아름다움을 묘사한 곳에서는 아름답게, 슬픔을 표현한 곳에서는 실제로 슬픔을 느낄 수 있는 표현력을 구사한다. 그들이 보통사람들보다 풍부한 감수성을 가진 까닭도 있겠지만 무엇보다 느끼는 바를 글로 잘 옮겨 적을 수 있기 때문이다. 아무리 작가 자신이 슬픈 감정을 느끼고 행복을 느낀다 하더라도 이를 글로 잘 표현하지 못하면 독자들은 절대 공감할 수가 없다.

그렇다면 이러한 실력은 타고나는 것일까. 감정을 글로 표현하는 것은 능력이라기보다는 기술이라고 말하고 싶다. 능력은 가지고 있는 것이지만 기술은 배우고 익히는 것이다. 그렇게 익힌 기술을 우리는 나중에야 능력이라고 부른다. 글쓰기 기술은 계속적인 습작을 통해 가능해진다. 글재주가 있는, 언어감각이 발달한 사람이라면 더 빨리 발전할 것이다.

중견작가, 베스트셀러 작가들도 오랜 습작을 통해 단어와 문장의 흐름을 자신의 것으로 익히는 과정을 거쳤다. 갑자기 나타난 신인이 베스트셀러 작가가 되는 일도 있다. 그 이면을 살펴보면 결코 갑자기 일어난 일이 아니다. 대개 처절한 습작 과정을 거쳤다. 훌륭한 작가는 자기만의 언어를 갖고 있다. 독창적인 자신만의 문장은 작가의 정신이고 철학이다.

습작생들의 글을 읽다 보면 '이 글은 어디서 본 것 같다'라는 느낌이 들 때가 있다. 최근 아마추어 작가들의 판타지소설에서 많이 나타나는 경향이다. 글을 쓰기도 전에 자신이 가진 언어 능력의 결함을 드러내고 만다. 단어와 문장에 대한 감각과 노력이 부족하니까 다른 사람이 쓴 글의 형식을 따라갈 수밖에 없다. 자신만의 개성을 글에 담기는커녕 기본기도 익히지 못한 것이다.

비록 습작생이지만 자신의 글을 쓰기 시작한 이상 엄연히 작가다. 모방 단계의 습작으로 그치지 말고 폭넓은 독서로 문장력을 키워 글을 발전시켜 나가는 자세가 필요하다. 올바른 언어와 단어의 사용은 다른 무엇보다 선결되어야 하는 과제임은 두말할 필요도 없다. 작가 고유의 철학과 정신을 담은 '작가만의 문체'는 정확한 언어구사에서부터 시작된다.

문장은 작가의 내면을 반영한다

　언어철학자인 비트겐슈타인의 말을 빌지 않더라도 인간은 언어로 된 집에서 사는 존재다. 그 사람이 사용하는 언어는 그 사람의 내면을, 때로는 살아온 인생 전체를 보여준다. 우리가 여기서 해야 할 일은 좋다, 나쁘다, 를 따지지 말고 문장, 즉 주인공이 사용하는 언어로 주인공의 현재를 보여주는 것이다. 그 과정에서 적나라하게 드러나는 게 작가의 내면이다. 같은 사람을 보았다 해도 쓰는 사람에 따라 다르게 묘사한다.

　아쿠다카와 류노스케의 단편소설인 〈나생문(라쇼몽)〉을 예로 들어보자. 비를 피해 나생문에 모인 가발장수, 나무꾼, 스님이 괴이한 살인사건 재판의 증인으로 섰던 이야기를 한다. 같은 사건을 두고 네 사람은 모두 다른 증언을 한다. 우리는 진실을 보는 것이 아니라 우리가 보고 싶은 것을 본다.

　각자 다른 그 복잡하고 심오한 내면을 보여주기 위해 작가는 글을 쓰고, 독자는 글을 읽는다. 읽는 사람 또한 같은 책에서 제각기 다른 감동과 교훈을 얻는다. 심지어 많은 세월이 흐른 다음 기억하는 내용조차 다르다. 개인의 삶이 기억에 작용을 한 것이다. 누구나 자신에게 의미 있는 내용만을 기억한다.

작가가 되려는 사람은 자기가 잊지 못하고 간직한 내면의 이야기를 풀어내야 한다. 자신이 아픈 이야기를 하면 문장에 그대로 쓰지 않았더라도 아픔이 배어 나온다. 기쁨에 찬 이야기를 하려 할 때도 마찬가지다. 감정이 가슴과 손을 거쳐 문장으로 표현되어 나온다. 그런 깊이 없이는 쓰는 사람도 읽는 사람도 재미를 느낄 수 없다.

문장의 힘은 손에서 나온다

문장뿐만 아니라 인간이 이루어낸 업적은 대개 머리에서 손을 거쳐 나온다. 보통 머리에서 나온다고 생각하기 쉽지만 머리와 가슴에서 일어나는 일을 실체가 있는 현실로 구현해내는 것은 손이다. 책장을 넘기는 것도 손이고 필사를 하는 것도 손이고 몇 번이고 같은 주제를 반복해서 습작하고 또 습작하는 것도 손이다.

자신의 손을 믿으라고 나는 늘 주장한다. 머릿속에 있는 생각이 엉켜 있고 갈피가 잡히지 않는 것처럼 보인다 해도 일단 그 상태를 손으로 적어보자. 손으로 적는 동안 스스로 자리를 잡고 형태를 갖추게 된다. 머리에서 손으로 내려오는 동안 변화의 과정을 거친다. 손으로 써서 읽어본 다음 고쳐도 늦지 않다.

사회에서 일어난 사건의 경우도 마찬가지다. 막상 손으로 써보면

181

내가 겉으로 본 것과는 다른 것이 숨어 있을 수 있다. 객관적인 사건에 나의 주관이나 경험이 들러붙어서 나의 이야기로 탈바꿈하는 것이다. 그것은 놀라운 경험이고 글을 계속 쓰게 하는 원동력이다.

내 안에 매장량이 많아야 글을 쓸 때 뭔가를 계속 캐낼 수 있기 때문에 작업일지를 빠뜨리지 말고 써야 한다. 노트를 여러 권 사놓고 내용별로 따로 관리를 하면 나중에 참고할 때 편리하다. 인물, 풍경, 사물, 사건, 이렇게 종류별로 혹은 주제별로 분류해도 된다. 될 수 있으면 늘 갖고 다니면서 읽어보고 추가내용을 덧붙여서 업데이트하도록 한다.

손의 힘은 놀랍다. 썩 마음에 들지 않는 도입 장면을 놓고 몇 날 며칠 속을 끓인 적이 있다. 아무리 봐도 딱히 잘못된 구석은 없는데 이렇다 할 매력도 없었다. 이 정도의 첫인상으로는 독자의 시선을 끌어당기기에 역부족이다. 이런 경우가 제일 곤란하다. 어떻게든 고쳐야 하니까 며칠 동안 마냥 들여다보고 있었다. 그러다 어떤 생각이 퍼뜩 떠올라 문장의 순서를 바꿨다. 여섯 문장쯤으로 이루어진 문단이었는데 끝부분에 있는 문장을 첫 문장으로 썼다. 대번에 느낌이 달라졌다. 그러고 나니 중간에 빠진 문장이 보였다. 그 빠진 문장을 채워 넣고 나자 이번에는 불필요한 문장이 눈에 띄었다. 그걸 과감하게 지웠다. 이것저것 고치느라 손가락이 쉴 새가 없었다. 한 가지가 발견되니까 문장의 실핏줄까지 보이는 기적이 발생한 거다. 전체로 놓고 보면 내용은 그게 그거라고 할지 몰라도 문장의 맛은 전혀 달랐다. 회심의 미소를 지었다. 세상에, 나의 두 손이 이 일을 해냈다니! 손에다

키스라도 퍼붓고 싶은 심정이었다. 소설이 잘 안 풀린다고 엄살하는 동료작가를 만나면 점잖게 손을 가리키며 이렇게 말해준다.

"노동자의 손치고 너무 매끈한걸. 걔를 좀 더 부려먹어야 할 거야."

자기 손을 얼마나 알뜰하게 써먹느냐가 소설 완성도의 성패를 좌우한다. 새 소설을 시작할 때 반드시 손을 씻는다는 한 소설가의 말을 이해하고도 남는다. 앞으로 나를 좀 잘 도와달라는 부탁의 제스처일 것이다. 손과 친해지고 손과 오래도록 밀월관계를 유지해야 소설을 즐겁게 잘 쓸 수 있다.

상징을
갖다 붙여라

상징은 작품을 한 단계 업그레이드해주는 기능을 한다. 문학에서 사용하는 여러 수사법들 중에서도 상징은 가장 보편적이면서도 가장 효과적으로 작품과 조응한다. 그만큼 인간은 간명하고 똑 떨어지는 이미지나 개념으로 상황을 받아들이려고 하는 존재다. 아무리 멋진 얘기를 늘어놓아도 그것을 상징이라는 하나의 대상에 응축시키지 않으면 세월 속에서 흐지부지 흩어져버리고 만다.

주제를
매개할
상징 찾기

사물을 끌어들여라

소설을 쓰다 보면 어떻게 해도 이야기가 지지부진하고 형상화가 되지 않는 때가 종종 찾아온다. 보통은 소설을 덮고 한동안 묵혔다가 (작가들은 이 과정을 숙성이라고 부른다) 세월이 좀 흐른 뒤 다시 파일을 열어보면 뜻밖에 소설이 풀려나가기도 한다. 그렇게 했는데도 작품의 질에 큰 차이가 없고 마음에 안 들 때가 문제다. 이때 오래 쓴 작가들은 상징을 생각한다.

'이 얘기는 임팩트가 약해. 뭐 없을까? 선명하게 그림이 만들어지는 한 가지!'

캐릭터를 다시 생각하고 사건을 훑어보고 주변을 돌아본다. 그러다 뭐 하나가 걸려든다. 주인공의 말투나 몸의 특징, 행동의 유의점

185

등을 찾아서 그걸 중심으로 소설을 재구성한다. 이전보다 훨씬 생동 감 있고 쫀득쫀득한 이야기로 다시 태어난다. 수녀님 같은 옷차림을 한 여자가 자신의 개성을 살린 헤어스타일이나 장신구 하나로 매력 을 돋보이게 하는 것과 비슷한 이치다. 패션전문가들은 조언한다.

"어디든 한 군데에 포인트를 줘야 해요. 액세서리든, 벨트든, 가방이나 신발이든, 아니면 강렬한 색깔의 셔츠든 자신을 표현하려는 의지가 패 션에 가장 중요합니다."

이 말은 고스란히 소설에도 적용된다. 인물이든, 장소든, 문체든, 무엇이든 동원해서 거기에 주제를 싣는 것이다. 그것이 상징이고 작 가가 독자에게 줄 수 있는 서비스, 선물이다. 물건 살 때 끼워주는 사 은품이 좋아서 구매하는 사람이 상당수라는 말을 들었다. 왜냐하면 그 사은품은 따로 살 수 없고 그 물건을 사야만 얻을 수 있기 때문이 다. 독보적인 개성, 가치는 그만큼 중요하다.

상징을 백과사전적으로 설명하면 의미의 압축이다. 복합적인 생각 이나 개념을 다른 뭔가로 바꿔서 간단하게 나타내는 형식이다. 일상 에서 볼 수 있는 것으로는 교회의 십자가, 화장실을 나타내는 남자와 여자 사인, 목욕탕이나 절을 나타내는 기호 등이 다 상징체계다. 길게 설명할 필요 없이 내용을 보는 사람이 쉽게 알아보도록 하는 역할을 한다.

넓은 의미에서는 모든 기호는 다 상징이다. 사회과부도에서 지도를 봤던 사람은 기호들이 기억날 것이다. 온천, 논, 기차, 배, 산, 과일, 공장 등이 약화된 기호로 표시되어 있다. 우리는 멀리서도 당구장 사인을 보고 당구장인 줄 안다. 백화점 안에서도 우리는 사인을 보고 길을 찾는다. 화장실, 엘리베이터, 스낵코너, 어린이 보호소 등.

문학에서는 양상이 좀 달라진다. 간단히 의미만 전달하는 데서 끝나지 않는다. 소설은 거기서 더 나아가 내가 전하려는 의미를 간략하게 상징으로 나타내는 것이다. 강아지똥, 통조림공장, 행복사진관이라는 제목은 동시에 상징을 내포하고 있다. 그 상징은 오래도록 강렬한 이미지로 독자의 머릿속에 박힌다. 소설이 우리에게 생의 한 장면을 보여주는 그림이라면, 상징은 그 위에 조각칼로 판 판화다. 뇌 속에 한번 이미지가 돋을새김되면 여간해선 지워지지 않는다.

내가 좋아하는 소설 중에 천명관의 《고래》라는 장편이 있다. 얼마나 힘 있고 멋진 제목인가. 작가가 길거리에서 우연히 길을 묻는 뚱뚱한 여자를 본 뒤 착상한 소설이라고 한다. 외모지상주의 사회인 서울에서 저 비둔하고 거대한 몸집으로 어찌 살아가야 할까, 생각하다 《고래》를 쓰게 된 것이다. '붉은 벽돌의 여왕'이라 불리는 벽돌공 춘희가 주인공인데 보기 드문 인물유형이다. 7킬로그램의 몸으로 태어나 열네 살이 되기 전에 100킬로그램을 넘은 뚱보인 데다 벙어리다.

이 책에는 그녀가 성공하고 실패하고 다시 일어서는 많은 우여곡절이 길게 펼쳐지지만 자세한 것들은 다 잊었다. 고래라는 제목이 주는 이미지, 고래처럼 몸집이 크고 자꾸 정이 가는 여주인공의 이미지만 여태까지 남아 있다.

187

움베르토 에코는 다음과 같은 말로 상징을 표현했다.

"그 뭔가는 절대 명확하게 단정적으로 말할 수 없으며, 그렇지 않다면 그 상징은 이미 상징이 아니다."

상징은 다소 감춰지고 비밀스러우며 깊이 저장되어 있는 생각에 대한 명백한 표현이라는 주장도 있다. 부연설명하자면 일상생활에서 쓰는 상징과 달리 문학에서의 상징은 단번에 판별하는 의미가 아니라 깊고 비밀스러워 오래 곱씹을 수 있어야 한다는 말이다. 상징은 복잡한 개념을 단순하게 나타내거나 표시하는 고도의 의사전달 수단이다.

상징은 은유와 마찬가지로 본래 대상과 일정한 거리를 두며, 그 거리 덕분에 객관성을 얻을 수 있다. 심리 치료에서도 상징은 자주 쓰인다. 꿈이나 자유연상이나 그림을 통해 무의식을 표현한다. 환자들이 실제로 일어난 일을 이야기하라고 하면 망설이지만 꿈에 대해서 이야기할 때는 부담을 덜 느낀다. 정신과 의사는 그 꿈을 분석해서 환자의 심리상태를 읽어낸다. 이 경우 꿈이 상징이다. 그 상징을 통해 억압된 정서적 외상의 경험이나 문제를 풀고자 한다. 매개체가 있으면 환자는 안심하고 거기에 자신을 투사할 수 있다. 상징체계와 현실체계의 연관을 알아내고 그 뜻을 밝히는 것이 인간의 내면을 이해하는 핵심이다.

상징 하나만 잘 써도 성공한 소설

소설에서 상징이 얼마나 중요한지 알아보기는 쉽다. 우리가 기억하고 있는 소설 대부분이 상징을 효과적으로 쓴 소설들이다. 예를 들자면 황순원의 '소나기', 미시마 유키오의 '금각사', 헤밍웨이의 '노인과 바다', 근래의 작품에서는 김영하의 '퀴즈쇼', 박민규의 '카스테라', 김훈의 '흑산' 등 셀 수도 없을 정도로 많다. 날씨, 건물, 낚시, 비밀집단, 음식, 장소 등 상징으로 쓸 수 있는 대상은 그야말로 무궁무진이다.

상징은 얼핏 지지부진하고 밋밋해 보이는 소설에 활력을 불어넣는 역할도 한다. 김숨의 단편소설 〈국수〉에서는 설암에 걸린 새엄마에게 대접할 국수를 만드는 장면이 나온다. 어릴 때 새엄마는 밀가루 냄새나는 국수를 주인공에게 자주 해주었다. 지금은 반대로 의붓딸이 암에 걸려 음식도 제대로 먹지 못하는 새엄마를 위해 국수를 만들어준다. 질리도록 많이 먹었던 국수, 가난을 상징하는 맛없는 국수를 왜 죽음을 앞둔 새엄마에게 해주는 것일까.

국수는 여러 가지로 해석할 수 있다. 둘이 함께 보낸 세월과 현재를 잇는 다리 역할을 한다. 사람이 음식에 대해 얼마나 민감하고 끈끈한 감정을 가지고 있는가. 음식에 대한 기억은 추억과 사랑에 대한 기억이다. 국수 반죽을 하면서 그 옛날 새엄마가 느꼈을 고통과 서운함을 짐작한다. 되풀이되는 고통의 세월 속에서 주인공 또한 새엄마의 삶을 다시 한 번 곱씹어보게 된다.

소설 창작
기본기 다지기

편혜영의 〈통조림 공장〉은 또 어떤가. 작가의 특장기인 냉정한 시선과 어두운 현실에 대한 조명이 잘 어우러져 있다. 통조림 공장에서 일어나는 일에 대한 냉정한 묘사가 일품이다. 실종된 사람을 찾기 위한 조사를 하러 온 형사가 나타난 장면이다.

"그렇게 개인적으로 통조림을 밀봉하는 일이 흔한가요?"

박이 천천히 고개를 저었다. 사실 직원들 누구나 몰래 통조림에 무엇인가를 담아 밀봉해본 경험이 있었다. 공장의 누군가는 꽁치통조림 깡통에 반지를 넣어 여자친구에게 주었다. 여자친구가 통조림 뚜껑을 열었고 은색 바닥에서 덜렁거리는 반지를 빼 들었고 손가락에 끼었고 웃었다고 했다. 누군가는 아이에게 줄 크리스마스 선물로 싸구려 장난감을 통조림 깡통으로 포장했다. 원터치로 복숭아통조림 뚜껑을 열면 수가 적고 단순한 레고 블록이나 비행기로만 변신하는 로봇 같은 게 나왔다. 생애 처음 장만한 집문서를 밀봉해 넣어두기도 하고 헤어진 연인에게 보낸 편지를 넣어두기도 했다. 고양이를 밀봉한 직원도 있었다. 신경통으로 고생하는 부모님 때문이었다. 장터에서 고양이를 한 마리 사 와서는, 그 이야기를 들은 직원들은 분명 길을 헤매는 고양이를 주워 왔을 거라고 생각했지만, 오래 끓여 국물을 우려낸 다음 헤실헤실 풀어진 고양이 살점과 함께 깡통에 담아 밀봉했다. 나중에 발각되어 시말서를 쓰기는 했지만 그 때문에 공장 사람들은 깡통에 넣어 밀봉할 수 있는 것의 종류에는 한계가 없다는 걸 새삼 깨달았다. 사장이 금고 대신 통조림 속에 현금을 넣어 보관한다는 소리도 나돌았다. 전월 회계정산이 끝나는 월초에 사장이 직접 깡통에 지폐 뭉치를 넣고 압착기를 누르고 있는 걸 누군가 봤다고 했다. 그 소문을 들은 사장이 정색하며 화를 냈다고 한 것으로 봐서는 어쩌면 사실일지도 몰랐다.

통조림이라는 상징은 얼마나 놀라운가. 그 속에 담긴 물건에서 통조림 공장 사람들의 인생에 대한 많은 정보를 알아낼 수 있다. 작가가 굳이 말로 일일이 설명하지 않더라도 그들에게 가장 중요한 일, 다급한 일이 통조림 덕분에 드러난다. 상징에는 이렇듯 어떤 사물에 작가가 의도한 주제를 얹는 것이다. 더 나아가 사물이 아니라 무형의 노래나 춤, 버릇, 말, 냄새, 소리까지 무엇에나 주제라는 옷을 입혀줄 수 있다. 주제를 옷으로 입는 순간 그 물건은 물건이 아니라 상징이라는 새로운 의미체계가 된다.

상징은 객관화,
거리 유지를 위한
필수요소

소설에 상징을 도입하는 법

상징에 대해 쉽게 설명한다는 것은 어려운 일이다. 상징은 어떤 예술에서든 중요하고 절대적이기까지 한 요소이긴 하지만, 상징이란 이런 것이니 이렇게 만들어보라고 단정적으로 말하기엔 그 폭이 너무 넓다. 깊이 또한 한없이 깊다. 단순하게 말하면 상징은 바로 영감과 연결된다.

미시마 유키오의 《금각사》라는 소설이 금각사라는 절을 상징으로 쓰지 않았다면 그 소설은 별 볼 일 없는 작품으로 전락한다. 작가 또한 금각사라는 대상이 없었다면 그 소설을 쓰지 못했을 것이다. 금색으로 빛나는 압도적인 외관의 금각사를 보면서 작가는 인간이 만들어내는 아름다움에 대해 고찰해보고 싶었을 것이다.

김동인의 〈발가락이 닮았다〉라는 작품에서 발가락은 곧바로 주제와 연결된다. 긴 설명 없이 그 한 문장으로 소설 전체의 메시지가 전달된다. 얼굴이 아니라 몸의 맨 아래에 있는 발가락이 닮은 점을 발견해내서 말할 때의 심정, 상황은 절절하다. 그냥 평범한 서술문으로 표현하는 것보다 훨씬 강력하게 화자의 슬픔과 당혹감을 전달해준다. 발가락이라는 단어를 독자는 결코 잊을 수 없는 것이다.

상징을 갖다 붙이는 일이 소설의 완성도에 결정적이라는 것에 대해서는 두말할 필요가 없다. 그럼 이제부터 상징이라는 의미를 파고들어보자. 상징을 쓰려면 우선 관찰력이 필요하다. 주위의 사물, 사람들의 대화, 사건, 책이나 뉴스들, 모든 곳에 상징은 숨어 있다. 발견해줄 눈을 기다리며 상징은 세상 곳곳에서 숨죽이고 있다.

방금 헤어진 연인이 있다. 그 사람들이 헤어질 기미는 여러 차례 보였다. 다만 당사자들이 그것을 놓쳤을 뿐이다. 이별에 대한 이야기를 소설을 쓴다고 가정해보자. 하루에 네 번 전화하던 남자였다. 아침에 일어나자마자, 점심시간에, 저녁때 퇴근할 때쯤, 그리고 자기 전. 보통의 연인이 이 정도의 통화나 문자메시지를 주고받는다면 이건 연애가 정상적으로 돌아간다는 의미다. 여기서 접속횟수는 상징이다. 감정의 내용을 설명해준다.

어느 날 남자가 아침에 일어나자마자 하던 전화를 빼먹었다. 늦잠을 잤다는 핑계를 댄다. 혹은 아침에 무슨 일인가를 하느라 바빴다고 말한다. 종종 낮에도 전화를 하지 않았다. 이미 감정에 균열이 생기기 시작한 거다. 작가가 접속의 빈도수를 관계의 밀도와 연결 짓기로

소설 창작
기본기 다지기

마음먹었다면, 그것을 상징으로 삼기로 했다면 소설의 시작부터 끝까지 전화를 걸거나 받는 상황을 치밀하게 묘사해야 한다. 자연스럽게 두 사람의 심리가 노출된다. 당사자 두 사람은 아직 모르지만 그 변화에서 독자는 이 사람들 곧 헤어지겠구나, 눈치 챌 수 있다.

상징은 사물, 한 가지로 한정되지 않는다. 말투도 상징이다. 사투리, 영어를 섞어 쓰는 말버릇, 반복하는 단어 등은 그 사람의 성격을 상징할 수 있다. 걸음걸이나 손짓 역시 마찬가지다. 이걸 다른 말로 '의탁한다'고 표현한다. 내가 전달하고자 하는 주제를 독자에게 더 강렬하게 매력적으로 전하기 위해 어떤 대상에게 의탁하는 것이다.

세월이 흘러 그 소설의 구체적인 내용을 다 잊어버린다 해도 우리는 상징을 기억한다. 카프카의 《변신》에서는 갑충으로 변한 모습이 상징이다. 뒷부분에 나온 이야기까지 기억하지 못한다 해도 그 사실 하나만으로도 어떤 일이 일어났으며, 작가가 무슨 말을 하고자 하는지 짐작할 수 있다. 인생에는 '그 어느 날'이라는 게 있어서 갑자기 우리를 공격해 오고, 그때 속수무책으로 인생이 내동댕이쳐질 수도 있다는 메시지를 어렵지 않게 얻을 수 있다.

또 하나의 경우를 생각해보자.

작가가 고등학교 때 누군가로부터 성폭행을 당했다. 그걸 소설로 형상화시키고자 한다. 아무리 문장력이 좋고 소설을 잘 써도 이 문제는 좀체 객관화되지 않는다. 그 고통과 분노가 아직도 사라지지 않고 남아 있기 때문이다. 어떻게 해서든 그 이야기를 소설로 쓰고 싶은데 무엇을 어떻게 해야 하나. 이때 필요한 것이 상징이다. 작가는 고민

끝에 여주인공이 병에 걸린 걸로 설정한다. 이 상황에서 병명과 증상은 아주 중요하다. 거의 결정적이다.

여주인공은 선단공포증을 앓고 있다. 모서리공포증이라고도 부르는 이 병은 날카로운 물체의 끝을 보면 무서워하는 공포증이다. 이런 사람들은 칼을 만지지도 못 하고 주사도 못 맞는다고 한다. 주인공 여자는 날카로운 것만 보면 겁을 내고 울렁증을 느껴 숨도 잘 못 쉰다. 이 병을 상징으로 끌어들이면 그녀의 병중에 대한 묘사가 주를 이루게 된다. 병에 대한 묘사에만 충실하면 되니까 작가가 거리를 유지하면서 사건을 객관화시키기 수월하다.

소설 중간쯤에서 그녀가 언제 왜 선단공포증을 앓게 되었는지가 밝혀진다. 고등학교 교실에서 담임이나 또는 동급생이 커터 칼로 위협해서 그녀를 범한 뒤부터 그녀는 칼 같은 날카로운 물건을 보면 고통을 느낀다. 바로 정황이 이해되지 않나. 상징의 역할은 그런 것이다.

상징은 작가와 인물 사이에 거리를 만들어준다. 거리 덕분에 말하고자 하는 대상을 냉정하게 바라보고 객관적으로 들여다볼 수 있다. 그녀의 인생을 직접적으로 이야기하는 것이 아니라 병과 병의 전말에 대한 이야기로 환치했기 때문에 말하는 사람이나 듣는 사람이 부담을 덜 느낀다. 거기다 독자는 새로운 미적 경험까지 하게 된다. 평범한 커터 칼이 흉기가 되어 인간의 내면에 침투해 영혼에 트라우마라는 상처를 낸다는 새로운 인식을 경험한다.

상징은 작품을 한 단계 업그레이드해주는 기능을 한다. 문학에서 사용하는 여러 수사법들 중에서도 상징은 가장 보편적이면서도 가장 효과적으로 작품과 조응한다. 그만큼 인간은 간명하고 똑 떨어지는 이미지나 개념으로 상황을 받아들이려고 하는 존재다. 아무리 멋진 이야기를 늘어놓아도 그것을 상징이라는 하나의 대상에 응축시키지 않으면 세월 속에서 흐지부지 흩어져 버리고 만다.

"나는 그것을 하지 않는 것을 선택하겠습니다"

어떤 의미에서 상징은 작가가 만드는 것이 아니라 독자가 찾아내는 것이다. 작가는 문장이 이끄는 대로 자연스럽게 어떤 이미지를 끌어들여 이야기를 풀어낸다. 거기서 그 이상, 그 이하의 의미와 느낌을 발견하는 것은 순전히 독자의 몫이다. 해석하는 바에 따라 상징의 의미와 크기는 얼마든지 달라질 수 있다.

프랑스 작가 모파상의 <목걸이>라는 소설 역시 상징으로 말미암아 독자의 기억에 오래 남아 있는 작품이다. 가난한 사람이 파티에 참석하기 위해 빌려 온 진주목걸이를 잃어버렸다. 그걸 갚으려고 오랜 시간 고된 노동을 했는데 나중에 알고 보니 그 목걸이는 가짜였다. 가난 때문에 남의 신세를 져야 하고, 그 때문에 생고생을 하게 된다는 이야기 자체는 얼마나 평범한가. 하지만 진주목걸이라는 상징을 씀으로써 소설은 전혀 다른 맛을 낸다. 우리가 소유하기를 꿈꾸는 것들, 즐거운 파티, 멋진 옷차림, 사람을 돋보이게 하는 장신구, 무엇보다 가짜로라도 자신을 포장하고 싶어 하는 허영심……. 이 모든 것이 진주목걸이라는 상징에 담겨 있다.

《모비딕》을 쓴 허먼 멜빌의 작품 중에서 내가 사랑하는 소설은 《필경사 바틀비》다. 이 바틀비는 늘 "나는 그것을 하지 않는 것을 선택하겠습니다"라는 말을 입에 달고 산다. 당연히 해야 할 일도 이 말을 하며 거부해서 상대를 당황하게 한다.

"I would prefer not to."

이 짧은 문장은 그 후 여러 작가나 지식인들에 의해 꾸준히 거론될 만큼 의미심장하다. 이 문장이 내포하고 있는 뜻은 그야말로 독자의 상황과 수준에 따라 천차만별로 읽힌다. 단순히 비사회적인 인물의 게으름, 책임회피로 볼 수도 있고, 자신을 소모시키는 자본주의 구조에서 스스로를 지키기 위해 안간힘을 쓰는 약한 인간의 외침으로 볼 수도 있다. 소설 끝에서 바틀비가 외로이 죽어가게 만들어 작가는 현대의 조직사회에서 'No'라는 대답이 얼마나 위험한 것인지 경고한다. 조직에서 살아남아야 하는 처지로 위험을 넘어 불가능에 가까운 일이다. 작가는 불가능한 일을 통해 인간이 추구해야 하는 존엄의 끝을 보여준다.

이 소설에서 쓴 상징은 바로 위의 문장이다. 나는 그것을 하지 않는 것을 선택하겠다는 말, 독자로 하여금 잠깐 독서를 멈추게 하고 앞뒤 정황을 다시 그려보게 한다. 바틀비의 편을 들기도 하고 그를 나무라기도 한다. 어쩌면 자신도 하루에 몇 번씩 저 말을 하고 싶었음을 깨달을지도 모른다. 독자를 불편하게 하고 우울하게 하며 독서가 끝난 뒤까지 소설 속에 머물게 할 만큼 묵직한 메시지를 담은 문장이다.

독자와 작가는 전혀 다른 방식으로 책을 읽어야 한다. 우리가 문법책에서 배운 수사법은 종이에 찍힌 글자일 뿐이다. 머릿속에 저장되어 있지만 그것은 활동하지 않는 침묵의 지식이다. 그러나 글을 쓰려고 하는 순간, 내가 읽은 책에서 작가가 어떻게 상징과 은유를 동원했는지 전혀 다른 무게로 다가온다. 모든 책이 글 쓰는 사람에게는 교과서요, 참고서다. 광고 문구, 만화책, 상품 매뉴얼에도 배울 점이 있다.

어떤 사진작가는 사진을 찍기 시작한 뒤로 사물을 세 배는 밀도 있게 바라보게 되었다고 했다. 눈에 들어오는 물체를 그냥 보는 것이 아니라 뷰파인더를 통한 한 장의 스틸사진으로 인식하게 된다. 그런 사람에게 그냥 스쳐 지나가는 대상은 없을 것이다. 우리도 마찬가지다. 모든 대상이 내 글의 소재이고, 주제이고, 길잡이라는 사실을 기억하자. 눈을 크게 뜨고 책에서 필요한 걸 섭취해서 내 속에 영양을 저장한 뒤 소설 어딘가에 그 양분을 공급하자.

어떤 작가도 혼자 저절로 글을 잘 쓰게 되지 않았다. 그들에게는 이미 존재했던 선배작가 모두가 스승이다. 그들의 말, 그들의 글, 그들의 모든 책을 전범 삼아 내 글과의 수준 차이를 점점 좁혀 나간다. 필사를 하고 나와 성향이 맞는 작품을 반복해서 읽으며 문학적인 기제를 완벽하게 익히고 그들의 훈수를 적극적으로 수용하라고 하는 것도 그 때문이다.

오늘 여러분 옆에 있는 소설책 하나를 골라서 그 작가가 자신의 이야기를 잘 전달하기 위해 상징을 비롯한 수사를 어떻게 동원했는지 한번 분석해보라. 영업사원이 물건 파는 것만큼 절박한 문제다. 독자를 설득해 감동을 전달하기 위해서 작가는 잠을 설친다. 처음에 마땅한 상징을 발견하지 못했다면 우선 소설 한 편을 완성해라. 그러고 나서 반복해 읽은 다음 적절한 상징 하나를 끌어와 소설의 완성도를 높여라. 비록 상징이 성에 차지 않더라도 상징을 가지고 소설을 쓰는 연습을 해보면 소설 보는 눈이 달라진다.

소설을
어떻게 끝내지?
제목은? 퇴고는?

퇴고할 때 반드시 염두에 두어야 할 것 중의 하나가 리얼리티, 삶의 구체성이다. 문학이 삶의 단면을 담되 구체성을 잃지 않으려면 그 삶이 뿌리내리고 있는 터전을 배경에 두지 않으면 안 된다. 특히 '이 사람이 무엇을 해서 먹고살고 있는가' 하는 질문은 삶과 밀착된 소설을 쓸 수 있도록 해준다. 소설은 그 삶의 주인공들이 어떤 경제적 조건 위에서 살고 있는가를 충분히 보여주며 실감 나는 스토리를 엮어가는 장르다. 리얼리티가 확실히 받쳐져야 독자는 비로소 작가가 건설한 세계를 제대로 읽어낼 수 있다.

결정적 한 방을 날려
소설을
마무리하라

결말을 쓰기 위해 소설을 쓴다

작가는 소설을 쓰고 싶어서, 쓰지 않고는 견딜 수 없기 때문에 절실함과 아픔, 절망, 고통, 열등감을 승화시키기 위해 쓴다. 소설을 쓰려면 먼저 소설 쓰기에 대한 설렘과 욕망, 자신의 소설과 소설을 쓰는 것 자체에 대한 애착, 절박함이 있어야 한다.

인간과 사회와 역사에 대한 관심과 애정을 통해 그 속에 숨겨진 진실과 문제를 발견하는 데서부터 소설 쓰기는 시작된다. 소설 한 편을 완성하는 데는 여러 번의 시행착오와 오랜 기간의 수련이 요구된다. 시작과 전개, 절정과 결말에 이르기까지 한 부분도 소홀하지 않고 뜨개질하듯이, 그물의 코 꿰듯이 정성을 들여야 한다. 코 하나를 빠뜨렸다가는 옷은 입을 수 없게 되고 잡은 고기는 놓칠 수 있다.

단편소설은 무엇보다 구성의 완결성이 추구되는 장르라 할 수 있다. 특히 축을 이루는 스토리가 한곳에 합일되는 결말부분의 매듭이 무엇보다 중요하다. 여태까지 내가 하고자 하던 이야기를 펼쳐놓았다가 결정적인 한 방을 날려 소설을 마무리하게 하는 것이 결말이다. 극적 반전을 통한 통쾌한 마무리, 극한의 상황에서 터지는 절규, 흐트러진 이야기 갈래들이 하나의 물줄기로 통합되는 미적 카타르시스의 성취가 필수적이다. 마지막 한 문장을 쓰기 위해 소설을 쓴다는 말이 반증하듯이 마지막 문단, 마지막 문장은 작가가 끝내 숨겨두었던 비장의 카드인 것이다.

이야기를 시작하고 사건을 전개해나가면서도 머릿속에는 어떤 결말을 향해 나갈 것인가에 대한 구상이 있어야 한다. 결말을 설정해놓고 이야기를 시작했다면 인물의 행동과 사건의 진행을 그 결말과 부합하도록 만들어가야 한다. 결말을 열어놓고 사건과 인물의 움직임을 이야기의 흐름에 맡겨두었다면 더더욱 결말을 어떻게 지을 것인가를 고심하게 된다. 아무리 잘 쓴 소설도 결말이 시시하면 지금껏 몰입해서 읽어온 독자를 맥 빠지게 한다.

밤도 꽤 깊었으리라. 광복절 공휴일도 이제 마감이었다. 가슴이 답답했다. 남은 일은 집으로 돌아가서 나무토막처럼 쓰러져 꿈 없는 잠을 기다리는 것뿐이었다. 하늘엔 별이 총총하고 아마도 내일은 비가 오지 않을 것이었다. 어둠 속을 서성이던 으악새 할아버지도 하늘을 올려다 보았는지 손뼉을 탁 치면 으악, 짧게 울었다.

양귀자의 《원미동 사람들》이라는 소설집에 실린 〈비 오는 날이면 가리봉동에 가야 한다〉라는 단편소설의 마지막 문단이다. 일해 주고 돈을 받지 못한 막노동꾼이 비 오는 날에는 어차피 일을 할 수 없으니까 가리봉동에 수금을 하러 간다. 언제나 허탕을 치지만 그 일을 멈출 수 없다. 언젠가는 돈을 받을 수 있다는 희망을 갖고 비를 맞으며 가리봉동에 가는 것이다. 내일은 비가 오지 않을 거라는 말은 돈을 받을 수 없을 거라는 뜻이다. 아릿한 아픔을 남기며 소설은 끝난다.

같은 소설집에 실린 〈찻집 여자〉의 결말을 보자.

행보 사진관. 받침이 있던 자리에는 본드 자국만 얼룩덜룩 남아 있다. 어디로 가버렸지. 그는 떨어져 나간 아크릴 조각을 찾아보려고 사방을 두리번거렸다. 뒹굴어 다니는 쓰레기들을 일일이 들쳐보기도 했다. 엉겨 있는 먼지 뭉치들이 나비 떼처럼 공중에 떠다녔다.

센 바람에 그깟 받침 하나는 이미 십 리 밖으로 날아갔을 것이었다. 받침 조각 찾는 것을 포기하고 그는 다시 한 번 자신의 간판을 올려다보았다. 행보사진관. 글자들 사이로 여자의 얼굴이 다가왔다. 여자가 떠나거나 떠나지 않거나 간에, 날아가 버린 기억 받침을 다시는 찾을 수 없으리라. 그는 어깨를 늘어뜨린 채 기운 없이 사진관 안으로 들어갔다. 바람은 억세게도 불어댔다.

이 마지막 문단만을 읽고도 상상할 수 있다. 사진관 주인은 찻집 여자를 사랑했고, 그녀는 떠났다. 날씨까지 궂어서 바람이 거세게 불어 그의 간판에서 행복이라는 글자의 한 조각을 날려 보냈다. 찾을 수도 없다. 소설의 주제와 인물의 운명을 뚜렷하게 보여주는 결말이다. 잔 펀치를 날리다가 마지막 한 방으로 케이오를 시키는 것, 그것이 결말이다.

펼쳐놓은 이야기를 주제에 맞게 갈무리하라

소설에서 결말 구성은 작가가 하고자 하는 이야기의 주제가 되므로 아주 중요하다. 《소설쓰기의 이론과 실제》에 나온 현길언의 결말 처리법을 들어보자.

- 서두에서 제시했던 문제의 해답이 직접 나타난다.
- 인물의 모습이 드러나면서 소설의 주제가 밝혀진다.
- 공간성의 상징적 의미가 밝혀지면서 소설의 주제가 드러난다.
- 서두에 제시된 시간성과 인물의 변모가 호응하면서 소설의 의미가 뚜렷하게 된다.
- 서두에서 제시된 대립적 관계가 드러나면서 소설의 의미가 명확해진다.

이걸 한 마디로 정리하면 여태까지 펼쳐놓았던 이야기들을 내가 생각한 주제에 맞게 잘 갈무리해야 한다는 것이다. 독자가 소설을 다 읽었을 때 가장 여운이 남는 장면은 결말이 어떻게 끝났느냐에 영향을 많이 받는다. 도입과 연결 지으면서 문학적으로 승화된 결말을 만

들어야 한다. 결말을 처리할 때 아래의 유의사항을 체크리스트 삼아
참고해도 좋다.

- 독자에게 새로운 세계의 진실에 대한 감동과 신뢰를 동시에 갖도록 한다.
- 반전의 결말로 독자에게 충격을 줌으로써 감동을 배가한다.
- 미해결의 문제를 남겨둠으로써 독자로 하여금 또 다른 세계를 상상할 여지를 남긴다.
- 소설의 끝남과 동시에 인물 모습을 인상적으로 독자에게 심어줄 수 있어야 한다. 인물 성격 나타내기를 배운다.
- 세심한 관찰, 절제되고 압축적이며 암시적인 대화를 사용한다.
- 환경과의 갈등과 행동으로 표현해준다.
- 자아 발견과 자아 각성의 경우도 있다.
- 인물들의 성격은 서로 대조적이며 결정적인 순간에 성격을 드러낸다.
- 주변 인물의 두드러진 특성을 한 가지만 강조한다.
- 인물에게 선택권을 부여한다.

제목은
어떻게
붙일까

글을 가장 압축적으로 표현한 제목인가?

"나는 이미 나의 종교를 가지고 있었다. 나에게는 이 세상에서 책보다
더 소중한 건 아무것도 없었다. 나로서는 서재가 곧 신전이었다."

사르트르는 《말》이라는 책에서 이렇게 설파했다. 책을 사랑하는
독자에게 책은 또 하나의 세계다. 책으로 둘러싸인 세계에서 책과 놀
고, 책을 쓴 이와 소통하며 사는 사람이 의외로 많다. 가장 깊은 대화
를 책과 나누는 것이다. 작가로서 사랑해마지 않을 수 없는 이런 독
자에게 책의 제목은 책이라는 신세계로 들어가는 문이다. 눈에 잘 띄
고 호감이 가는 문을 만들어놓고 작가는 독자를 기다린다.

글을 쓰고 읽으며 불행한 어린 시절을 견딘 사르트르는 말과 소통

의 방식에 대해 끊임없이 궁구하는 소설가, 철학자가 되었다. 그에게 말은 놀이였으며 친구였고 신이었다. "한 줄이라도 쓰지 않은 날은 없도다"라는 말을 할 정도로 세상 속에서는 비호감 인간이었던 사르트르는 글 속에 전혀 다른 삶을 구축했다.

> "나의 유일한 관심은 적수공권의 무일푼으로, 노력과 믿음만으로 나 자신을 구하려는 것뿐이었다. (……) 나는 장비도 연장도 없이 나 자신을 완전히 구하기 위하여 전심전력을 기울였다. (……) 세상의 모든 사람들로 이루어지며, 모든 사람들만큼의 가치가 있고, 어느 누구보다도 잘나지 않은 진정한 한 인간이다."

책과 글을 통해 실존했던 사르트르에게 글쓰기는 이렇게 숭고한 일이었다. 과연 내 책에 어떤 제목을 붙여 사르트르를 내가 만든 세상으로 불러들일 것인가. 문학이란 '생활이 아닌 허구를 섬기는 야릇한 병'이지만 어떤 사람의 영혼을 구원하는 구세주이기도 하다. 그런 마음이 고스란히 담긴 제목을 정하는 방법은 작가마다 제각각이다.

어떤 작가는 제목을 먼저 정하고 소설을 시작하고, 어떤 작가는 소설을 완성해놓고도 제목을 정하지 못해 소설을 끝내지 못하는 경우도 있다. 제목을 먼저 정하고 쓰면 소설 쓰기가 훨씬 수월하고 이야기의 중심축을 만들고 따라잡기도 쉽다는 것이 중론이다. 문제는 제목이 뜻대로 제때 떠올라 주지 않는다는 데 있다.

제목은 소설 내용을 안내해주는 역할을 한다. 아울러 주제를 암시

소설 창작
기본기 다지기

하고 궁금증을 일으켜야 한다. 장밋빛 인생, 운수 좋은 날처럼 반어적으로 주제를 강조할 수도 있다. 아이가 커졌다, 미녀는 괴로워, 같은 호기심을 불러일으키는 제목도 있다.

제목 정하기는 항상 어렵지만 어려운 만큼 중요하기 때문에 소홀히 해서는 안 된다. 우리가 어떤 작품을 이야기할 때는 제목으로 말한다. 나는 평생 그 제목을 가진 책을 낸 사람이 되는 것이다. 신경숙은 죽을 때까지 '엄마를 부탁해'를 쓴 작가이고, 김영하는 '오빠가 돌아왔다'의 작가다. 일단 한번 정해서 출판하고 나면 바꿀 수가 없다. 그러니 고심 끝에 가장 좋은 제목이라고 생각한 것을 골라야 한다.

제목을 지을 때 고려해야 할 몇 가지 주의사항을 알아보자.

- 내용과 조화를 이루고 통일성을 갖추어야 한다.
- 새롭고 참신해서 독자의 관심과 호기심을 불러일으켜야 한다.
- 독자의 상상력을 자극하거나 상상력에 발동을 걸 수 있어야 한다.
- 추상적이고 애매한 것보다 구체적이어야 한다.
- 의미를 증폭시키거나 확대시킬 수 있어야 한다.

엄청난 이야기처럼 들리지만 간단히 요약하자면 전체 소설 내용을 충분히 아우르면서 제목 자체만으로도 신선하고 호기심을 불러일으키는 구체적인 내용을 담고 있어야 한다는 말이다. 거기다 내용 그 이상의 의미와 상징을 담고 있으면 금상첨화의 제목이다.

소설의 제목, 어떻게 달라졌는가?

1993년에 나온 김인숙의 《칼날과 사랑》이라는 소설집에 실린 제목들을 살펴보자. 당신, 한 여자 이야기, 양수리 가는 길, 쌍가락지, 관리인 차씨, 작은 공장, 상실의 계절. 제목이 내용은 물론 주인공의 성격과 운명, 주제까지 암시하고 있다.

1997년의 김소진 소설집 《눈사람 속의 검은 항아리》에는 조금 다른 인상을 주는 제목들의 소설이 실렸다. 신풍근 베이커리 약사略史, 울프강의 세월, 부엌, 지붕 위의 남자, 건널목에서, 벌레는 단 과육 속에 깃들인다, 쐬주, 갈매나무를 찾아서, 목마른 뿌리. 제목만으로는 어떤 소설인지 쉽게 짐작하기 어렵다. 하지만 호기심을 끌어당기는 매력적인 제목들이다. 제목만으로도 문학적인 미학이나 은유를 전달하려고 애쓴 흔적이 역력하다.

2007년 편혜영의 소설집 《사육장 쪽으로》에 실린 작품의 제목은 또 어떤가. 소풍, 사육장 쪽으로, 동물원의 탄생, 밤의 공사, 퍼레이드, 금요일의 안부인사, 분실물, 첫 번째 기념일. 사건이나 상황을 짐작하게 하는 제목을 즐겨 쓰는 작가임을 알 수 있는 제목들이다.

2012년에 발간한 《스물다섯 개의 포옹》의 제목은 이렇다. 새벽 다섯 시 별들은 제 집으로 돌아간다, 드렁큰, 생활의 발견, 남과 여, 아침에 만나는 첫 번째 사람, 체념이 항상 나쁜 것만은 아니야, 서울, 36.5°, 서포모어 징크스, 간과 콩팥.

제목만 보고도 작가의 개성을 알아차릴 수 있다. 내용에 대한 친절한 안내가 되는 제목도 있고, 오히려 내용을 전혀 짐작할 수 없도록 엉뚱한 제목을 붙여놓은 것도 있다. 내용보다 주제나 상징을 앞세운 제목도 있다. 문장을 즐겨 쓰는 작가, 명사를 즐겨 쓰는 작가, 인물의 개성을 앞세우는 작가, 장소나 시간을 제목으로 삼는 작가 등 다양한 방식이 존재한다. 시대에 따라 작가와 독자의 언어에 대한 감수성도 달라졌음을 알 수 있다. 요즘에는 너무 직접적이고 친절한 제목을 진부하다고 생각하는 경향이 있다. 기발하고 엽기적이며 오히려 문학적이지 않은 제목을 더 많이 붙인다.

《2012 올해의 문제소설》에 실린 작품의 제목은 또 다른 감수성을 보여준다. 바소 콘티누오, 인구가 나다, 버틸 수 있겠어?, 바질, 레인스틱, 맥락의 유령, 그래서, 요리사의 손톱, 저기 사람이 나무처럼 걸어간다, 은하수를 건너, 자살경제학, 미루의 초상화. 제목만으로는 도저히 어떤 소설인지 알 수 없는 것들이 대부분이다.

이토록 급속히 변하고 유행을 타고 변화무쌍한 것이 소설이다. 그 시대를 사는 인간의 변화를 재빨리 따라잡는 것이 소설가의 감수성이다. 옛날 소설에 익숙한 사람들은 요즘 소설은 소설이 아니라고 한다. 요즘 소설만 읽은 사람들은 옛날 소설 지루하고 답답해서 못 읽겠다고 한다. 같은 소설 장르인데도 이렇게 달라졌다. 이런 현상은 곧 시대의 변화이며 인간의 변화인 것이다.

제목이 가장 중요하게 신경 써야 할 점은 '이 소설의 주제를 얼마나 압축적으로 표현하고 있느냐'다. 몇 십, 몇 백 장의 소설을 단 몇 개의 단어로 이름 붙이는 일이 제목 달기다. 제목은 소설의 간판이라고 생각하면 이해하기 쉽다. 간판의 역할은 눈을 끄는 것이다. 간판은 그 집이 무엇을 하는 집인지에 대한 정보를 알려주는 역할을 해야 한다. 독자의 주의를 사로잡고 핵심 내용을 말해주는 제목이 좋은 제목이다.

퇴고는
소설의 또 다른
시작이다

마지막 순간까지 고치고 또 고쳐라

제목도 달고 결말도 잘 마무리했다. 이제 완성작을 검토하고 수정을 시작할 때다. 방금 쓰기를 마친 페이지를 프린트해서 펜을 들고 원고에 메모를 해가며 읽는다. 모니터로 확인할 수도 있지만 경험을 통해 종이로 인쇄해서 보는 것과는 상당히 차이가 있다는 걸 알았다. 인쇄한 원고를 책을 읽듯 읽다 보면 화면에서는 발견하지 못한 것, 미처 깨닫지 못한 소설 전체에 대한 조감도가 그려진다.

가능하면 마지막 퇴고는 인쇄해서 읽어보기를 권한다. 맞춤법이나 오탈자, 잘못된 문장을 확인하고 삭제·보충하며, 순서를 다시 살피는 것은 본격적인 퇴고 이전에 해야 할 기초 과정이다. 낱말과 구절 혹은 문장 전체를 옮기고 싶을 때는 화살표를 그린다. 문장이나 단어를 중간에 새로 집어넣거나 빼서 군더더기를 걷어내고 의미를 더 분명하게 한다. 때로 문장 사이에 새로운 문단 하나를 통째로 써넣기도 한다.

작가가 무리하게 욕심을 부려 끼워 넣은 내용이 주제와 맞지 않게 전개될 때에는 완전히 새로 쓰는 것도 필요하다. 에피소드의 양과 수를 조절하고, 글의 순서를 바꾸고, 전체 페이지에서 대화나 지문의 양을 안배한다. 맞춤법이나 띄어쓰기의 문제를 검토하는 일에서부터 시작하여 표현의 적절성, 비유의 적확성 등도 다시 한 번 검토해야 한다.

수정은 작품을 최대한 빛나게 다듬어주는 과정이다. 수정단계에서는 묘사와 배경에 특히 세심하게 주의를 기울인다. 미심쩍었던 내용은 사전을 찾거나 검색을 통해 확실히 짚고 넘어간다. 형용사나 부사를 최대한 줄이고 다른 낱말로 바꿔야 할 것이 있는지 따져본다. 독자의 시선으로 한 번 더 시간과 장소, 인물들을 적절히 묘사했는지 확인하는 과정은 필수다.

퇴고의 본래 뜻은 완성된 글을 다시 읽어가며 다듬어 고치는 일이다. 중국 당나라 시인 가도賈島가 '스님은 달 아래 문을 두드리네'라는 시에서, '밀 퇴推' 자를 쓸까 '두드릴 고敲' 자를 쓸까 망설이고 있던 중, 마침 지나가던 한유韓愈와 마주쳐 그의 조언으로 '고敲' 자를 썼다는 고사에서 나온 말이다. 작가는 이렇듯 비슷한 글자를 두고도 나의 심상과 뜻을 잘 표현할 수 있는 글자를 골라내려고 애쓴다.

좋은 소설을 쓰는 작가일수록 수십 번의 퇴고를 거듭한다. 물 흐르듯 매끄러운 문장은 일필휘지로 한 번에 써 내려간 것처럼 보이지만 그 사이에는 진한 땀이 배어 있다. 그렇게 되기까지의 수많은 공정이 그 안에 숨어 있다. 단숨에 썼다고 말하는 경우도 있지만 그것은 어디까지나 초고에 해당하는 말이다. 단숨에 쓴 초고를 끊임없이 수정하며 소설을 완성해간다. 창작이란, 시작단계의 구성에 대한 숙고에서부터 끝마친 뒤의 끝없는 퇴고까지를 포함한다. 퇴고를 충분히 해서 이 정도면 됐다 싶은 순간이 와야 마침내 글쓰기는 끝나는 것이다. 결말까지 썼어도 퇴고가 끝나지 않았으면 완성된 원고가 아니다.

틀에 박힌 글쓰기가 되지 않으려면

요리와 마찬가지로 소설도 좋은 재료, 잘 먹히는 원리만으로 독창적인 소설이 만들어지지는 않는다. 여기에 글 쓰는 사람의 향신료, 나만의 기술과 재능이 덧붙여져야 한다. 원리를 익힌 뒤에는 자유자재로 표현할 수 있는 자신만의 색깔을 가져야 한다.

많은 작가들이 글쓰기라는 창조적인 일은 다른 일상과 완전히 분리, 독립되어야 한다고 말한다. 소설가가 되려고 한다면 매일 일정한 시간을 글 쓰는 시간으로 정해두어야 한다. 글쓰기를 위해 정해놓은 시간에 개요 작성, 자료 조사, 수정, 혹은 편집을 해서는 절대 안 된다. 이 시간에는 글을 쓰지 않고 글쓰기에 대해 생각하고 있어도 안 된다. 정해놓은 글쓰기 시간은 온전히 글쓰기만을 위한 시간이어야 하고 또한 반드시 지켜야 할 신성한 시간이다. 새벽이든 낮이든 밤이든 자신에게 맞는 시간을 골라 단 한 시간이라도 오로지 글쓰기에만 헌신해야 창작이 생활 속에 자리매김한다.

작가가 스스로에게 하는 최악의 변명은 "오늘은 글 쓸 기분이 아니다"이다. 글을 쓰기 위해 책상에 앉는 순간 바로 오늘이 성질 사나운 편집장에게 제출해야 하는 원고 마감일이라고 상상해보라. 그 편집장은 상대방의 기분 따위는 전혀 개의치 않는 사람이며 그가 원하는 것은 자기 책상에 당신의 원고가 즉시 놓이는 것뿐이다. 이때의 변명은 무능과 동의어다.

글을 쓰는 동안은 가능한 한 철자나 문법 점검은 하지 마라. 어느 것에도 방해받기를 원치 않을 테니까 이런 것들은 고쳐 쓰기 단계에서 하자. 소설의 한 장이나 이야기의 한 부분을 쓸 때 대개 그 글이 저절로 풀려나가리란 생각을 갖고 무작정 글을 써나가지 않는다. 마음에 떠올릴 수 있는 가장 뚜렷한 이미지를 찾아낸 다음에 그것을 중심으로 써 내려간다.

어떤 부분을 집요하게 다듬고 고쳐서 인상 깊게 그려나가는 일은 그 장면을 다듬는 데만 영향을 주는 게 아니다. 소설 전체를 다시 보게 만들고 다시 고치게 만드는 정열을 생성하는 지점까지 나아간다. 자기가 쓰고 있는 소설에서 가장 멋질 수 있다고 생각하는 그 대목을 여러 번 고쳐 써봄으로써 소설 전체를 고쳐 다듬는 힘을 얻고 그 힘으로 마침내 소설을 완성할 수 있다. 마지막으로 한 번 더 자기 소설의 한 장면을 뽑아 승부를 걸 듯 집요하게 다듬어보라.

퇴고할 때 반드시 염두에 두어야 할 것 중의 하나가 리얼리티, 삶의 구체성이다. 문학이 삶의 단면을 담되 구체성을 잃지 않으려면 그 삶이 뿌리내리고 있는 터전을 배경에 두지 않으면 안 된다. 특히 '이 사람이 무엇을 해서 먹고살고 있는가' 하는 질문은 삶과 밀착된 소설을 쓸 수 있도록 해준다. 소설은 그 삶의 주인공들이 어떤 경제적 조건 위에서 살고 있는가를 충분히 보여주며 실감나는 스토리를 엮어가는 장르다. 리얼리티가 확실히 받쳐져야 독자는 비로소 작가가 건설한 세계를 제대로 읽어낼 수 있다.

다른 분야에서 글을 쓰는 사람의 조언을 들어보자. 출판사 편집자로 일하는 윤영주 씨는 글을 쓸 때 '손을 움직일 수 있는 용기'가 필요하다고 말했고, 라디오 작가 유하나 씨는 '집 짓는 과정을 상상하라'고 조언했다.

윤영주 씨는 정도를 따르는 글이 좋은 글이라는 말과 함께 세 가지를 당부했다.

1 백지를 두려워하지 마라.

— 손을 움직여 글을 써 내려가면 해결될 수도 있다.

2 퇴고를 반복하라.

— 여러 번 퇴고할수록 글은 좋아진다. 퇴고를 지루해 하지 마라. 한 번

에 완벽한 글을 쓸 수는 없다.

❸ 쉽고 간결하게 써라.

— 쉬운 말로 명료하게 써라(메시지 전달에 중점).

유하나 씨는 작문은 곧 집을 짓는 일이라며 아래의 충고를 전한다.

❶ 대상을 확실히 하라.

— 대상이 정해져야 글을 쓰는 목적도 정확해지고 효과적으로 전달할 방법이 생긴다.

❷ 뼈대를 반드시 잡아라.

— 개요를 만들어라. 글의 전체적인 구조와 구성을 계획해야 한다. 처음과 끝을 생각하고 이어지는 과정은 어떻게 그려나갈 것인지 결정하고 글을 시작하라.

❸ 진정성을 담아라.

— 잘 쓴 글은 누군가의 영혼에 따뜻함과 평온함을 줄 수 있다. 멋만 낸 글은 독자들도 알아차린다. 성실하게 마음을 담아내라. 그런 글이 '읽고 싶은 글'이다.

파일 관리

파일 정리할 필요를 느낀다는 것은 내가 어떤 경로로 작품을 써왔는지 돌아보고 싶다는 뜻이다. 시간이 흐르면서 모든 것이 뒤섞이고 초심과 멀어지기 쉽다. 이때 나는 서랍이나 방을 정리하듯이 파일을 정리하라고 권한다. 각각 원하는 방을 만들어서 그리로 보내고 버릴 것은 과감히 버리고 나면 내가 그동안 해온 일이 한눈에 보이며 앞으로의 계획이 생긴다. 사람은 명확하고 선명한 걸 좋아하는 동물이라 파일을 열면 무엇이 기다리고 있는지 알 수 있을 때(내 노력이 결코 헛되지 않음이 분명할 때) 파일을 자주 열어보게 된다.

작품을 정리하는 법

글의 종류별로 파일 만들기
— 소설1·2·3, 에세이, 일기, 메모 등

등단을 한 작가든, 등단을 준비하는 아마추어 습작생이든 소설을 쓰겠다고 작정한 사람은 하루에도 몇 번씩 글을 쓰고 싶은 충동을 느낀다. 그들은 언어라는 매개체로 세상과 연결된 사람이다. 자신이 무엇을 느끼고 생각하는지, 누구를 만나고 무엇을 먹고 지금 내게 가장 중요한 일은 무엇인지 글을 써서 흔적을 남기려는 습성을 가졌다. 나 또한 그러하고 내가 만난 글 쓰는 사람들도 대개 그렇다. 일본 작가 하루키도 일찍이 그것을 간파해서 소설 주인공의 입을 빌려 말한 적이 있다.

"잠깐만 기다려봐. 글을 써봐야 알겠어. 나는 글로 써보지 않으면 그 문제가 무엇인지, 내가 그 문제를 정확히 알고 있는지, 잘 모르겠단 말이야."

나도 이런 기분을 한두 번 느껴본 게 아니다. 어떤 의미심장한 사건이나 만남 뒤에 그걸 기록해두고 싶다는 강렬한 충동에 휩싸인다. 글로 쓰다 보면 상황이 명확해지고 그냥 생각했을 때는 못 느꼈던 것들까지 세세히 깊이 있게 알게 된다. 언어란 그렇게 무서운 것이다. 글을 쓴다는 것은 언어의 가장 깊은 속살을 만나는 일이다. 그러니 이렇게 저렇게 써놓은 글들이 작가 주변에 얼마나 많이 흩어져 있겠는가.

컴퓨터가 나오기 전에는 공책을 사서 메모를 했다. 예전에 '다이어리'라는 일기 형식의 두꺼운 메모장이 인기를 끌었던 적이 있었다. 11월이 되면 내년을 위해 다이어리부터 사둔다. 그날그날 있었던 일은 스케줄 칸에 짧게 적어두고, 뒷부분의 공책 부분에는 좀 길게 쓰고 싶은 내용을 일기 반, 에세이 반의 형식으로 썼다. 지금도 몇 권을 갖고 있는데 가끔 꺼내 본다. 글씨체도 지금과 확연히 다르고 글의 내용도 새삼스럽다. 지금 봐도 놀라운 통찰이나 감성을 보여주는 글도 있다. 공통적인 반응은 언제 꺼내 봐도 빙그레 웃게 된다는 점이다. 슬프고 아팠던 일조차 세월 속에서 다 발효되어 아련한 추억이 되었다.

글을 쓰는 사람이 되고자 한다면 자기가 쓴 글에 대해 좀 더 책임감 있는 정리를 할 줄 알아야 한다. 나중에 찾아보기 쉬운 방식으로 일목요연하게 파일을 만든다. 쓴 글을 크게 나누자면 소설과 비소설, 더 세분화하자면 소설, 에세이, 일기, 메모가 될 것이다. 소설 폴더를 만들어서 거기에 소설 원고를 차곡차곡 모아둔다. 그때그때 써둔 에세이도 따로 에세이 폴더에 정리한다. 일기 파일은 각자 자기가 원하는 방식대로 써서 저장하면 된다.

좀 더 부연설명을 하고 싶은 것은 메모 파일이다. 내 경우 언젠가 내 소설에 써먹고 싶은 내용을 '소설 메모'라는 제목의 파일로 저장해 둔다. 지금 쓰고 있는 소설에 필요한 내용이라면 소설 제목과 함께 (예를 들면 '춘향전 메모') 저장한다. 소설 쓰는 동안 수시로 에피소드나 사건들을 만들었다 지우고 또 만들고 해야 하기 때문에 갑자기 떠오른 단상을 모아두는 파일이 필요하다. 이 소설과 어울리는 노래나 영화, 혹은 사건 1, 2, 3으로 생각날 때마다 적어두었다가(일종의 저장창고), 소설의 구성이 짜지고 큰 틀이 만들어지면 저장한 걸 오려서 마땅한 자리에 붙인 뒤 수정해가면서 소설을 완성한다.

현재 소설을 쓰고 있지 않다면 옛날에 저장해둔 메모 파일을 꺼내 혹시 뭔가 떠오르는 게 없을까, 읽어보기도 한다. 그때 괜찮다 싶어서 저장해둔 것이니 지금 다시 보면 더 많은 생각과 구상이 거기에 달라붙어 소설 한 편이 써질 상상작용이 일어날 수도 있다. 자기 소설은 자기 글의 씨앗 속에서 태어난다는 생각으로 작은 것이라도 무엇이든 다 저장해둔다.

마음에 드는 시나 명언, 문장들을 저장해두는 파일도 하나 만들면 좋다. 널리 알려진 문장이나 글은 이미 검증을 마친 것들이라 그 자체로도 훌륭하지만 생각할 거리를 제공해줄 때가 많다. 명언이나 담론에도 내가 동의할 수 없는 점, 오류나 모순이 있을 수 있으니 그것

221

소설 창작
기본기 다지기

222

에 대해 글을 쓸 수도 있다. 좋아하는 작가의 소설에서 발췌한 문장을 반복해서 읽고, 그 문장이 나올 때까지의 과정을 상상하고 문장의 구조를 분석해보는 것도 좋은 공부다.

소설은 시와 달리 많은 시간과 공력이 드는 작업(실상은 노동)을 필요로 한다. 시 역시 순간의 영감을 받아 적으려면 평소에 많은 공부가 필요할 것이다. 하지만 책상에 앉아서 100매, 1천 매에 가까운 문장을 엮는 건 아니기 때문에 정보의 필요성에 있어서는 소설과 비교가 안 된다. 거칠게 표현하자면 이렇다. 소설은 그것이 좋거나 나쁘거나 단편이면 100매 내외, 장편이면 1천 매 내외의 원고지를 메워야 하는 일이다. 소설 쓰기에 있어서 너무나 근원적인 기본 노동이라 누구도 피할 수 없다. 그러니 기를 쓰고 소설 안에 들어갈 것들을 다람쥐가 도토리 줍듯 끌어모아야 한다. 남들이 하는 말도 허투루 들을 수 없고, 뉴스도 그냥 넘겨서는 안 된다.

외국에 사는 친구가 편지를 보낸 적이 있다. 자기 주변 이야기를 주저리주저리 늘어놓는 편지였다. 얼마나 모국어로 수다를 떨고 싶으면 그렇겠는가. 그 당시에는 그저 수다였을 뿐이다. 나중에 내 책이 나온 다음 보내줬더니 그 친구 놀라면서 전화를 했다.

"너무 고맙다. 내가 한 쓰잘 데 없는 잡담이 네 소설에 몇 줄이라도 보탬이 됐다는 게 너무 기쁘다. 넌 어떻게 그걸 기억했다 절묘하게 거기다 녹여냈냐? 역시 작가는 다르더라."

그 친구가 묘사한 동네의 모습을 소설에 응용해서 썼다. 소설을 쓰고 있는 동안은 누구의 말도 어떤 풍경도 다 공부이며 소설의 재료가 된다. 그래서 소설 쓰는 중인 소설가를 만나지 말아야 한다는 농담이 있다. 자기도 모르는 사이에 소설에 등장인물이 되는 수가 있으니까. 이 농담의 핵심은 그만큼 소설가는 많은 정보와 이야기와 사연들을 알고 그것을 써먹을 수 있는 형태로 잘 갈무리해두어야 한다는 것이다. 언젠가는 그게 다 자산이 된다.

자신이 쓴 작품을 주제별로 계통을 잡아 정리하라

소설 쓴 기간이 늘어날수록 여러 주제의 소설이 나오게 된다. 성장소설, 연애소설, 역사소설, 성애소설, 미스터리, 청소년소설. 처음에는 장르별로 정리했지만 나중에 자신의 '주력 상품'이 정해진 다음에는 한 가지 핵심 장르를 더 세분화할 필요가 있다.

가장 간단한 방법으로는 써놓은 소설을 길이에 따라 단편, 중편, 장편으로 분류하는 것이다. 주제는 자기가 주로 쓰는 내용별로 분류해둔다. 내 경우는 더 큰 카테고리로 완성작과 습작 파일이 있다. 습작 중인 것은 길이별로 주제별로 분류해놓고 쓰다가 완성이 되면 완성작 파일로 보낸다. 내가 당장 발표할 수 있는 상태의 작품, 끝마친 소설은 완성작 파일에서 찾으면 된다. 그것조차 가끔 꺼내서 읽어보고 고칠 부분이 있으면 고쳐서 더 낫게 만든다.

주제별로 정리하는 법에 대해 조금 더 이야기하자면, 이것은 어떤 의미에서 자신이 작가가 된 이유와도 상관이 있다. 꼭 쓰고 싶은 이야기, 써야만 하는 이야기 위주로 파일을 만든다. 예를 들면 성장소설, 연애소설, 역사소설 등으로 분류한다. 성장소설은 주로 가족사와 인생역정에 관한 이야기가 전개될 것이고, 연애소설은 남녀관계와 에로스에 관한 이야기가 될 것이다. 역사소설은 자신이 조명하고 싶은 시대나 인물을 소설의 무대로 불러와서 나의 시각과 재해석을 덧붙여 재현해내는 것이다.

주제별로 정리할 필요를 느낀다는 것은 내가 어떤 경로로 작품을 써왔는지 돌아보고 싶다는 뜻이다. 시간이 흐르면서 모든 것이 뒤섞이고 초심과 멀어지기 쉽다. 이때 나는 서랍이나 방을 정리하듯이 파일을 정리하라고 권한다. 각각 원하는 방을 만들어서 그리로 보내고 버릴 것은 과감히 버리고 나면, 내가 그동안 해온 일이 한눈에 보이며 앞으로의 계획이 생긴다. 사람은 명확하고 선명한 걸 좋아하는 동물이라 파일을 열면 무엇이 기다리고 있는지 알 수 있을 때(내 노력이 결코 헛되지 않음이 분명할 때) 파일을 자주 열어보게 된다.

갈피를 잡지 못하다가 새 작업에 들어갈 때도 쓸모가 있다. 시작만 해놓고 덮어두었던 역사소설을 다시 시작해볼까 마음먹었을 때 빨리 일에 착수할 수 있게 도와준다. 역사소설 폴더를 열어 그동안 써서 저장해놓은 파일을 볼 수 있다면 손쉽게 일을 시작할 수 있기 때문이다. 작품이 여기저기 흩어져 있는 건 없는 것이나 마찬가지다. 복잡하고 귀찮아서 아예 파일을 열어보지도 않는다. 파일 정리를 대대적으로 한번 해보면 그게 얼마나 속이 시원하고 가슴이 뿌듯한 일인지 알 수 있을 것이다.

글을 쓰기 싫거나 새로운 생각이 잘 떠오르지 않을 때, 그렇다고 놀 수도 없을 때, 나는 폴더나 파일을 열어 뭐가 있는지 들여다보고 새로운 마음으로 분리수거를 다시 한다. 그 일을 반복하다 보면 비로소 내가 쓴 글에 어떤 것들이 있는지, 내가 해온 일의 양이나 질이 어떠한지 알게 된다. 창작에 나선 사람 누구에게나 필요한 과정이다. 이렇게 되면 작가의 길로 조금 다가선 것 같아 마음을 함부로 가볍게 먹을 수도 없다.

글쓰기에 대한 생각이나 사회에서 일어난 사건에 대한 내 단상을 적어두는 일이 종종 있다. 도저히 글을 쓰지 않고는 못 배기는 사건이 너무나 많다. 누구나 사회면을 장식하는 범죄나 자살, 사람들의 행동이나 사고방식에 대해 발언하고 싶을 때가 있다. 그럴 때마다 자연스럽게 떠오른 생각을 써두어라. 이것은 습관으로 삼을 만한 가치가 있는 일이다. 나중에 청탁을 받거나 비슷한 주제로 어디에 글을 제출할 일이 생기면 요긴하게 쓰인다. 갑자기 그 문제에 대해 쓰려면 생각을 정리하는 데만 며칠 걸린다. 이미 써놓은 글이 있으면 다듬고 조금만 덧붙이면 된다.

평소에 생각하는 힘이 길러지는 부가적인 득도 있다. 글을 쓰려면 일상적인 단어나 생각만으로는 한계에 부딪치기 때문에 한 단계 더 나아가게 된다. 생각을 더 한 만큼 무게 있는 글이 나온다. 막연하게 생각하는 것과 구체적인 내용을 글로 써서 눈으로 확인하는 것은 그렇게 차이가 난다. 부족한 부분과 넘치는 부분을 알고 채워나가는 것은 글쓰기뿐 아니라 사회생활에서도 필요하다. 그걸 잘하기 위해서 현 상태를 명확하게 파악하는 것이 급선무다.

블로그,
어른들의
놀이터

카테고리 제목은 매력적으로!

블로그를 만드는 일을 간단히 놀이라고 생각해도 좋다. 컴퓨터로 게임을 즐기듯이 블로깅을 하는 것이다. 블로그를 하나 갖고 싶었지만 너무 엄청난 일이라 계속 미루었다. 친구가 보기 딱했는지 그까짓 걸 못 해서 그러고 있냐며 대신 만들어주었다. 옆에서 보니까 블로그 하나를 만드는 데 30분도 걸리지 않았다. 색깔 입히기, 모양 만들기는 과정이 아기자기해서 집 단장하는 것과 비슷했다. 며칠은 하도 신기해서 매일 열어보고 여러 블로그를 돌아다니며 이것저것 뒤져 보기도 했다. 다른 블로그 방문해서 탐색하는 시간을 얼마 동안 보낸 뒤 본격적으로 내 블로그를 관리하기 시작했다.

우선 블로그의 제목을 정하는 일이 중요하다. 간단한 것 같아도 막상 이름을 지으려면 쉽지 않다. 간판이나 상호에 해당하는 것이니 가능하면 매력적이고 내 글의 특징을 아우르는 것으로 정해야 한다. 마음에 드는 제목이 정해지면 그 아래 카테고리를 만든다. 이건 그리 어렵지 않다. 평소 쓰고 싶었던 글, 써둔 글 위주로 분류하면 관리하기 편하다. 나중에 새롭게 쓰고 싶은 글이 생기면 카테고리를 하나 더 늘리면 된다. 나는 최근에 시 카테고리를 하나 만들어서 하나씩 모아두고 있다. 그게 내 본업과 상관없더라도 어쩌다 시상이 떠오르면 그냥 써서 모아둔다. 그 자체로 재미있다. 그러기에 놀이라고 하지 않았는가.

내가 가장 즐겨 쓰는 글, 한글 프로그램에 가장 많은 폴더와 파일이 있는 글의 순서로 카테고리를 만들면 된다. 예를 들면 1. 단편소설, 2. 장편소설, 3. 에세이, 4. 작업 메모, 이런 식이다. 일기를 추가할 수도 있고 독서 감상문이나 영화 감상평, 음악 감상평, 전시회 관람기를 쓸 수도 있다. '세상만사'라는 제목으로 주변에서 일어난 일들을 적어도 좋다. 뭐든지 자기가 끌리는 제목으로 만들어둔다. 제목과 카테고리 제목이 참신할수록 방문객과 팬들이 늘어난다.

블로그에 글쓰기 시작한 뒤 시간이 좀 흐르고 나서(한 달이나 두 달쯤 지나) 카테고리를 열어보면 목록의 길이에 상당한 차이가 있다. 단편소설이 많았다면 소설 필이 꽂혔다는 것이고, 작업 메모가 많았다면 소설을 못 쓰고 정보를 모으고 있는 단계인 것이다. 글이 가장 많은 카테고리가 자신이 가장 잘 쓰고 편안한 장르다. 말하자면 주특기. 완성작 파일은 항목의 맨 끝에 둔다. 물이 아래로 흐르는 것

227

처럼 이런저런 과정을 거쳐 완성이 되었다는 형식을 취하면 일목요
연하다.

실제로 해보니까 블로그의 기능은 무궁무진하다. 나 역시 큰 덕을
보고 있다. 처음에는 잡동사니를 모아놓은 저장창고였는데 점점 진
화해서 전문가의 작업실 느낌이 났다. 블로그의 질은 절대적으로 글
의 양과 비례한다. 무엇보다 시간에 쫓기고 생각이 잘 나지 않을 때
나의 우군 역할을 한다. 다른 작가나 학생들이 질문을 하거나 조언을
구할 때도 내가 예전에 심도 있게 생각을 하고 글로 적어둔 경우가
많아서 그걸 대신 보내주기도 한다.

공개 블로그를 운영하다가 나를 아는 사람이 늘어나고 신경 쓰이
는 댓글을 다는 사람이 생긴 뒤로 비공개로 전환했다. 설전 벌이기
를 좋아하는 사람은 그것을 즐기기도 하는 모양인데, 나는 논쟁도 싫
어하고 무엇보다 소모적인 싸움에 시간을 버리고 싶지 않아서 비공
개로 운영한다. 누군가 본다고 생각하면 글을 쓸 때 자유롭지 못하고
(물론 비공개로 저장할 수도 있지만) 여러모로 편치 않은 일이 생길
가능성이 많다. 이 문제는 각자의 성격에 따라 편안하게 하면 될 것
이다.

공개 블로그로 운영하는 데에는 장점도 있다. 방문자가 늘어나면
이웃이 생기는 것이니 내가 그 블로그를 방문해 새로운 지적 경험을
하면서 내 세계가 그만큼 확장될 수도 있다. 나와 비슷한 지향과 취
향을 가진 사람이 댓글을 달고 내 글에 대한 의견과 평가를 해주면
또 거기서 힌트를 얻어 글을 좋은 방향으로 수정해나갈 수도 있다.

온라인의 세계에 친구가 하나 늘어나고 피드백해줄 사람을 갖는 것이다. 블로그는 독서에 버금가게 나의 스승 역할을 해준다. 운영원칙은 그때그때 자신의 상태와 필요에 따라 정하면 된다. 블로그는 공개로 하고 어떤 글만 비공개로 쓸 수도 있다.

블로그 문턱이 닳도록 들락거려라

블로그만 만들었다고 다 되는 게 아니다. 그런 블로그 많이 봤을 것이다. 거의 새 글이 업데이트 되지 않아 개점휴업 상태인 블로그는 문 닫은 시장보다 썰렁하다. 방문객은 놔두고 그 블로그를 바라보는 운영자 자신이 가장 큰 자괴감에 빠진다.

'의욕을 갖고 시작해놓고 이게 뭐람.'

그래서 안전망을 구축하는 일이 필요하다. 그것이 일기와 독서 기록장이다. 큰 노력 없이도 할 수 있는 일이고 게으른 사람도 일주일에 한두 번은 쓸 수 있다. 힘든 날은 힘들다고 일기에 쓰고 기쁜 날은 기쁘다고 써라. 할 이야기가 많은 날은 길게 쓰고, 없는 날은 두 줄만 써도 된다.

독서 기록장도 마찬가지다. 감동받고 배울 점이 많은 책을 길게 써도 좋다. 별로 쓸 게 없는 책은 제목과 작가만 써놓고 어떤 점이 재미없다고 몇 줄 간단히 메모해라. 나중에 그걸 보면 그땐 재미없어했구나, 다시 보니 역시 재미없네, 지금은 재미있는데 등 여러 반응

229

이 있을 수 있다. 자신의 변화를 파악하기 위해 한두 줄이라도 느낌을 남길 필요가 있다.

소설도 계속 수정을 하거나 분량을 조정해가며 최근 버전으로 바꾼다. 보통은 한글 파일에서 어느 정도 완성이 된 소설을 블로그로 옮겨놓게 된다. 짧게 썼더라도 읽는 맛이 있거나 다른 사람의 의견을 듣고 싶으면 미완성된 상태로 블로그에 올려도 된다.

에세이는 써놓고 수시로 들어가서 수정한다. 이 에세이가 나중에 소설의 거름 역할을 할 수도 있다. 문장은 쓸수록 좋아진다는 사실은 이미 절감했을 것이다. 문장력을 늘리기 위해 소설이든 에세이든 감상문이든 매일 일정량의 글을 써야 한다. 어떤 평론가가 우리나라 작가들이 소설은 잘 쓰는데 에세이는 약하다고 하는 말을 들은 적이 있다. 그건 못 써서가 아니라 소설보다 에세이 쓸 때 공을 덜 들여서 그렇다. 소설은 예술작품, 창작품으로 나를 평가하는 기준이 된다고 생각하고 에세이는 그냥 끼적거리는 여기餘技로 치부하기 십상이다. 몇몇 작가는 아주 뛰어난, 소설보다 나은 에세이를 쓰기도 한다.

장르가 무엇이든 내가 쓴 글은 내 이름으로 발표되고 곧장 나 자신이 된다. 이 세상에 허투루 써도 좋은 글은 존재하지 않는다. 제대로 잘 쓴 글이 자신에게도 힘과 자신감을 주고 일한 보람도 있다. 마음을 다해 쓴 글에서 누군가 감동을 받고 공감 댓글을 달았을 때 기분 좋았던 경험은 한 번씩 해봤을 것이다. 글이란 소통이고 불특정 다수와의 대화다. 이때 생기는 여러 예상하지 못했던 반응과 사건들에서 세상을 배우고 내 소설 속에 주인공으로 불러들일 인물들에 대한 시각도 깊어진다.

블로그에서 댓글로 서로 오랜 유대를 맺다가 친구가 되는 경우도 있다. 블로그를 만들고 나면 얼마 안 가 무엇이 어떻게 돌아가는지 알게 된다. 몇 번 남긴 댓글을 보고 아이디마다의 특성을 파악한다. 이 사람의 성향이 어떤지, 나에게 도움을 줄지 악영향을 끼칠지, 피곤하거나 골치 아픈 일을 만들 사람인지 분명해진다. 그럴 때 일정 정도의 경계심을 갖고 운영해야 한다. 악의적인 방문자를 잘못 관리했다가 봉변을 당할 수가 있다. 별 생각 없이 한 말에 도발되어 길길이 뛰면서 화를 내기도 하고, 내 글에 대해 말도 안 되는 독설을 남기기도 한다. 뜻하지 않은 반응들에 일일이 마음을 쓰며 상처받지 않기를 바란다.

이 세상에는 남을 괴롭히는 걸 낙으로 삼는 사람도 있는 법이다. 그들은 타인과 어떻게 소통해야 할지 모르는 병든 사람들이다. 환자에게 필요한 건 치료지, 싸움이 아니다. 내가 동등한 자세에서 나누고자 한 대화가 또 다른 오해와 문제를 일으킬 수 있다. 나도 비슷한 일을 겪은 적이 있어 다른 친구한테 물어봤더니 돌아다니면서 그런 일만 하는 사람이 있다고 신경 쓰지 말라고 했다. 문제는 그 사람 때문에 정상적인 블로그 운영이 안 된다는 것이다. 글을 몽땅 퍼다가 다른 블로그를 새로 만들고 비공개로 해버렸다.

소심한 탓에 그 과정에서 엄청난 심적 충격을 받았고 한동안 대인기피증까지 앓았다. 사람이 저렇게 나빠질 수도 있구나, 인간이 떨어질 바닥에는 끝이 없구나, 그때의 절망은 말로 다 못 한다. 김영하 작가도 블로그 운영하다 설화舌禍로 깊은 상처를 입고 모든 인터넷 네트워크를 정리했다. 언어가 가진 독이 짐작보다 맹독성이라는 걸 배운 사건이다. 내가 이런 이야기를 미리 해주는 것은 구더기 무서워서 장 못 담그는 일은 없어야 한다는 뜻에서다. 예상 밖의 안 좋은 일이 생기더라도 스트레스 많이 받지 말고 유연하게 대처하기 바란다.

우리는 우리가 필요한 것을 필요한 만큼 하고 거기서 힘과 용기를 얻으면 된다. 아무리 여러 부작용이 있다 해도 블로그는 대단한 기능을 가진 제도다. 내 작업의 절반은 블로그에서 이루어졌다. 매일 아침 인터넷에 접속해서 블로그에 들어가 댓글을 읽고 또 새로운 글을 남기던 날들의 추억은 오랫동안 내 삶의 활력소가 되었다.

결론 삼아 정리하자면 파일이나 폴더로 정리해서 갖고 있어야 할 글과 블로그를 만들어 올려야 할 글을 잘 선별해서 자신의 필요에 맞게 쓰라는 것이다. 진행 중이거나 비밀로 해야 할 글이면 파일로 만들어 폴더 관리를 하고, 가볍게 써서 취미 삼아 남들과 공유하고 싶은 글은 블로그에 올려라. 생각의 과정에서 나중에 써먹고 싶은 글들도 블로그에 카테고리 하나 만들어서 저장한 뒤 남의 눈이 신경 쓰이면 비공개로 해라.

글을 정리하는 목적은 내가 써온 글과 앞으로 쓸 글을 한눈에 보기 위해서다. 그 목적을 잊지 않는다면 운용의 방법에는 여러 가지 응용이 가능하다. 주말을 이용해 당장이라도 실천해보기 바란다.

처음부터 일목요연하고 완벽하게 정리하기는 힘들다. 너무 욕심을 부리다가는 지쳐서 중도에 포기하고 만다. 몇 개의 덩어리로 작업을 분리한 뒤 하루에 한 가지씩만 하겠다고 마음먹어야 실패할 확률이 적다. 우선 폴더를 5~6개쯤 만든 다음, 소설, 잡문, 참고자료, 메모 등등으로 대강의 제목을 정하고 파일들을 장르별로 뭉뚱그려서 그 폴더로 보내는 큰 작업을 먼저 한다. 그 다음날은 소설 폴더를 열어서 장편, 단편, 미니픽션 등으로 세분화한다. 잡문이나 참고자료도 세밀하게 구분해서 제각각의 자리로 보낸다. 잔손질을 하면 할수록 세목이 정교해지고 찾아 쓰기 편하게 된다. 파일이 깔끔하게 관리될 때까지 컴퓨터 저장파일을 분리수거하고 저장하는 것을 취미로 삼아라. 직접 하지 않으면 아무리 말해도 모를 만큼 얻어지는 것이 많다. 낡은 작품 수선하는 일의 효율성은 새로 창작하는 것에 못지않다. 파일관리가 두뇌관리라는 생각으로 조금만 시간을 할애하라.

다른 작품
리뷰하기

피드백은 어디가 어떻다는 건지 구체적으로 집어주는 '대안 있는 비평'이 되어야 한다. 대안을 얘기하지 않는 비평은 비평으로써 가치가 없다.

"이게 잘못되었는데 이렇게 고쳐보면 어떨까요?"

리뷰하는 사람은 이런 평을 준비해 가야 한다. 같은 원리로 리뷰를 듣는 사람도 상대가 하는 말을 작품에 대한 평으로 국한해서 들어야 한다. 불필요한 신경전이나 감정싸움으로 비화해서 누가 득을 보겠는가. 말하는 사람도 듣는 사람도 최대한 냉정해져야 한다.

리뷰는 한껏 쿨하게! 퇴고는 핫하게!

작품을 분석하고
보완점, 대안을
찾자

피드백이 왜 필요한가?

글을 쓰는 것도 힘든데 평가까지 받아야 한다고 생각하면 등에 식은땀이 날 것이다. 피할 수 없으면 즐기라고 했다. 작가가 되려면 남의 비판 따윈 얼마든지 소화할 수 있어야 한다. 글을 쓰는 순간 내 안에 있던 것들이 타인에게로 건너가 더 이상 나만의 것이 아니기 때문이다. 일단 쓰고 나면 그 글의 주인은 작가와 독자, 둘이 된다는 게 글의 운명이다.

남이 내 글을 읽었다고 해서 나의 잠재력까지 다 알아낼 수는 없다. 명심해야 할 사항은 누군가 내 작품을 비평한다는 것은 지금 비평하는 바로 이 작품 하나에 제한되는 것이지, 내 작품 전체나, 나 자신 또는 작가로서의 내 재능에 대한 평가가 아니라는 점이다. 합평

235

대상이 되는 작품을 쓴 사람들은 그 자리에서 나누는 이야기를 참고만 할 뿐 심정적으로 크게 동요하지 않기를 바란다.

처음 글을 시작하고 아이디어를 짜낼 때는 다른 사람의 의견을 들을 필요가 없다. 섣부른 조언이 창작 의지를 떨어뜨리고 집중을 방해하는 경우가 더 많다. 첫 장면을 상상하고 개요를 작성하고 초고를 쓰는 일도 홀로 해야만 한다. 그 단계가 지나 막바지에 가까워지면 몇몇 사람에게 보여준다. 내 작품의 꾸준한 독자이며 귀중한 조언을 해줄 사람이어야 한다. 배우자나 친구같이 너무 친한 사람은 공정하게 말하기 어렵기 때문에 적당하지 않다. 가까운 사람보다 귀담아들을 만한 의견을 말해줄 사람을 선택해라. 평소에 소설을 많이 읽는 사람, 실제로 창작을 해본 사람이면 더욱 좋다.

가까이에 없다면 정기적인 모임을 갖는 문학동아리에 참여할 것을 권한다. 온라인, 오프라인 상관없이 문학에 대해 일정한 수준을 갖춘 사람들의 모임이면 된다. 그런 모임에는 쉽게 흥분하고 다른 사람의 글에서 단점만 찾아내는 사람이 있게 마련이다. 듣기 좋은 말만 하는 사람들도 도움이 되지 않는다. 가장 좋은 피드백은 열정과 실력을 갖춘 소수정예의 핵심그룹이 주는 공정하고 건설적인 조언이다. 작품을 수정해나갈 대안까지 말해준다면 금상첨화요, 천군만마를 얻은 것과 다름없다.

글을 쓰고 있는 동안은 남의 평가, 등단이나 출판 같은 문제에 대해서는 걱정하지 마라. 오직 소설 쓰는 일에만 집중하며 배경과 묘사, 모든 에너지를 모아 필요한 도구를 동원해서 글의 완성도를 높이는 일에만 최선을 다해야 한다. 내가 말하고자 하는 이야기를 가장 잘 전달하는 것 이외에는 어떤 것에도 관심을 두지 마라.

피드백에서 들은 충고를 최대한 활용해서 고쳐보자. 버릴 것과 보 탤 것을 찾아 수정하고 마지막 순간까지 문장을 다듬는다. 소설은 곧 문장이다. 독자들은 내가 쓴 인상적인 문장과 비유를 평생 기억할 수 도 있다. 잊지 마라. 독자를 사로잡는 소설에는 뛰어난 문장이 있다.

기성작가의 작품 리뷰는
내 작품의 발전을 위한 필수과정

독서의 가치는 책을 읽는 사람에 따라 제각각이다. 생활의 필요에 의한 독서, 오락을 위한 독서, 교양을 위한 독서 등 독서를 하는 이유 는 사람마다 다르다. 이유가 다르면 목적도 다르게 마련이다. 그중 에서도 글을 쓰는 사람의 독서는 남다를 수밖에 없다. 남의 글과 내 글이 결코 무관하다고 할 수 없기 때문이다. 글을 쓰고 책을 만드는 과정의 일정한 규칙과 방법은 누구에게나 적용된다. 글을 쓰려면 문 법과 지식이 필요하다. 소설은 거기에 문학적 감수성과 인간에 대한 애정과 관심이 받쳐주어야 한다. 여기서 우리가 논하고자 하는 독서 와 리뷰는 소설을 쓰는 사람으로서 다른 작가의 소설과 동료의 소설 에 국한한다.

첫째로 자기가 좋아하는 작가를 찾을 것을 권한다. 좋아한다는 것

소설 창작
기본기 다지기

은 내가 배우고 싶은 점이 있다는 뜻이다. 그 점을 닮고 싶다는 뜻이다. 내가 지향하는 목표에 부합하는 글을 쓰는 작가의 모든 작품을 다 읽고 시기별로 어떻게 변화해왔는지 꼼꼼히 살펴본다. 소설은 특히 오래 쓰면 소설을 쓰는 사람이 달라진다. 달라지지 않으면 소설을 쓸 수 없다. 소설은 내가 알고 있는 이야기, 사람, 사건을 말로 이야기하는 게 아니다. 문장으로 풀어내야 한다. 문장은 하루아침에 만들어지지 않는다. 세공법을 익혀야 한다. 묵묵히 갈고닦아야 자기 문장 하나를 얻는 것이다. 이 과정은 수행과 비슷해서 그 시간을 보내고 나면 이전의 자신과는 다른 사람이 된다. 소설과 친해질수록 다른 소설가가 쓴 소설에서 연마의 시간과 연마의 방법, 미래에 추구하는 방향 등을 알아볼 수 있다. 이것을 배우기 위해서 독서를 하는 것이다. 독서를 한 다음에는 새로이 배운 것과 내가 찾고자 했던 것을 분석해봐야 한다.

둘째로는 독서 기록장에 적어서 독서 목록과 리뷰를 기록으로 남겨두어라. 해보면 알겠지만 이 과정이 글 쓰는 사람에게 많은 것을 가르쳐준다. 내가 좋아하는 작가의 좋은 작품은 나로 하여금 저절로 리뷰를 쓰게 만든다. 시간이 흐른 뒤 내가 쓴 리뷰를 보고 감동을 받기도 한다. 사람의 감정이란 그런 것이다. 대상이 무엇이든 마음을 다하고 시간을 바쳐 자신을 던진 일에는 감동이 있고 생명이 생겨난다. 우리가 읽고 감동을 받은 대부분의 소설들은 작가가 다 그 과정을 거쳐 써낸 작품이다.

리뷰 역시 글쓰기를 시작한 사람이 생산해낼 수 있는 초기단계의 창작이다. 신기한 건 리뷰를 열심히 쓰다가 독서 패턴이 자리를 잡기 시작하면 리뷰에 쏟았던 에너지가 글쓰기로 옮겨 간다는 사실이다. 소설을 쓰기 시작하면(그냥 끼적거리는 단계에서 본격적인 습작단계로 넘어가는 걸 말한다) 리뷰는 물론 다른 글을 쓰지 않게 된다. 나의 표현욕구, 글쓰기 욕구가 소설에서 전부 해결되기 때문이다. 일기도 쓰지 않고 낙서도 별로 하지 않는다. 어느 날 그 사실을 발견했을 때는 폴더에 상당한 양의 소설 파일이 저장되어 있다. 그때 깨닫는다.

'내가 진실로 원했던 것은 내 안에서 발화될 순간을 기다리던 말들을 글로 써내는 것이었구나.'
'가장 밀도가 높고 진하고 진심을 쏟아내야만 쓸 수 있는 소설과 비로소 친해졌구나.'

그 단계를 지나고 나서는 결핍에서 비롯된 글쓰기가 아니라 글쓰기 실력을 연마하기 위한 과정으로 여러 장르의 글을 쓰게 되었다. 독후감, 영화 감상평, 에세이, 가끔은 시나 동화 등 머릿속에 떠오르는 것은 다 썼다. 글을 써서 먹고사는 사람이 되기까지의 과정은 한 인간이 태어나 걷고 말을 배우는 과정처럼 어떤 것도 빼먹거나 건너뛸 수 없다. 시간과 노력을 들여 한 걸음씩 떼어놓아야 하고 한 문장씩 익혀가며 문장력을 키워야 한다.
글을 쓰기 위해 필요한 것이라면 무엇이든 해서 내가 원하는 경지까지 오르겠다는 각오는 무엇보다 중요하다. 그 각오를 위해서 롤모델로 삼을 만한 작가의 작품을 철저히 내 것으로 만드는 것, 꼭 필요하다. 다음 과정으로 가기 위한 징검다리다.

동료와 리뷰를 할 때와 받을 때의 태도

작가들의 작품을 읽고 리뷰하는 건 어떤 의미에서는 간단하고 쉽다. 나 혼자 읽고 나 혼자 쓰면 된다. 하지만 나와 함께 글을 쓰는 문우들과 글을 함께 읽고 피드백을 하는 과정은 조금 다른 성격을 띤다. 나하고 같은 레벨에 있는 사람이라고 생각하기 때문에 그 사람의 의견에 승복하기가 쉽지 않다. 창작교실에 나가거나 문예창작학과를 다니며 소설을 쓰는 사람은 나름대로 자신만의 색깔과 실력을 갖추고 있다. 완전히 수긍할 수 없는 비평을 들었을 때 순순히 받아들이기 힘들다. 피드백에 상처를 받고 소설 쓰기를 포기하는 사람도 종종 있다. 그만큼 피드백 자체도 중요하지만 그것을 받아들이는 자세도 중요하다.

한 가지 꼭 지켜야 할 점은 피드백은 어디까지나 대상이 된 그 작품에 한정되어야 한다는 것이다. 평소 그 사람에 대한 개인감정을 드러내거나 작품경향 전체에 대한 비난이 되어서는 안 된다. 내가 경험한 나쁜 사례는 글 쓴 사람이 소설 속 주인공과 자신을 동일시하면서 생긴 갈등이었다. 주인공의 태도가 너무 비현실적이고 앞뒤가 안 맞는다는 평으로 "이 여자 너무 천박하지 않아요?" 하고 소설 쓴 사람에게 물었는데 리뷰 당하는 사람은 그 말을 주인공의 행동에 대한 평으로 듣지 않았다. 자신, 혹은 자신의 작품 전반에 대한 평가로 들어서 크게 상처받고 몇 번 결석하더니 결국에는 소설을 포기했다.

이 사건은 우리에게 많은 걸 말해준다. 리뷰하는 사람이 갖추어야 할 예의를 첫째로 꼽고 싶다. 소설 쓴 사람이 자기의 글에 대해 얼마나 민감한지는 써본 사람은 다 안다. 솔직하다는 명분으로 아무 말이나 내뱉는 건 앞으로 불특정 다수를 상대로 글을 써야 하는 사람의 올바른 태도가 아니다. 소설이 무엇인가. 인간학이다. 인간에게 상처 입히려는 장르가 아니라 상처 입은 인간을 변호하는 장르다. 타인에 대한 공감 없이는 소설을 잘 쓸 수 없다.

사람마다 성격이 제각각 다르기 때문에 어떤 사람은 부드럽게, 어떤 사람은 심하게 평하게 되지만 그럼에도 불구하고 경계는 있어야 한다. 상대의 자존심이나 의욕을 꺾는 말만은 피해야 한다. 어떤 말이 상처가 될지는 읽은 사람도 쓴 사람도 잘 알고 있다. 그건 너무나 명백하다. 감정이 섞인 말을 해선 안 된다. 이때의 감정은 곧바로 악의가 된다. 못 썼다는 말보다 기본이 안 되어 있다거나 왜 이런 걸 썼는지 모르겠다는 말이 더 상처가 된다. 읽고 나서 시간이 아까웠다는 말은 며칠에 걸쳐 소설을 완성해서 제출한 사람에 대한 평으로는 너무 가혹하다.

그러면 대안은 무엇일까? 질문을 던지라는 거다.

"어떻게 이걸 쓰게 되었어요? 이 소설 속에서 하고 싶은 말이 무엇

241

이었나요? 저는 그걸 잘 모르겠더라구요."

이렇게 물으면 글 쓴 사람은 그게 무슨 뜻인지 다 안다. 생각할 여지를 주고 다음 작품에 도움이 되는 리뷰를 해라. 그것은 리뷰하는 사람 자신에게도 도움이 된다. 나라면 이 작품을 가지고 어디를 손볼 것인가. 이 대책 없는 작품의 장점, 생명력, 가능성은 무얼까. 그 한 가지를 찾아내는 작업은 자신의 작품을 거울에 비춰보거나 저울에 올려놓는 것과 같은 효과가 있다.

만약에 기본이 전혀 안 되어 있는 작품이라면 기본이 안 되어 있다는 말을 하는 게 아니라 어떤 기본이 부족한지 구체적으로 집어줘야 인신공격이 되지 않는다.

"구성을 다시 해야 할 것 같아요. 구성력이 좀 부족합니다."

"인물의 일관성이 없어요. 심리학에 대한 책을 좀 읽어보면 도움이 되지 않을까요?"

"도입이 약합니다. 이 도입으로 독자의 시선을 붙잡을 순 없어요."

"띄어쓰기와 맞춤법에 신경을 좀 썼으면 좋겠어요. 그게 안 되어 있으면 작품이 허술해 보여서 몰입에 방해가 됩니다. 사소한 게 결코 사소하지 않다는 거 잘 아시죠?"

이런 식으로 어디가 어떻다는 건지 집어주는, 말하자면 작품에 한정되어서 이루어지는 리뷰를 해야 한다. 나는 그것을 '대안 있는 비평'이라고 부른다. 대안을 이야기하지 않는 비평은 비평으로써 가치가 없다.

"이게 잘못되었는데 이렇게 고쳐보면 어떨까요?"

리뷰하는 사람은 이런 평을 준비해 가야 한다. 같은 원리로 리뷰를 듣는 사람도 상대가 하는 말을 작품에 대한 평으로 국한해서 들어야 한다. 불필요한 신경전이나 감정싸움으로 비화해서 누가 득을 보겠는가. 말하는 사람도 듣는 사람도 최대한 냉정해져야 한다.

리뷰는 한껏 쿨하게! 되고는 핫하게!

아무리 거칠기 짝이 없는 엉터리 리뷰를 하더라도 그 사람은 일단 자기 시간을 들여서 소설을 읽고 나름의 평을 준비해 온 것이니 겸허하게 듣자. 취사선택! 그중에서 내가 취할 것은 취하고 버릴 것은 버리자. 리뷰 받을 때 필수적인 태도다. 혹시 제대로 읽고 오지도 않은 상태에서 아무 말이나 내뱉은 사람이 있다면 그런 의견은 과감히 무시해라. 그 사람 때문에 마음 상할 필요도 가치도 없다.

아무리 혹평을 하더라도 이 세상에서 내 작품을 읽은 몇 안 되는 사람 중 하나다. 뭔가 한 마디라도 던져 주었다면 그건 소중한 의견이다. 내게 필요한 말들이니 귀담아들어서 약이 되도록 해야 한다. 감사한 마음으로 섭섭한 마음을 지우자. 다음 작품에서 지금의 문제점을 보완해서 보여주면 된다는 각오면 충분하다. 이 태도는 등단한 뒤에 독자나 평론가로부터 받은 비평으로부터 자신을 보호하는 방법이기도 하다. 독자의 말 한 마디, 평론가의 비평 한 줄에 지옥과 천국을 오간다. 악평이나 혹평의 경우에는 깊은 상처를 입고 슬럼프에 빠지기도 한다. 연예인의 경우 자살까지 하지 않는가.

　작가로서 나는 아직 부족하고 내 작품에 분명 단점이 있다는 건 당연한 일이다. 어떤 결함이든 문제점이든 다음 작품으로 극복하면 될 일이다. 실제로 궤도에 오른 작가들 대부분이 한때는 혹평에 시달리고 독자의 외면을 받기도 했다. 거기서 넘어지지 않고 꾸준히 길을 개척해간 작가가 마지막까지 살아남아 독자의 오랜 사랑을 받는다. 혹평이든 칭찬이든 내 작품을 읽어주었다는 것만으로도 고마운 일이다. 나 역시 돌아보면 내게 혹평을 했던 사람, 늘 대안을 제시해줬던 사람, 격려와 용기를 주었던 사람 모두 소중하고, 그들 덕분에 작가가 되었다. 리뷰는 소설의 피가 돌게 하는 작업임을 잊지 말고 하는 사람도 받는 사람도 감사의 마음을 가져야 한다.

작가들의
압축된 문학관을 읽고
창작에 참고하라

인터뷰, 작가 서문, 수상소감을 읽어라

소설은 픽션의 세계다. 모티브가 되는 이야기의 골격을 짜고 살을 입혀서 형체를 만든 것이다. 작가의 속내와 삶까지 엿볼 수 있는 소설도 있지만 사적인 부분이 철저히 베일에 가려진 작가도 있다. 드러나 있다 해도 대부분 성에 차지 않는 정도다. 이때 궁금해 한다. 이 작가는 어떤 과정을 통해 작가가 되었으며 작품의 영감은 어디서 받고 글은 언제 어떻게 쓸까. 배우고 싶어서 알고 싶기도 하고, 팬으로서의 단순한 호기심이기도 하다.

그런 궁금증을 해소시켜 주기 위해 있는 것이 인터뷰다. 인터뷰를 보면 작가의 사적, 공적인 생활에 대해 많은 걸 알 수 있다. 그 사람의 작가관, 철학, 인생관, 생활 모습이 드러난다. 나는 작가뿐만 아니라 영화감독, 배우, 학자 등 인터뷰라면 관심이 있어서 대상이 누구든 꼭 챙겨 읽는다. 인터뷰는 그 작가에 대한 정보의 압축파일과 같다. 잠깐 대화하는 동안 많은 것이 노출된다. 내가 알고 싶었던 해답을 찾기도 하고 살 냄새 나는 인간을 느낄 수도 있다.

그 다음 꼭 읽어야 할 것이 책의 작가 서문이다. 많은 작가들이 자기 소설에서 다 보여주지 못한 것을 서문에 쓴다. 작가의 자취를 느낄 수 있다. 아무것도 말한 게 없는 것처럼 보이는 짧은 메모 수준의 서문에서부터 몇 장에 걸쳐 쓴 긴 서문까지 다양하다. 서문에서조차 우리는 작가의 스타일을 느낄 수 있다. 다 감추려는 태도에서 무언가를 상상한다. 왜 주저리주저리 소감을 늘어놓고 싶어 하지 않는 걸까? 그런 태도는 그 사람의 작가 정신을 드러낸다. 작가가 하는 말, 짧은 글조차 작가가 수십 년 쌓아 올린 내공에서 나온다.

화룡점정에 해당하는 것이 작가 서문이다. 작품을 완성해놓고 각고 끝에 마지막으로 용의 눈동자에 점을 찍는다. 나만 해도 작가 서문을 쓰기 위해 며칠 동안 고심한다. 무슨 말을 써야 소설에서 다 보여주지 못하고 빠뜨린 퍼즐 한 조각을 채워넣을 수 있을까. 완성이라는 도장을 찍어 세상에 내보내는 모자란 소설에 대한 아쉬움과 안타까움을 전할 말이 뭐가 있을까. 여태까지의 작업과 생활과 생각을 전부 점검한다. 그러고 나서 어깨에 약간 힘을 준다. 겸손한 마음으로 쓰려고 노력해도 어쩐지 서문은 폼을 잡고 쓰게 된다. 나는 스스로 서문을 잘 쓴다고 자부할 만큼 내가 하고 싶은 말을 그곳에 압축해서 표현한다.

그 다음으로 작가에게서 작가정신, 문학관을 배울 수 있는 글이 수상소감이다. 수상소감은 상을 받아야만 쓸 수 있는 글이다. 문학에서 업적을 이룬 작가가 스스로에게, 독자에게, 심사위원에게 무슨 말을 하는지 귀 기울여 들을 필요가 있다. 상을 받는 심정은 어떤지, 문학관은 무엇인지, 앞으로의 작업은 어떻게 할 생각인지, 이야기할 기회가 작가에게 주어진 것이다. 상을 받는 자리인 만큼 일정 정도의 흥분과 감흥이 말하는 사람과 듣는 사람을 감싸고 있다. 자신의 삶과 문학을 이야기하는 아주 극적인 자리다. 성공한 작가의 말을 들어보는 것도 공부다. 거기까지의 과정과 앞으로의 계획에서 한 수 배울 절호의 기회를 놓치지 마라.

내가 가와바타 야스나리를 주목하게 된 것도 그의 노벨상 수상연설을 들은 뒤였다. 그의 작품도 좋았지만 그것만큼 강렬하게 와 닿았던 육성이 수상소감이었다. '나의 아름다운 일본'이라는 주제의 연설이었는데 그의 국수적인 국가관이나 국적을 떠나 자신의 본질에 대해 탐구하고 천착하는 자세는 놀라웠다. 저런 생각, 저런 기개, 저런 감정을 가진 인간이었구나. 가슴이 뭉클하고 그 사람이 나와 같은 종의 호모 사피엔스라는 사실에 감격했다. 품격과 깊이를 갖춘 인간을 만난다는 건 그 어떤 행운보다 기쁜 일이다. 왜 일본인은 개인은 뛰어난데 무리 지어 있으면 전쟁광 같은 괴물이 되나, 안타까워하기도 했다. 은희경도 편혜영도 김영하도 하루키도 수상소감을 들은 뒤 더 사랑하게 되었다.

이외에도 문예지의 비평이나 에세이도 짬짬이 읽고 현재 문학이 무슨 이야기까지 하고 있나 알아둘 필요가 있다. 시와 소설은 어떤 주제나 소재가 각광 받고 어떤 작가의 작품이 가장 이슈가 되고 있는지, 또 그 이유는 무엇인지 따라잡아야 한다.

소설은 과거가 아닌, 현시점, 당대의 문학이다. 사진처럼 이 순간의 현실을 포착해야 한다. 활발하게 거론되고 있는 담론을 알아야 나도 그것에 대해 써보든지, 아니면 전혀 다른 방향으로 접근할지 힌트를 얻을 수 있다. 사회의 오피니언 리더들이 주로 쓰는 신문의 사설이나 칼럼도 챙겨 읽어라. 사회를 보는 시각과 논리를 배워야 소설의 바탕이 되는 작가의 사상을 살찌울 수 있다.

기억할 것은 인풋과 아웃풋의 원리다. 좋은 정보를 많이 받아들여야 좋은 글을 써서 내보낼 수 있다. 공짜는 없다. 우연도 없고 횡재도 없다. 내 손과 내 눈으로 해내야 한다.

가상의 인터뷰 기사나 서문, 수상소감을 써보아라

슬럼프를 극복하는 방법으로 권하기도 하는 일이다. 글이 잘 안 써진다고 하면 앞으로 쓰고자 하는 책의 서문을 한번 써보라고 한다. 서문을 쓰는 동안 책에 대한 자기 생각이 확실해지고 어렴풋하던 생각들이 선명하게 정리된다. 처음에는 자못 비장해지면서 내가 왜 이 책을 쓰게 되었는지 한참 설명한다. 지금 심정은 어떠하며 나를 도와준 사람은 누구고 빚을 진 사람은 또 누군지 이야기한다. 어떤 점이 가장 힘들었고 어떤 점이 기뻤으며 앞으로 어떤 활동을 할지도 늘어놓는다. 다 쓰고 나면 말할 수 없이 부끄럽다. 속살을 보인 기분이다. 그래서 지운다. 다시 쓴다. 또 지운다. 이번에는 다 지우지 않고 조금 남기고 고쳐 쓴다. 이렇게 해서 맨 마지막에 나의 중심으로 삼아야 할 고갱이 하나만 남고 다 사라진다. 어떤 면에서는 소설 쓰기와 닮았다.

언젠가 문학적 자서전을 써달라는 청탁을 받은 적이 있다. 작가 15명에게 어떻게 작가가 되었는지 원고지 30매에서 50매씩 쓰라고 해서 그걸 모아 책 한 권을 낸다는 기획이었다. 처음에는 참 막막했다. 내가 언제부터 어떻게 작가가 되어야겠다고 생각하고 작가가 되었는지 쓰자니 어디서 시작해야 할지 도무지 감이 잡히지 않았다. 물론 안다. 다 알지만 그 이야기를 다 할 수는 없었다. 마치 결혼한 부부에게 저 배우자와 어떻게 해서 결혼하게 되었느냐고 묻는 것과 같다. 하자면 할 이야기는 밤을 새울 만큼 많아도 그중에 이거다 하고 딱 골라 말하려면 난감하다. 그래도 써야 한다면 어떻게든 써내야 한다.

돌아보니 반짝 하고 자기 존재를 드러내는 순간이 몇 번 있었다. 열 살 이전의 어느 날, 그 날의 내 모습은 작가가 되려는 전조를 보여주었고 나는 그 날을 뚜렷하게 기억하고 있었다. 그 이후 스무 살 즈음, 또 서른 살이 넘어 나는 많은 순간 작가가 되려고 했고 작가이고자 했다. 영혼은 이미 작가였는지 모른다. 인간과 세상에 대한 의문이 너무 많았고 나는 일상생활을 하면서도 그것을 잊어본 적이 없었다. 아무리 일상이 바쁘고 나를 마모시키려 해도 꿋꿋하게 내 영혼의 질문을 버리지 않았다. 그리고 어느 날 정말 작가가 되었고 나는 열심히 글을 쓰고 있다. 자서전을 쓰는 동안 많은 생각을 새로이 가다듬을 수 있었다. 책의 서문이 그 책에 한정해서 생각을 정리할 기회를 준다면, 문학적 자서전이나 인터뷰는 자신의 작업 전체에 대해 말할 기회를 준다.

집에서 재미 삼아 내가 제일 좋아하는 연예인을 맞은편에 앉혀놓고 가상 인터뷰를 써보는 것도 재미있다. 내가 그 사람을 인터뷰해도 좋고 그 사람이 나를 인터뷰해도 좋다. 남자 배우라면 내가 쓴 소설의 주인공 역할을 맡아보지 않겠느냐고 물어보라. 가수라면 내가 쓴 노래가사에 곡을 붙여 노래를 불러보라고 주문할 수도 있다. 따지고 보면 모든 사람은 다른 사람의 팬이다. 그 반대로 모든 사람은 다른 사람의 우상이 될 가능성이 있다. 서로가 서로의 작업을 격려하고 공유하면서 더불어 시너지효과를 얻는 것이다.

소설이 안 써질 때, 소설을 포기하고 싶을 때, 닥치고 취직이나 하자 싶을 때 큰 문학상을 탔다고 상상해보라. 실제로 그런 일이 일어나지 말라는 법도 없다. 수상소감을 은밀히 써보는 거다. 그걸 서랍 깊숙한 곳에 보관했다가 심심할 때 꺼내보라. 웃음이 절로 나올 것이다.

하루키의 잡문집에는 수상소감만 모아놓은 장이 있다. 이 글을 읽고 상을 받는 사람은 '내가 과연 이 상을 받을 만한 자격이 있나'를 제일 먼저 생각한다는 걸 알게 되었다. 자기점검은 상이 주는 또 하나의 큰 선물이다. 수상자는 상을 주는 사람보다 더 감격스러운 마음으로 상을 탈 때까지 열심히 매진해온 자신을 격려한다. 자신을 향한 축비를 잠시 내려놓고 어깨를 토닥여주고 싶을 것이다. 그 마음 끝에는 앞으로의 작업에 대한 약간의 불안도 달려 나온다. 그동안 자신을 이끌어준 사람들의 얼굴도 지나가고 마음에 돌덩이처럼 얹힌 미운 사람의 얼굴도 떠오른다. 그들이 자신에게 고통을 주었든 힘을 주었든 이 순간만큼은 오로지 좋은 마음뿐이다. 강한 자만이 타인에게 관대해질 수 있다. 앞으로는 오직 작품만을 위해 마음과 힘을 쓰겠노라고 아무도 듣지 못하게 홀로 맹세한다.

자기에게 힘을 주는 것도 뺏는 것도 자기 자신이다. 어떤 묘수를 동원해서라도 자신의 최고치를 매일 경신해야 한다. 지칠 때는 방문에 '방해하지 마시오' 팻말을 걸어두고 맘껏 널브러져 있어도 좋다. 몇 번은 그런 날이 필요하고 그래도 좋다. 하지만 보통 때는 자신이 최고임을, 최고가 될 수 있음을 믿어라. 최고와 최고가 아님은 바로 이 확신, 자신감에서 나뉜다. 자신을 믿고 무모하고 어리석은 시간 몇 년 보내보라. 적어도 놀랍게 달라진 모습이 될 것이다. 한 가지에 올인해본 사람만이 가질 수 있는 표정과 영혼. 아름답다.

독서는
어떻게
해야 할까?

책을 읽는 것은 만남이다. 엄청난 만남, 내가 본 적도 없는 한 사람이 쓴 책이 여러 단계를 거쳐 내 손에까지 온 것이다. 게다가 그 책이 내 인생에 중요한 영향을 끼쳤다면 부모 형제만큼 깊은 인연이라 하지 않을 수 없다. 가장 가까이서 가장 쉽게 만날 수 있는 스승이 책이라고 단언한다. 내 인생을 바꾼 한 권의 책에 대한 얘기를 하자면 끝도 없다. 좋은 작품을 찾아서 무조건 많이 읽어라. 인풋 없는 아웃풋은 없다. 많이 읽으면 그만큼 좋은 소설을 쓸 수 있다. 자판기에 동전을 넣지 않고 아무리 기다려봐야 커피는 나오지 않는다.

어떤 책을
어떻게
읽을 것인가

왜 책을 읽을까?
— 두 마리의 토끼, 재미와 정보

왜 세상은 이해할 수 없는 일들로 가득한지, 나는 어떻게 살아야 하는지 고개를 갸웃거릴 때 우리는 가까운 사람을 찾는다. 그 사람을 멘토라 불러도 좋고 스승이라 불러도 좋다. 하지만 언제나 주변에 사람이 있는 건 아니라 그것이 여의치 않을 때가 많다. 종종 사람을 만나 이야기를 나눈 뒤에도 우리의 의문은 다 풀리지 않는다. 그때 혼자 깊은 사색(고민)에 빠지거나, 생각을 가다듬기 위해 책을 집어 들기도 한다. 책에서 읽은 구절들이 힘이 되어주기도 하고 글을 읽어가는 동안 마음이 가라앉는다. 내 경우 이럴 때마다 집어 드는 책이 있다. 《노자 도덕경》과 《월든》이다. 현실과 거리를 두고, 세상사와 부

253

대끼는 일에 너무 휘둘리지 말라는 가르침은 영혼을 쉬고 싶을 때 평화를 주는 메시지다. 내 편이 되어주는 문장이 곳곳에 포진해 있다.

많은 사람들이 독서를 강조했고 독서의 필요성을 역설했다. 왜 우리는 책을 읽어야 하는가. 한 권의 책을 읽고 났을 때 저자는 우리에게 어떤 통찰을 던져 주는가. 작가가 된 사람에게 어떻게 작가가 되었느냐는 질문을 자주 한다. 많은 작가가 우연히 누군가의 서재에서 책 한 권을 집어 들었다가 거기에 빠져 책을 좋아하게 되었고 작가를 꿈꾸었다고 한다. 말하자면 책의 세계를 발견한 것이다.

바로 그거다. 책을 읽는 것은 만남이다. 엄청난 만남, 내가 본 적도 없는 사람이 쓴 책이 여러 단계를 거쳐 내 손에까지 온 것이다. 게다가 그 책이 내 인생에 중요한 영향을 끼쳤다면 부모 형제만큼 깊은 인연이라 하지 않을 수 없다. 가장 가까이서 가장 쉽게 만날 수 있는 스승이 책이다. 내 인생을 바꾼 한권의 책에 대한 이야기를 하자면 끝도 없다.

오늘은 책을 왜 읽고 어떻게 읽어야 할까에 대한 이야기를 하고자 한다. 독서를 하는 첫 번째 이유는 제일 먼저 정보를 얻기 위해서다. 대표적인 예로 교과서와 참고서, 각종 수험교재 같은 실용서적을 들 수 있다. 책을 읽고 외워서 지식을 쌓지 않으면 시험을 치를 수 없고 실용적인 목적에 부합하는 정보를 축적할 수 없다. 오직 책만이 내가 목표로 하는 곳에 데려다준다. 글 쓰는 사람인 우리 역시 독서를 실용적인 목적에서 한다고 볼 수 있다. 많은 책을 읽어 어휘를 늘리고 좋은 문장을 습득한다. 다만 실용성, 정보만으로 충족될 수 없는 부분이 존재한다는 점은 다르다.

우리가 만나고자 하는 것은 인간이고, 인간의 삶이다. 소설이 인간학이기에 인간과 관계된 것은 무엇이나 다 공부가 된다. 소설가 김훈은 각종 자격증 공부에 필요한 책, 예를 들면 배관공이나 제어계측에 관계된 책을 즐겨 읽는다고 한다. 그 책을 보면 철학서나 인문서와 비슷한 형식을 갖추고 있고 매뉴얼까지도 서로 호환된다고 한다. 한 가지를 꿰뚫기 위해 접근하는 방식은 서로 통한다는 뜻이다.

둘째로 책 읽기가 재미있어야 한다. 재미없다면 독서가 즐거움이 아니라 고문일 것이다. 재미의 이유가 감동이나 유머에서 오기도 하겠지만 내가 모르던 것을 알아가는 데서 오는 신선한 충격도 우리에게 재미를 느끼게 한다. 재미의 종류와 수준도 각양각색이다. 어려운 책이 재미있다는 사람도 있고 괴상하고 무서운 이야기가 재미있다는 사람도 있다. 그건 각자 책에서 얻고자 하는 것이 다르기 때문이다.

나에게 무엇이 부족하고 무엇이 필요한가

어떤 책을 읽어야 할지 고르려면 나한테 무엇이 필요한지를 우선 파악해야 한다. 필요를 알려면 결핍을 알아야 한다. 내게 부족한 것, 더 채워야 할 부분이 뭔지 생각해보는 과정이다. 그러다 보면 자신이 어떤 사람인지에 대한 생각도 깊어진다.

이를테면 나는 유럽풍의 철학적인 분위기의 소설을 쓰고 싶다면 두 가지가 전제되어야 한다. 우선은 철학소설에 어떤 것이 있는지 충분히 읽고 알고 있어야 한다. 거기다 철학적인 지식에 대한 기본소양도 필요하다. 그러려면 서양철학사나 각 나라의 신화, 심리학 공부를 병행해야 한다.

필요와 부족, 이 두 가지를 파악하고 독서 목록을 짜놓는다. 그 분야의 필독서부터 독파하는 방법도 있다. 여러 검증을 거쳐 가장 좋은 책들을 선별한 필독서라면 믿을 만하다. 더 좋은 방법은 그 분야 전문가를 만나서 필독서를 추천받는 것이다. 나는 음악에 대해 알고 싶을 때, 사진에 대해 공부하고 싶을 때 이 방법을 썼다. 전문가만큼 그 분야의 가장 첨단적인 지식을 습득하고 있는 사람도 없을 것이다.

어떤 사람은 추리소설에 관심이 있을 수도 있다. 이 분야는 특히 기존의 소설을 수십 권, 수백 권 읽는 것이 굉장히 중요하다. 어떤 방식들이 쓰였는지 보고서 힌트를 얻을 수 있다. 많은 트릭과 기법을 동원해야 하기 때문에 단순히 상상력만으로 이야기를 풀기가 어렵다.

좋은 작품은 찾아서 무조건 읽어라. 많이 읽으면 그만큼 좋은 소설을 쓸 수 있는 것이다. 창작자에게 독서는 기본 중의 기본이다. 거기다 상상력과 독창성을 발휘하기 위한 체험과 노력이 곁들여지면 많은 사람을 행복하게 해주는 책을 쓸 수 있다. 일정량의 독서가 전제되어야 언어를 다루려는 자신이 생긴다.

독서로 기초를 튼튼히 하지 않고 일시적인 순발력이나 기발한 상상력으로 글을 쓰면 그것은 곧 바닥을 보인다. 독서가 주는 좋은 점 중의 하나는 어휘를 풍부하게 한다는 것이다. 한마디로 어학실력을 키워준다. 묘사력과 언어의 풍부한 사용, 그것은 소설 쓰기에 필수적인 요소다. 자신이 구사하는 언어가 발달해야 좋은 언어를 갖춘 글을 쓸 수 있다는 것은 말해봤자 입만 아픈 당연한 사실이다.

꼭 읽어야
할 책
BEST 10+10

소설

소설은 외국소설에 한정했다. 한국소설은 본문 중에 수시로 인용했고 정보를 쉽게 접할 수 있기 때문에 목록에서 뺐다. 고전의 반열에 오른 외국소설 중에 이 정도를 읽어야 소설에서 다루고 있는 주제나 문체의 다양성을 알 수 있겠다 싶은 것들을 골랐다. 소설이라는 장르 하나로 얼마나 다양한 주제와 문체와 인물들을 다루는지 알면 놀랄 것이다. 기가 죽을 수도 있고, 이렇게 써도 되는 거라면 나도 한 번 도전해보고 싶다는 생각이 들 수도 있다.

《금각사》, 미시마 유키오
《내 이름은 빨강》, 오르한 파무크

《리스본행 야간열차》, 파스칼 메르시어

《위대한 개츠비》, F. 피츠제럴드

《설국》, 가와바타 야스나리

《어두운 상점들의 거리》, 파트릭 모디아노

《자기 앞의 생》, 에밀 아자르

《파리와 런던의 따라지 인생》, 조지 오웰

《슬픈 짐승》, 모니카 마론

《새벽의 약속》, 로맹 가리

《그리스인 조르바》, 니코스 카잔차키스

《금각사》와 《설국》은 문학이, 소설이 이토록 사람을 매혹시키는구나, 깨달았던 아름다운 소설이다. 한 문장 한 문장 외우고 싶을 정도다. 작가의 독특한 감성은 말할 필요도 없고 인간의 여러 심상과 욕망을 섬세하게 표현하고 있다. 지독한 콤플렉스에 시달리는 인물이 금각사라는 절대미 앞에서 어떤 삶을 꾸려가는지 면밀히 살펴보기 바란다.

현대소설의 총아라고 할 수 있는 F. 피츠제럴드의 작품들은 모두 필독서다. 그중에서도 최근에 김영하 작가가 번역한 《위대한 개츠비》를 권하고 싶다. 한 꺼풀 더 깊이 들어간 인간심리를 소름끼칠 정도로 태연하게 묘사한다. 각 인물군상들의 밀고 당기는 사랑과 증오와 배신과 세속적인 욕망을, 결국은 우리 자신의 내면을 들여다볼 수 있을 것이다.

《새들은 페루에 가서 죽다》,《새벽의 약속》을 쓴 로맹 가리의 또 다른 작품,《자기 앞의 생》도 색다른 독서 체험을 하게 할 것이다. 그는 다른 이름으로 발표하는 바람에 프랑스에게 한 번밖에 주지 않는다는 콩쿠르상을 두 번이나 수상한 작가가 되었다. 우리가 얼마나 솔직하지 않은지, 인간의 내면에는 얼마나 많은 아픔의 결들이 숨겨져 있는지 정직하게 보여준다. 그 엄청난 주제를 언어로 풀어냈다는 것이 얼마나 놀라운가.

《더블린 사람들》,《그리스인 조르바》는 두말할 필요 없는 고전이지만 소설을 쓰는 사람의 눈으로 다시 한 번 꼼꼼히 읽어보기를 권한다. 얼마 전 여행을 가면서《그리스인 조르바》를 다시 읽고 전혀 새로운 감동을 받았다. 이 소설이 이렇게 훌륭한 작품이었나, 새삼 놀랐다.

《죄와 벌》을 쓴 도스토옙스키의 작품은 기회가 되는 대로 다 읽어보라고 권하고 싶다.《지하생활자의 수기》,《카라마조프 가의 형제들》도 전율을 일으킬 만큼 충격적인 소설이다. 작가가 얼마나 자신의 내면을 치열하게 들여다보고 삶과 대적하고 있는지 그 고독과 고통을 도스토옙스키만큼 처절하게 보여주는 작가도 드물다.

《리스본행 야간열차》도 우리와는 다른 생활과 정서를 가진 나라의 소설이라 시사하는 바가 클 것이다. 이 작품은 내가 꼭 써보고 싶은 종류의 소설이다. 친구가 권해서 읽게 됐는데 내용이 경이로울 정도로 이색적이라 찾아봤더니 작가가 학위를 여러 개 가진 고문헌 전문가였다. 철학자를 능가하는 깊이 있는 공부를 해야 소설가가 되는 유럽의 전통을 잘 보여주는 작품이다.

《슬픈 짐승》은 우리가 흔히 볼 수 없는, 쉽게 접근할 수 없는 깊이의 감정까지 내려간다. 사랑의 여러 측면과 사건들, 인물의 변화를 잘 추적해서 그렸다.

《파리와 런던의 따라지 인생》은 조지 오웰의 자전적인 소설로써 그가 얼마나 가난을 자기 삶 안으로 끌어안고 철저하게 가난에 어울리는 견결한 삶을 살았는지 보여준다. 배금주의와 물신주의를 상식으로 알고 있는 우리 사회에 길들여진 사람이라면 한번쯤 읽어봐야 할 책이다.

인문사회과학 서적

인문사회과학 책을 꾸준히 읽어 세상 보는 법을 익히는 것은 소설가의 책무다. 우리가 살아가는 세상은 한정되어 있고 우리의 눈은 자꾸 거기에 고정된다. 사회학과 심리학을 비롯한 인문사회과학 서적은 우리의 눈을 뜨게 해준다. 우리가 모르는 세상, 감지하기 어려운 곳에서 일어나는 일들에 대해 알려주어 우리가 세상을 넓고 깊게 바라보도록 도와준다.

안목의 균형을 위해서 서양과 동양의 책을 반반씩 섞었다.

《황금가지》, 제임스 조지 프레이저

《소설가의 각오》, 마루야마 겐지

《이것이 인간인가》, 프리모 레비

《오래된 미래》, 헬레나 노르베리 호지

《가지 않은 길》, 스코트 펙

《진중권의 현대미학 강의》, 진중권

《불안》, 알랭 드 보통

《한시미학산책》, 정민

《나의 운명 사용설명서》, 고미숙

《무라카미 하루키 잡문집》, 무라카미 하루키

《황금가지》, 《서양철학사》, 《정신분석 입문: 인간 정신에 대한 혁명적 통찰》은 대학생들이 읽어야 할 필독서 목록에 빠지지 않고 오르는 책이다. 인간과 세상을 이해하는 기본 매뉴얼에 해당하는 책이다. 적어도 이 책을 읽기 전과 후, 생각하는 힘에는 큰 차이가 있으리라 생각한다.

소설 쓰는 사람이 꼭 읽어야 할 책에는 각종 예술에 관한 책들도 있다. 미술, 음악, 영화, 사진을 이해하지 않고는 소설을 쓰기 어렵다고 할 정도다. 물론 이런 지식을 앞세우는 소설만큼 한심한 것도 없지만 주인공의 삶에 자연스럽게 녹이려면 평소 이 분야에 대한 관심과 안목이 필요하다. 사진집, 화집, 각 분야의 역사서, 영화와 문화에 관련된 책들을 수시로 찾아 읽어야 한다.

서양미술사에 대해서는 진중권의 책이 이해하기도 쉽고 재미있으며 내실이 있다고 느꼈다. 정민이나 고미숙, 고종석의 책들도 기회가 있으면 차근차근 찾아서 읽기를 바란다. 한문학을 전공한 학자 중에 문장력과 소통능력까지 갖춘 분이라 모든 책이 다 재미있고 내 자신과 삶을 돌아보게 해준다.

추천도서는 그야말로 빙산의 일각이다. 이 한 조각을 먼저 해치운 뒤 그 책의 나침반이 가리키는 다음 책, 그 다음 책을 꾸준히 읽어나가야 한다. 독서라는 호미로 창작의 밭을 일구는 일에 게으르지 않는다면 언젠가는 독자가 책을 읽을 날이 올 것이다. 독서는 요리법을 가르쳐주지만 그것을 배워 내 책에 맛을 내는 것은 쓰는 자의 몫이다.

신문의 독서면도 꼭 챙겨서 읽다가 눈에 띄는 책이 있으면 사라. 내가 독서를 열심히 하는 사람이라는 걸 남들이 알면 좋은 책을 자주 권해준다. 그러면서 독서의 폭이 넓어진다.

책은 갖고 있으면
언젠가는
읽게 된다

위에 적은 목록은 독서하기 녹록치 않은 책들이다. 당장 꼭 읽으라기보다 제목이라도 알고 있으면 언젠가 기회가 될 때 책을 빼들게 될 것이라는 생각에서 적어보았다. 계획을 세워서 한 달에 한 권, 한 계절에 두 권 이런 식으로 읽어나갈 것을 권한다. 하루하루의 일상이 너무나 바쁘게 돌아가기 때문에 이렇게 누군가 말해주어 강제성을 띠지 않으면 좀체 책을 손에 들게 되지 않는다. 방학 때 적어도 두세 권은 읽을 수 있을 것이다. 읽다가 어려우면 중간에 포기하고 다음에 읽어도 된다. 부분부분 골라서 읽어도 되고 목차만 읽어도 된다. 책은 가지고 있으면 언젠가는 펼쳐보게 된다는 게 나의 경험에서 얻은 지론이다.

기분이 아주 꿀꿀할 때 일종의 자학하는 기분으로 어려운 책을 꺼내 아무데나 펼쳐서 읽어보곤 한다. 물론 잠 안 오는 밤에 수면제로 써도 된다. 읽으면 남는다. 기억에서 사라져도 뇌에 단백질로 흔적을 남긴다고 한다. 그래서 다음에 읽을 때 처음보다 더 쉽게 이해할 수 있다. 확실한 건 책을 읽은 사람은 뭐가 달라도 다르다는 것이다.

어떤 뜬구름 잡는 사람의 말에 의하면(사람들은 그를 도사라고 불렀다) 책은 글자로 이루어져 있고 글자는 인간의 가장 위대한 발명이기 때문에 거기에는 기氣가 말도 못 하게 많이 들어 있다고 한다. 그래서 책을 읽으면 그 기가 사람에게 전달되어 정신력이 강해진다는 이론이다. 일정 정도 일리가 있는 말이다. 특히 한자(뜻글자인 표의문자)는 다른 표음문자보다 기가 몇 배나 된다고 한다. 한자를 배우면 지식과 사고의 확장력이 엄청나게 발전한다고 나이가 들어도 계속 한자를 배우라고 충고했다.

독서는 나의 힘이다!

누가 뭐래도 이것은 진리다. 나이 든 사람들을 한번 살펴봐라. 신문을 꾸준히 읽고 책을 읽어온 사람들은 결코 노욕에 시달리는 괴로운 삶으로 노년의 시간을 탕진하지 않는다. 나는 농담 삼아 노후 대비책으로 독서를 많이 해두라고 말한다. 그러면 노년의 가장 큰 문제인 소통의 어려움을 어느 정도는 해결할 수 있다.

독서 기록장에
책 읽던 당시의
'나'를 기록하라

추천도서이든 신문에서 발견했든 누가 권했든 그걸 토대로 리스트를 만들어놓고 한 권씩 읽어나간다. 독서 기록장을 적으면 기록이 남으니까 나중에 일목요연하게 내용을 알 수 있다. 내가 그때 이런 생각을 했었구나, 제법이네, 하는 뿌듯한 마음을 갖게 된다. 때로는 그 사이에 변한 자신을 발견할 수도 있다. 예전에는 이런 생각밖에 못 했는데 지금은 여기서 한 발짝 더 나아갔다는 것을 기록해둔 증거가 말해준다. 안 좋은 예도 있다. 그때 느꼈던 생생한 감수성이나 공감능력을 그 사이 많이 잃었을 수도 있다. 어떤 경우든 현재의 자신을 볼 수 있다는 점에서 유용하다.

우리가 쓴 모든 글은 그 시기의 나를 증명하는 바로미터다. 독서 기록장은 그것을 기록하던 당시의 나와 지금의 나를 비교해볼 수 있는 기준이 된다. 글의 힘은 내가 알고 있는 것을 글로 쓸 때 그 생각이 더 분명해져서 진짜 내 것이 된다는 점이다. 책을 읽었을 때는 모호하게 알던 것을 기록장을 적다 보면 아는 것과 모르는 것이 명확해진다. 그 지점에서 생각은 자라나게 되고 다른 발전의 가능성이 싹튼다.

작가는 언제 어디서 어떤 글을 쓰라고 청탁이 올지 모른다. 무엇을 써놓든 그것들은 다 자산이 된다. 읽고 책을 덮는 순간 다 사라져 버리지만 독서 기록장에 적어두면 훗날 그걸 꺼내서 읽었을 때 기억을 환기할 수 있다. 기록은 실용성과 가치성 둘 다 만족시킬 수 있다. 일단 리스트의 길이가 늘어가는 걸 보면 뿌듯하지 않은가. 간단히 정리하면 이렇다.

- 읽어야 할 책의 리스트를 만들어라.
- 매일 일정량을 읽어라. 아니면 주말에 몰아 읽어라.
- 독서 기록장을 작성하고 수시로 꺼내서 읽어봐라.
- 주위의 뜻 맞는 사람끼리 독서 토론회나 책 읽기 모임을 만들어라.

소설 창작
기본기 다지기

나만의
책 만들기

무엇보다 강조하고 싶은 건 자신감이다.
이 세상에 나만큼 이 문제에 대해 잘 쓸 수
있는 사람은 없다. 내 소설이 갖고 있는 세
계가 만만치 않다는 자신감이 작업의 질을
높인다. 이렇게 거침없이 생각할 수 있는
태도는 그 자체로 개성이 된다. 오래 글을
쓰려면 그것이 무엇이든 나를 버티게 해줄
것을 찾아야 한다. 자신감, 근성, 오기. 무
엇이든 상관없다. 붙들고 매달릴 것을 찾
아라. 가능하면 밖에서 얻지 말고 내 안을
샅샅이 뒤져 보라. 나 자신에게서 발견해
내는 게 진짜 내 것이다. 힘들 때마다 거기
기대서 끝까지 지치지 말고 장거리달리기
를 완주하기 바란다.

제목, 목차,
저자의 말을
미리 써보라

쓰고자 하는 소설을 정하고 제목을 짓는다

나는 이번에 어떤 소설을 쓸 것인가. 새 소설을 시작하려고 할 때 제일 먼저 던지는 질문이다. 지금 여러분의 머릿속에 이미 자리 잡고 있는 것, 예전에 썼던 것들이 앞다퉈 떠오를 것이다. 이미 써놓은 걸 고친다는 마음으로 손대도 좋다. 써야겠다고 마음먹고 시작도 못 했던 주제도 괜찮다. 어떤 것이든 한 가지를 정해라. 이 한 가지를 가지고 완성할 때까지 씨름을 하고 결국 승부를 보고 말겠다는 각오를 다져라.

오늘 아침 보통날과 마찬가지로 일어나서 아침을 먹고 출근길에 나섰다. 내가 탄 버스에 사이코패스가 탔다. 혹은 한 여자가 갑자기 쓰러져 119구조대를 부르는 일이 생겼다. 그때부터 균열이 생기기

소설 창작
기본기 다지기

시작한 나의 하루에 대해 소설로 쓴다고 가정해보자. 일종의 나비효과로 회사에 가서도, 점심을 같이 먹은 동료와도, 저녁때는 애인이나 가족과도 갈등을 빚는다. 작지만 결코 작지 않은, 깊은 뿌리가 있는 마찰과 갈등이다. 저녁 9시쯤 나는 녹초가 된다. 내 삶이 뭔가 잘못되었고, 나는 결코 행복하지 않다는 걸 깨닫는다. 심지어 내 미래가 불안하다는 사실을 새삼 인식한다. 나는 어제와 다른 내가 되었다. 지금부터 이 소재로 소설을 써보자.

우선 제목을 정해야 한다. 제목을 정하면 내 글의 방향과 주제와 분위기가 결정되기 때문에 뜬구름 잡는 식으로 이야기가 마구 뻗어 가지 않고 핵심 주위로 에피소드나 문장이 모여든다. 제목을 딱 부러지게 정하지 못하겠으면 주제나 느낌으로 제목 비슷한 걸 정해놓는다. 그래야 파일을 만들고 그 제목을 계속 떠올리면서 생각을 펼쳐 나갈 수가 있다. 'K씨의 이상한 하루'라는 두루뭉술한 제목을 정할 수도 있고, 그 이야기 속에 나오는 상징, 이를테면 아내와 싸우는 계기가 되는 '비상금'이나 '결혼반지'를 제목으로 정해도 좋다. 벌써 이 제목을 보는 순간 장면과 문장이 떠오르지 않는가.

"당신, 여기 말고 또 어디다 비상금 숨겨놨어?"

"생각보다 머리 나쁘네. 전자레인지나 냉동실, 신발장은 대표적으로 비상금을 숨기면 안 되는 곳이라고 뉴스에도 나왔는데 못 봤어? 냄새나게 겨울 부츠 안에다 돈을 숨기냐?"

등등의 대사가 오갈 것이다. 결혼반지라는 제목도 마찬가지다.

"왜 결혼반지 안 끼고 다녀?"

"몰라! 솔직히 말해 내 친구 중에 내 결혼반지가 제일 싸구려야."

뭐 이런 이야기들을 생각해보자. 주제에 따라 대화나 사건의 전개가 달라질 것이다. 가뜩이나 일진 나쁜 하루를 보내고 퇴근했는데 이런 다툼을 하고 있는 주인공의 심정이 어떨까. 이때 사람은 균형감각을 잃고 하지 않아야 할 말이나 행동을 하게 된다. 그러면서 상황은 파국으로 치닫는다. 지금 벌어진 상황은 방금 일어난 것 같지만 사실은 오래전부터 둘 사이, 혹은 인생의 밑바닥에서 진행되고 있었다. 그렇기 때문에 한 방울의 물을 보탰을 뿐인데 컵의 물이 넘쳐버렸다.

제목을 정하면 소설을 진행시키기가 훨씬 쉽다는 걸 알 수 있다. 나한테는 제목 짓는 일이 가장 힘들고 마지막까지 속을 썩이는 부분이지만 제목이 정해져야만 글이 써진다는 작가도 있다. 미완성이더라도 일단 전체 개념이 들어간 제목으로 파일을 만들어놓고 나중에 고치면 된다.

뜻밖의 경험을 한 적도 있었다. 별 생각 없이 이번에는 10년 만에 만난 여고동창생 이야기를 써볼까, 그러고 시작했다. 그런데 제목을 정하고 나니까(셋이서 여행을 가게 되었고 그 여행지를 제목으로 잡았다), 뭔가 목에 탁 걸리면서 하고 싶은 말이 마구 쏟아져 나왔다. 그 제목과 인물 셋이 나의 뇌관을 건드린 거다. 소설이란 이런 식이다. 일단 시작하고 나면 어느 부분에서 봇물이 터져 소설의 바다와 산맥을 이룰지 나조차 모른다. 그때부터 일사천리로 이야기가 풀리고 아무 어려움 없이 소설을 완성하게 된다.

반대로 모든 것을 다 설정해놓고 거의 다 됐다는 심정으로 시작한 소설인데 막상 쓰다 보면 곳곳에서 막히고 글에 힘이 전혀 붙지 않아서 간신히 꿰맞춘 소설이 되고 만 때도 있다. 이 불가해성, 예측불능의 작업과정이 소설 창작의 매력이면서 난관이다. 소설을 전개시켜 나가는 동안 나는 어떤 식으로 완성에 다다르는지, 글 쓰는 동안의 나쁜 습관은 무엇인지, 앞에서 속도를 내는지 뒤로 갈수록 속도가 나는지, 여러 측면을 알게 된다. 나를 더 많이 알아가는 것은 더 나은 소설을 써가는 목적이면서 부산물이기도 하다.

구체적인 내용을 목차로 만들고
전체 개념을 저자의 말에 정리해본다

소설에 담을 내용(주인공과 사건)과 제목이 정해졌으면 그 다음은 글을 쓸 순서를 정한다. 형태는 목차지만 내용으로 보자면 구성에 해당한다. 어떤 이야기로 소설을 시작할지, 어떻게 전개시켜 나가다가 결말로 치달을지 목차를 정하면 그것이 구성이 되어 이야기 전체의 얼개가 짜진다.

요즘 독자들이 책을 고를 때 무엇부터 읽는지 아느냐고 한 출판평론가가 질문을 던졌다. 내 경우는 작가의 말을 읽고 목차를 읽는다고 대답했다. 평론가 말이 종이책 세대가 아닌 인터넷 세대들은 책의 본문조차 펼쳐보지 않는 경우도 많다고 했다. 표지와 표지 날개에 요약해놓은 책 내용만 본다는 이야기다. 너 나 할 것 없이 뒤표지에 추천사와 본문 발췌 글을 싣는 이유를 이해할 수 있었다.

　그는 한 걸음 더 나아갔다. 책 판매량에 결정적으로 영향을 끼치는 변수 세 가지를 물었다. 이 부분에서 나는 또 고개를 갸웃하지 않을 수 없었다. 제목도 중요하고 내용도 중요하고 작가도 중요하고 광고도 중요하지 않느냐고 중언부언 대답했다. 그의 대답은 훨씬 간단명료했다. 첫째는 제목이요, 둘째는 작가의 지명도, 셋째는 표지디자인이라고 했다. 그 답을 듣고 나는 고개를 끄덕였다.

　독자로서의 나 또한 거기서 멀지 않았다. 다른 점이 있다면 나한테는 내가 선호하는 작가와 장르가 있어서 계통을 잡아 독서를 하는 편이라는 정도였다. 역시 책을 고를 때 제목과 표지디자인은 중요했다. 솔직히 말하면 형편없는 디자인의 책은 갖고 싶지 않다. 이런 취향의 디자인을 하는 수준이라면 글의 내용도 거기서 거기겠지, 평가해버린다.

　이 이야기를 하는 취지는 목차의 제목을 정할 때조차 책의 제목을 정하듯 신중해야 한다는 것이다. 목차만 읽는 독자도 수두룩하며 목차의 내용을 보고 책을 고르는 사람은 더 많다. 매력적이고 인상적인, 눈길을 끄는 목차를 보면 마음이 쏠린다. 어떤 책의 목차에 '과학의 대중화가 가져온 함정, 학문에는 비교가 필요하다', 라는 문장이 있다. 이 한 줄만 읽고도 작가의 의도나 글의 취지를 알 수 있다. 이 내용이 필요해서 책을 사는 사람도 있을 것이다. 독자한테 책의 내용을 한 문장으로 설명해주는 게 목차다. 공들여 써야 하는 이유로 충분하지 않은가.

소설 창작
기본기 다지기

소설의 알맹이를 목차로 적고 제목을 정했어도 생각이 왔다 갔다 하면서 두서없을 때가 있다. 이럴 때 그 상황을 메모해가면서 정리한다. 도표식으로 그리기도 하고 번호를 매겨가며 체크한다. 그래도 전체를 개관하고 생각을 정리하고 싶으면 저자의 말을 써보면 된다. 저자의 말은 보통 내가 왜 이 책을 썼느냐, 이 책에 무엇이 담겨 있느냐로 이루어진다. 나중에 작품을 완성한 뒤 고치더라도 일단 이 두 가지만 간추려놓아도 머릿속 교통정리가 확실히 된다. 어떤 때는 소설을 쓰는 중간에 몇 번이고 작가의 말을 써보는 때도 있다.

나는 이것을 사유의 과정이라 부른다. 우리는 생각을 누구나 할 수 있는 쉬운 일로 알고 있지만 사실 생각을 제대로 하기는 어렵다. 습관이라는 것이 있어서 늘 하던 대로 하려고 하고, 생각조차 자기가 줄곧 머무는 범위를 크게 벗어나지 않는다. 그 범위를 벗어난 새롭고 놀라운 생각을 우리는 깨달음이라 이름 짓는다. 생각보다 한 단계 높은 그 깨달음을 얻기 위해선 사유의 깊이를 달리해야 한다. 좀 더 성능 좋은 렌즈를 끼우면 피사체가 달리 보이는 것과 같은 이치다. 생각에도 단계가 있다. 그 단계를 밟아가면서 생각의 폭과 깊이를 심화시킨다.

글을 오래 써서 생각과 독서와 글쓰기가 몸에 배면 어느 순간 내 생각이 내 눈에 투명하게 보인다. 자신의 정신을 어느 정도 장악하게 되었다는 뜻이다. 보통사람들은 자기 머릿속에 무엇이 들었는지도 잘 모르고 자기 감정조차 정확히 구분 짓지 못한다. 남의 것은 말할 것도 없다. 그래서 오해와 다툼이 생기는 것이다. 사유가 깊어지면 나는 왜 이런 말을 하게 되었으며 상대는 왜 저런 반응을 보였는지 읽어낼 수 있다. 왜냐하면 나는 생각을 그만큼 많이 했고 감정의 흐름을 잡아내 본 적이 있어서 저 정도는 알게 되었다는 뜻이다. 지혜가 생기고, 주변 현상에 예민해졌다고 말할 수 있는 경지에 도달한다.

머릿속이 뒤숭숭하고 잠이 안 오는 밤 책장 앞을 서성이며 아무 책이나 빼 든다. 목차를 훑어보고 나서 작가의 말을 읽는다. 다른 감각이 대부분 스위치를 끄고 잠잠해진 밤에는 무엇에나 쉽게 감동한다는 맹점을 노린 거다. 낮 시간이라면 쓱 읽고 넘어갈 문장도 가슴에 와 박힌다. 구절마다 눈물과 한숨, 땀과 피가 배어 있다. 내가 쓴 작가의 말도 먼 훗날 누군가는 나와 비슷한 심정으로 읽으리라. 자못 비장한 마음이 되어 잠자리로 돌아와 아까 읽은 문장들을 다시금 곱씹는다. 피가 되고 살이 될 이런 순간을 여러 번 되풀이해서 겪으며 우리는 작가가 된다.

취재,
자료 찾기,
콘셉트 정하기

내 책에 담고 싶은 콘셉트, 개성,
창작 포인트를 설정하라

　세상에는 수많은 책이 있다. 수많은 작가와 수많은 주인공들이 있
다. 내가 쓰고자 하는 소설과 비슷한 소설이 이미 나와 있을 가능성
도 있다. 이 문제를 어떻게 극복해야 하느냐? 내 소설을 쓰면 된다.
평론가 김윤식 선생님의 말대로 "이 세상에 있는 모든 소설을 다 읽
고 그것과 다르게 쓰면 된다"는 것이 해답이다. 하지만 이건 레토릭
일 뿐 실제로 그럴 수는 없는 일이다. 그러면 무엇을 해야 하느냐? 내
소설에 칠 나만의 향신료, 개성을 개발하는 것이다. 그것이 무언지는
아무도 모른다. 다른 소설을 읽으면서 나라면 이렇게 할 텐데, 하는
생각을 키워나가야 한다.

말은 쉽지만 사실 보통 일이 아니다. 대체 '나만의'란 무엇인가? 복잡하게 생각하면 끝도 없다. 우선 한 가지만 정해라.

- 나는 단문만 쓴다.
- 나는 긴 문장을 쓴다.
- 혹은 하드보일드 문장을 쓴다.
- 나의 주인공은 무조건 못된 여자다.
- 나는 도시 이야기만 쓰겠다.
- 나는 환경문제를 파고든다.
- 사회박탈계층만 주인공으로 내세울 거다.

기성작가들을 죽 떠올려보자. 윤후명, 최수철, 정찬, 김영하, 은희경, 박민규, 천운영, 김숨…… . 모두 자기만의 특장기가 있다. 바로 그걸 말하는 거다. 나한테도 분명 그런 게 있을 테니 그걸 찾아내야 한다.

무엇보다 강조하고 싶은 건 자신감이다. 이 세상에 나만큼 이 문제에 대해 잘 쓸 수 있는 사람은 없다. 내 소설이 갖고 있는 세계가 만만치 않다는 자신감이 작업의 질을 높인다. 이렇게 거침없이 생각할 수 있는 태도는 그 자체로 개성이 된다. 오래 글을 쓰려면 그것이 무엇이든 나를 버티게 해줄 것을 찾아야 한다. 자신감, 근성, 오기. 무엇이든 상관없다. 붙들고 매달릴 것을 찾아야 한다. 가능하면 밖에서 얻는 것 말고 내 안에서 찾아 힘들 때마다 거기 기대서 끝까지 지치지 말고 장거리달리기를 완주하기 바란다.

277

소설 창작
기본기 다지기

소설을 써나가다 보면 언젠가는 내가 쓰고 싶은 욕심이 생기는 소설이 나온다. 문체가 정말 아름다운 소설을 한번 쓰고 싶어. 눈물이 뚝뚝 떨어지게 슬픈 연애소설을 써보고 싶어. 난해한 철학소설은 어떨까. 실험적이어서 장르소설 작가로부터 팬레터를 받을 만큼 특이한 추리소설을 써볼까. 이번 작품에서 노리는 것 하나, 창작 포인트를 정해보자. 주인공이 겪은 사건이 특이하다던가, 소설 쓰다 보니 내가 아주 잘 아는 과학이나 철학에 대한 내공이 드러나게 되었다던가, 에피소드가 신선하고 흥미진진해서 독자가 책에서 눈을 뗄 수 없다던가. 소비자가 물건을 사도록 만드는 그 소구 포인트를 창작물에도 적용해보는 것이다.

교사인 사람은 보통사람은 모르는 학교 생활의 디테일에 대해 쓸 수도 있고, 은행이나 연극극단에 속했던 사람은 또 거기서 일반인은 모르는 어떤 것을 찾아내도 좋다. 거듭 말하지만 무엇이든 내 인생에 있는 것, 내가 가진 것을 전부 끌어모아 소설 하나를 만드는 거다. 아무리 뛰어난 일류작가도 다 똑같은 과정을 거친다. 매번 처음 쓰듯이 거쳐야 할 과정을 다 거쳐야 소설 한 편이 나온다. 기름을 짜내듯이 내 정신과 감정 속에 숨어 있는 것들을 낱낱이 찾아 이 소설에 담는다는 각오로 써야 한다.

내가 소설을 써온 과정은 내가 소설과 얼마나 편안한 관계가 되었나, 하는 과정과 일치한다. 처음에는 그렇게 힘들고 불편하고 뜻대로 안 되다가 이력이 붙을수록 나와 소설의 거리가 좁혀지고 서로 소통이 잘된다. 그러다 보니 애정이 생겨서 일정한 기간 동안 소설을 쓰지 않으면 마음이 오히려 불편하고 뭔가 잘못 살고 있는 것 같은 느낌이 든다. 다른 것들이 잘되어도 기쁘지 않다. 내 생활의 중심을 소설이 차지하고 있는 것이다. 글 쓰는 게 제일 편하고 행복하고 인생을 쉽게 사는 방법이 되었다. 다른 작가들도 모니터 바라보면서 소설 속의 세상에서 놀 때가 제일 좋다고 말한다. 뭘 해도 재미가 없다는 사람이 많은 세상에 이 얼마나 큰 행복인가.

내 글에 필요한 자료나 에피소드를 취재해서 파일을 만든다

맨 처음 소설을 쓰겠다고 했을 때 떠오른 걸 '메모'라는 파일을 만들어 저장한다. 인물과, 사건, 에피소드와 디테일들에 대해 무작위로 저장한다. 물론 여기도 목차가 있다. 어느 정도 분량이 되면 구체적으로 나눈다. 소설제목 파일, 메모 파일, 장편일 경우 소설 1, 2, 3, 이런 식으로 여러 버전이 생긴다. 처음 썼던 게 마음에 안 들어서 구성이나 인물을 조금씩 바꿔서 새로 쓴 것이다.

머릿속에 수없이 떠오르는 상상을 그냥 흘려보내면 다시 돌아오지 않는다. 반드시 글로 표현하고 파일을 만들어 저장해야 그 다음 것들이 또 생성된다. 윗물을 걷어내지 않으면 아랫물은 절대 퍼낼 수 없다. 소설가의 일이란 생각하고 생각한 것을 글로 쓰고 그것을 반복해서 고쳐 완성품에 가깝게 다듬어가는 철저한 수공업이라고 여러 번 강조했다. 이렇듯 글로 써야만 생각이 명확해지고 더 나은 생각으로 발전해가는 기질을 가진 사람이 작가가 되는 것이다. 어떤 사람은 말을 해야 자기 생각이 분명해지고 새로운 생각이 계속 솟아난다고 한다. 그런 사람은 강의를 하거나 방송을 하기에 적합한 체질이다.

소설의 매력은 양날의 칼이다. 글로 쓰면 자신이 알고 있는 것이 분명해지고 생각의 범위를 알 수 있지만 반면에 내가 뭘 모르는지도 확실해지기 때문에 초기에는 의기소침해질 수 있다. 내가 아는 게 고작 이것밖에 안 됐어, 낙담하기 일쑤다. 그러면 또 어떤가. 누구든 처음에는 몰랐고 그걸 깨닫는 순간 배워서 알게 되는 것이다. 모르는 것이 부끄러운 게 아니라, 자기가 모른다는 사실을 모르는 게 부끄러운 것이다. 모르는 것, 부족한 것을 알면 그때가 시작지점이 된다. 전의를 불태우고 다음 단계로 나아갈 수 있다.

내 컴퓨터의 파일을 보면 어떤 때는 초등학생 노트 같다는 생각이 든다. 그렇게 유치하게 관리하는 것은 그만큼 빨리 내용을 찾기 위해서다. 생각할 필요 없이 한 번에 알아본다.

- 사람 이름
  ― 남자, 여자, 시골사람, 도시사람, 지식인, 장사꾼, 사기꾼(……)
- 인물의 외모
- 직업

● 동네, 집, 방, 책상, 카페, 식당, 사무실(⋯⋯)

 어디를 가거나 누구를 만나거나 그것을 집에 와서 적어본다. 내가 오늘 방송국에 가서 앵커를 만났다면 집에 돌아와 그의 외모와 성격, 첫 느낌 같은 걸 자세히 묘사한다. 인물 파일에 적기도 하고 어떤 때는 에세이 한 편을 쓰기도 한다. 내 경우엔 '얼굴들'이라는 항목을 만들어서 특징적이고 인상적인 인물을 A4 크기의 용지 한두 장 길이로 적어나가는 글이 있다. 그 사람의 사무실 분위기, 방송국을 오가는 사람들, 매점, 옷차림, 말투 등을 세세히 관찰해두었다가 바로, 또는 얼마 후 소설 속에 응용해본다. 일종의 작업일기가 될 것이다.

 구체적으로 소설 배경을 정해서 취재를 갈 때도 있다. 이를테면 천연염색 하는 사람을 주인공으로 내세웠다면 직접 가서 염색하는 과정과 전시된 제품들을 보고 와야 생생한 글쓰기가 가능하다. 그럴 때도 취재원에 대한 예의를 갖추는 것을 잊지 말아야 한다. 내가 너를 내 글 속에 써주니까 잘 협조해, 라는 식의 태도로는 상대에게서 좋은 정보를 얻을 수 없다. 무언가가 필요해서 그 사람을 찾아간 사람은 나다. 나는 당신의 일에 관심이 있고 그 관심을 다른 사람과 나누고 싶습니다, 이런 마음가짐으로 그 사람이 하는 일의 의미와 가치에 대해 존중해줘야 진짜배기 이야기를 들을 수 있다. 취재를 한 경우 가능하면 오자마자 글로 옮겨 적길 바란다. 하루만 지나도 취재 당시의 생동감이 없어져서 열기가 식고 실감이 덜하다.

 글을 쓰다 보면 이 세상의 모든 일, 어떤 사람도 다 내 글의 소재가 될 수 있기 때문에 사람들을 관찰하게 되고 이야기에 귀를 기울이게 된다. 자연히 겸손하고 호기심 많은 사람이 될 수밖에 없다. 겸손과 호기심은 젊은이의 특징이다. 나는 아직 배워야 할 게 많고 그래서 세상을 탐험한다는 태도는 우리의 영혼을 오래도록 젊게 유지시켜 준다. 작가들, 많은 예술가들이 싱싱하고 젊은 모습을 가진 이유도 그것일 것이다. 정신이 늙는 순간 몸도 따라서 늙는다. 이 세상이 하나의 큰 교과서라고 생각하고 끊임없이 탐구하는 태도를 가져야 한다.

III

소설가로 사는 법

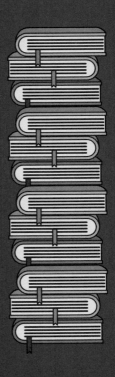

작가와 독자

가장 나쁜 소설은 교훈을 주려고 하는 소설
이라고 어떤 소설가가 일찍이 설파한 바 있
다. 독자는 교훈을 가르치는 스승이 아니
라 마음을 나누는 친구가 필요해서 소설책
을 펼친다. 위에 올라서서 가르치려고 하
는 순간 독자는 책을 덮는다. 그들이 소설
에서 얻고자 하는 것은 다른 곳에서도 얼마
든지 들을 수 있는 '옳은 말씀'이 아니다. 내
마음을 살펴주는 글, 내 인생을 관심 있게
들여다본 글, 서로 얘기를 나누자고 마음
을 연 글을 원한다. 독자는 작가 자신이 마
음을 열고 상처를 보여주고 아픔을 호소하
고 또한 그 모든 역경에도 불구하고 담담히
삶을 살아가는 모습을 소설에서 발견하고
싶어 한다. 이 세상 어딘가에 나와 같은 경
험과 감정과 생각을 가진 사람이 있다는 걸
가슴으로 느끼기 위해 소설을 읽는다.

책을 사서
읽는 사람,
그들은 누구인가

쓰는 사람과 읽는 사람

작가와 독자. 쓰는 사람과 읽는 사람은 파는 사람과 사는 사람의 관계만큼이나 서로에게 절대적이다. 읽는 사람이 없으면 쓰는 일도 의미가 없고, 쓰는 사람이 없으면 읽을 책이 존재할 수 없다. 작가와 독자는 서로가 서로를 바라보고 의지하면서 이인삼각 경주를 하는 관계다. 한편 애증의 관계이기도 하다. 작가는 독자의 사랑을 갈구하면서도 짐짓 '난 너의 존재 따위는 아랑곳하지 않아' 하며 대범한 척한다. 심지어 작가가 독자의 눈치를 보기 시작하면 생명이 끝난 거라고까지 말한다. 그건 어디까지나 말일 뿐이지 진실은 아니다.

작가가 독자와 거리를 유지하고자 하는 것은 자신을 지키기 위해서다. 자신이 가고자 하는 길을 잃을까 두렵기 때문이다. 독자의 비위를 맞추다가 애초에 하고 싶었던 말, 쓰고 싶었던 글을 쓰지 못하고, 마침내는 독자에게까지 외면을 받을까 봐 겁나서 미리 바리케이드를 치는 것이다. "난 너한테 원래 관심 없었어"라는 건 "나는 너의 관심을 받고 싶어 미치겠어"와 다를 바 없는 말이다. 지나친 공격성이 열등감의 표현이듯이. 관심 없으면 신경조차 쓰지 않는 법이다. 몇 가지 경우를 예로 들어보자.

책만 내면 10만 부, 100만 부 팔리는 작가가 있다. 이 작가는 그것보다 조금만 덜 팔려도 초조해 한다. 많은 독자가 자신의 책을 읽어야 하고, 자신은 그에 상응하는 대우와 인기를 누리는 것에 길들여졌기 때문이다. 자신의 정체성을 베스트셀러로 자리매김했기 때문에 책이 많이 팔리고 안 팔리고를 자신의 가치나 명예와 바로 연결 짓는다. 되도록 많은 독자를 확보하기 위해 언론과 문단의 기능을 최대한 활용한다. 정보의 통로가 제한되어 있는 독자에게 언론에서 제공하는 책 소개 기사와 평론가의 비평은 길라잡이 역할을 한다.

1만 부도 간신히 팔리는 작가가 있다. 이 작가는 책을 내는 즉시 그 책을 잊는다. 마음속까지 잊을 수는 없을 거고 그냥 그 책을 떠나보낸다고 생각하고 다음 작품으로 애써 관심을 돌린다. 그 작가의 새 책이 나오기를 간절히 기다리는 1만 명의 독자는 새 작품을 시작하는 에너지가 된다. 독자가 1만 명만 되어도 작가로서 살아남을 수 있다. 소설 이외의 다른 일(대필이나 강의 등)로 최저생계비를 벌며 얼마간 버틸 수 있다. 창작 의욕만 바닥나지 않는다면 말이다.

1천 부도 안 팔리는 작가가 있다. 이 작가는 책을 내도 언론도 평론가도 관심이 없다. 자신을 일찍이 발견해준 몇 명의 독자(대부분 주변의 지인 및 멘토 혹은 광팬들)들은 열렬히 환호하지만 그들이 사주는 책은 고작 100권이 안 된다. 진지한 멘토의 깊이 있는 이해 덕분에 작가로서의 불안한 삶을 근근이 이어간다. 이 경우는 아르바이트할 만한 일도 잘 안 들어온다. 먹고살 돈을 벌 수 있는 일정한 궤도에 오르기 위해, 좀 더 팔리는 작가가 되기 위해 백방으로 노력한다. 시간의 무게와, 자신과 싸우는 세월이 상당기간 필요하다. 보이지 않는 자신과 매일 싸우는 일은 작가의 본분이자 업무의 하나다. 인간은 대부분 욕망의 화신인지라 창작에 쏟은 열정만큼 명예욕이나 물욕이 채워지지 않으면 분노하게 마련이다.

　작가를 대강 이렇게 세 가지로 부류로 분류해봤다. 이보다 더 나쁜 경우도 있고 좋은 경우도 있지만 자세히 따지고 보면 이 세 가지에 수렴된다. 독자와 맺는 관계의 내용은 각각 다르다. 독자의 의미와 비중도 다르다. 그러니 독자와 작가의 위치를 설정하는 것은 작가 개인의 몫이다. 다만 끝까지 잊지 말아야 할 것은 책을 읽는 사람의 마음이다. 그들이 왜 책을 읽는지, 어떤 감정을 느낄지, 그것을 끝까지 놓쳐선 안 된다. 독자의 마음속 생각과 느낌은 다음 작품을 위한 나침반 역할을 해주기 때문이다.

소설을 쓰다 보면 자꾸 멋진 문장을 쓰고 싶어진다. 나는 작가인데 이 정도의 문장은 써줘야지, 하면서 문장력을 뽐내고 싶다. 그 문장이 글의 전체 맥락과 맞아떨어지고 독자를 글 속에 끌어들이는 경우라면 좋지만 글과 유리된 겉도는 문장을 썼다가는 애써 쓴 소설을 망칠 수가 있다. 아무리 책 읽는 인구가 적다 해도 좋은 소설을 기다리는 일정 숫자의 잠재된 독자는 항상 있다. 그들은 멋을 부려 쓴 자기만족의 소설이 아니라 자신의 마음을 움직이는 소설을 원한다. 책 속에서 마음이 통하는 친구를 만나고자 책을 읽는 것이다. 더 나아가 또 다른 나를 만나기 위해 책을 읽는다.

가장 나쁜 소설은 교훈을 주려고 하는 소설이라고 어떤 소설가가 일찍이 설파한 바 있다. 독자는 교훈을 가르치는 스승이 아니라 마음을 나누는 친구가 필요해서 소설책을 펼친다. 위에 올라서서 가르치려고 하는 순간 독자는 책을 덮는다. 그들이 소설에서 얻고자 하는 것은 다른 곳에서도 얼마든지 들을 수 있는 '옳은 말씀'이 아니다. 내 마음을 살펴주는 글, 내 인생을 관심 있게 들여다본 글, 서로 이야기를 나누자고 마음을 연 글을 원한다.

독자는 작가 자신이 마음을 열고 상처를 보여주고 아픔을 호소하고 또한 그 모든 역경에도 불구하고 담담히 삶을 살아가는 모습을 소설에서 발견하고 싶어 한다. 이 세상 어딘가에 나와 같은 경험과 감정과 생각을 가진 사람이 있다는 사실을 가슴으로 느끼기 위해 소설을 읽는다. 소설 속에서 내가 원하던 걸 발견하면 작가에게 형제애를 느낀다. 심지어 나보다 더 내 마음을 잘 읽어낸 소설을 만나면 감격의 눈물을 흘린다. 소설가가 해준 말에서 위안을 얻고 소설가의 격려에 힘을 얻는 것이다. 만나지 않았지만 만난 것보다 더 마음을 주고받는 교감이 일어나기도 한다. 그래서 소설가는 소설을 솔직하게 진솔하게 써야 하는 것이다. 거짓말을 하거나 진실을 감추고 말하면 독자는 금방 알아차린다. 솔직한 바보가 위선적인 스승보다 더 감동을 준다는 말이다.

작가의 미래는
작가의 현재
속에 있다

작가로 산다는 것

소설가가 배고픈 직업이라는 것은 이미 기정사실이 되었다. 돈을 거의 못 버는 직업이라 겉보기에 실업자와 크게 다르지 않은 현실을 드라마나 영화에서 많이 보았다. 사실이 그렇다. 만약 돈을 벌고 싶다면 소설보다는 방송작가나 드라마작가가 되어야 할 것이다. 듣기로는 그 분야도 소수의 몇 사람을 제외하곤 힘들게 살긴 마찬가지라고 한다. 소수의 소설가만이 글 쓰는 일로 생계가 가능하다. 몇 십 명 정도라고 해도 크게 틀리지 않을 것이다. 소설이 아닌 다른 글을 쓸 기회가 생기는 건 사실이지만 기본적으로 소설을 꾸준히 써야 그 위치도 유지되는 것이니만큼 생활을 꾸려나가기 위한 긴장은 말로 다 할 수 없을 정도다.

등단 초기에 스타 작가가 되는 경우는 극히 드물고 일정한 궤도에 오를 때까지 소설 쓰는 일로 묵묵히 10년은 보내야 한다. 일정한 수입 없이 매일 소설을 써나간다는 것은 보통 정신력 갖고 되지 않는다. 소설가로 승부를 보겠다는 굳은 결의, 그것을 뒷받침할 하루하루의 노력을 지치지 않고 이어가야 한다.

실패자가 될 것 같은 두려움에 잠을 설치는 것은 현실에서 부딪치는 고통에 비하면 엄살에 불과하다. 한국에서 가난하다는 건 이루 말할 수 없는 치욕을 견뎌야 한다는 말이기도 하다. 친구들의 삶과 나의 삶을 비교하고 기가 죽는 건 약과다. 아직도 소설 같은 걸 쓰면서 속 편하게 인생을 낭비하고 있느냐는 주위의 따가운 눈총도 감수해야 한다. 작가들끼리 주고받는 농담인 '외로움에 밥 말아 먹는 세월'이 무수히 흘러가야 한다.

그때 가장 필요한 건 나를 믿어주는 한 사람이다. 내 글을 읽어주고 조언해주고 넌 잘 할 수 있다고 말해주는 단 한사람이 없다면 이 길은 가시밭길이다. 동호회에 들고 같은 고민을 가진 사람끼리 만나 하소연하며 힘을 북돋워 주는 건 그 때문이다. 또 하나 힘이 되는 존재는 나와 비슷한 꿈을 갖고 비슷한 길을 가다 성공한 선배작가다. 그들의 행보가, 그들이 새로 발표한 작품이 나의 심장에 불을 지르는 불쏘시개 역할을 한다. 저 사람이 한 걸 내가 왜 못해! 반발심이 에너지가 된다. 작가로 살아남기 위해서 내게 힘을 주는 건 뭐든 다 끌어들이려는 투지가 필요하다.

글이 잘될 때도 있고 안 될 때도 있고 한동안 슬럼프를 겪을 때도 있다. 다 좋다. 다 괜찮다. 하지만 포기만은 하지 말아야 한다. 지금 내 주위를 돌아보면 소설 쓰고 있는 사람들이 그래도 행복하다. 작가들은 삶에 대한 호기심과 열정과 관심을 버리지 않았기 때문에 젊다. 쉽게 좌절하지 않는다. 다른 사람보다 인생에 대해 넉넉한 태도를 가졌다. 남의 책을 읽으며 공부를 하고 자신의 글을 쓰면서 자신과 남을 돌아본 시간 동안 수행이 된 거다.

"인생을 길게 보라!
조급해 하지 말고 한 걸음 한 걸음 떼어놓아라."

자신이 원하는 것, 죽을 때까지 사랑하면서 할 수 있는 것에 최선을 다하는 것이 자기 인생에 대한 예의요, 책임이다. 나한테 재능이 있나 없나 회의하지 마라. 내가 오래 매달려 이 일만 해왔다면 그 자체로 이미 재능은 검증받은 거나 다름없다. 버티는 힘이 재능이다.

나는 어떤 소설을 쓰는 작가로 살지 결정해야 한다

소설에는 정통소설과 장르소설이 있다. 정통소설은 우리가 알고 있는 순수문학을 일컫고 장르소설은 로맨스, 미스터리, 메디컬, 공포, SF 같은 소설이다. 이 두 분야 중에서 자신이 평소에 관심 있었던, 혹은 정보가 축적된 분야를 선택해야 한다. 여기서는 그중 정통소설에 대해 이야기해보겠다. 정통소설도 세분화해서 자신이 어떤 특장기가 있는지에 따라 길을 달리한다. 연애소설을 잘 쓰는 사람, 세태소설을 잘 쓰는 사람, 역사소설이나 관념소설을 잘 쓰는 사람 등으로 나눌 수 있다.

우리가 이미 알고 있는 작가를 생각해보자. 공지영은 사회의 불평등이나 문제점을 다룬 사실주의소설을 주로 썼고 김훈은 역사소설이 주특기다. 김영하가 쓰는 소설과 김연수나 김인숙, 전경린, 김경욱, 박민규의 소설은 제각기 다른 개성을 가지고 있다.

누누이 강조했듯이 소설가는 '자기가 가장 잘 아는 것'을 써야 한다. 그래야 진실에 접근해 갈 수 있다. 역사에 대해 잘 모르면서 역사소설이 인기가 있다고 해서 쉽게 뛰어든다면 실패할 수밖에 없다. 섬세한 감수성과 경험이 필요한 연애소설도 마찬가지다. 관념소설이나 철학소설 역시 공부가 많이 필요한 장르다.

작가도 한 사람의 독자이기 때문에 자기가 주로 읽어온 작가나 소설이 있다. 자기가 쓰고 싶은 소설도 분명하고 쓸 수 있는 소설도 빤하다. 그것을 빨리 찾아서 거기에 주력해야 한다. 남이 할 때 좋아 보인다고 잘할 수 없는 일에 덥석 덤벼드는 것은 어리석다. 습작할 때 이것저것 써보면서 자기가 가장 편하게 술술 썼던 소재나 주제를 물고 늘어져라. 남의 의견도 중요하다. 넌 이런 소설 참 잘 쓰는구나, 라는 말을 반복해서 듣는 소설이 자기의 장기다.

일단 내가 쓰고자 한 소설을 결정하고 나면 무조건 열 편을 써야겠다고 각오하고 뛰어들어라. 쓰고 또 쓰는 세월이 한참 흐르고 나면 스스로 갈피가 잡힌다. 아, 이게 이런 거였구나. 그런 날은 세상을 얻은 것처럼 가슴이 부풀어 오른다. 신기한 건 내가 그 느낌을 갖게 된 순간 다른 사람들도 비슷한 말을 해준다. 너 요새 소설 좋아졌더라. 이번 소설 한 번 더 다듬어서 응모해봐!, 같은 말을 듣게 된다. 그때까지만 우직하게 밀고 나가면 된다.

다시 한 번 말하지만 내가 쓰고 싶은 이야기, 잘 쓰는 이야기를 찾아 그것에 총력을 기울이는 일이 가장 중요하다. 그것이 확실해야만 잡념 없이 글쓰기에 매진할 수 있다. 인생은 짧다. 절실한 주제, 꼭 하고 싶어서 가슴속에서 들끓는 이야기만 하기에도 시간이 모자란다.

독자라는
뜨거운 감자

책은 독서시장에서의 상품이다

소설 한 권 분량의 글을 완성했다고 가정하자. 글을 그만큼 쓰기까지도 힘들지만 진짜 큰일은 이제부터 시작이다. 우선 마땅한 출판사를 찾아야 한다(등단하고 글을 쓰는 작가의 경우에 한정해 이야기해보자). 그리고 사장과 기획위원, 편집부장에게 자신의 글을 보여주고 평가받아야 한다. 그 어려운 과정을 통과한 다음에도 평론가의해설과 편집부의 편집과 교정, 디자인, 출간할 때는 영업부와의 의견조율까지 수많은 크고 작은 일들이 기다리고 있다.

소설가는 소설만 쓰고 나머지는 출판사에서 알아서 하겠지, 보통그렇게 알고 있지만 중간 과정에서 작가가 신경을 쓸 일이 한두 가지가 아니다. 나와 편집장의 의견이 다를 수 있고 교정이 잘못되어서

295

책에 오타가 날 수도 있다. 해설 쓰는 평론가한테는 원고는커녕 연락도 없다. 표지 디자인이 마음에 안 드는 경우도 다반사다. 인쇄가 끝나면 영업부에서는 어디 아는 언론사나 기자 없냐고 홍보에 신경 좀 쓰라고 은근히 압력을 가한다.

책을 내보지 않은 사람은 실감하지 못하는 일련의 과정을 겪고 나면 그래도 글 쓸 때가 제일 편하다는 말이 절로 나온다. 글은 나만 읽기 위해 쓰는 것이 아니라 독자를 위해 서점에 내놓는 것이 목적이기 때문에 피할 수 없는 관문이다. 실무자들과 원활한 소통을 하기 위해 작가는 독서시장에 대한 어느 정도의 정보를 가지고 있어야 한다. 그래야 실무자를 설득할 수 있고 대화가 가능하다. 요즘 독자들이 어떤 책을 원하는지 알아야 하고, 어떤 디자인이 사람들의 감각에 호소력이 있는지 등의 시장상황도 등한시할 수 없다.

그런 건 출판사에서 알아서 하라고 나 몰라라 하면 실무자들도 그만큼 애정을 갖고 일하지 않는다. 내 책의 운명은 내가 지켜야 한다. 그것을 철저히 시장에 맡겨도 굴러가게 하고 싶다면 베스트셀러 작가 반열에 올라야 한다. 그 위치라면 별다른 광고를 안 해도 책이 나왔다는 소식을 듣자마자 독자들이 책을 산다. 그때까지는 작가가 자기 책이 만들어지는 과정, 파는 과정에 관심을 가지지 않을 수 없다.

언제까지 마음을 졸이고 속을 끓일 수는 없다. 책이 시장에 나온 이상 어느 정도의 판매를 기록하고 나면 책의 운명을 가늠할 수 있다. 그때는 마음을 비워야 한다. 가능한 한 빨리 잊고 다음 책을 위한 충전이나 취재에 들어가거나 새 책의 첫 장을 쓰기 시작해야 한다. 그래야 마음이 평안해질 수 있다. 미련을 가지면 가질수록 절망도 크다.

냉정하게 내 책을 분석하는 일도 빠뜨리면 안 된다. 어떤 점이 다른 책보다 뛰어난지 부족한지 분석한 뒤 자신이 기억하고 배울 점을 가슴에 새긴다. 다음 작품은 항상 이전 작품보다 나아야 한다는 각오 없이 글쓰기 뛰어들어서는 살아남지 못한다.

"이 소설은 욕심을 부리지 않고 썼네."

작가에게 그 말은 욕이다. 작가로서 프로 정신이 부족하다는 말을 이런 식으로 표현한 것이다. 최선을 다하지 않고 대충 썼다는 말이기도 하다. 작가는 자기 작품에 있어서만큼은 욕심을 부려야 한다. 더 잘 써야 하고, 조금이라도 발전해야 한다. 그래야 매너리즘에 빠지지 않는다. 오래 썼다고 프리미엄이 생기지 않는다. 매번 똑같이 경쟁하고 알몸으로 독자 앞에 서야 한다. 그런 결기를 잃는 순간 작가의 생명은 끝이다. 끝없이 자신을 처음의 자리로 되돌려 놓으며 신인처럼 칼을 갈고 닦아야 한다는 사실을 잊는 순간 나락으로 떨어진다.

독자가 나를 버렸을 때 어떻게 대처해야 할까
— 살아남기 전략을 짜라

내가 쓴 글을 독자가 사랑해주면 좋겠지만 단번에 그렇게 되지는 않는다. 사랑받으면 한없이 행복하다가도 외면 받으면 죽고 싶은 심정은 가수가 앨범을 낼 때나 작가가 책을 낼 때나 똑같다. 사랑하는 사람의 마음을 얻지 못해 실연당한 심정에 버금간다. 그렇다고 마냥 좌절하고 있을 만큼 한가하지도 않다. 차고 나가야 한다. 일어서야 한다. 그렇다면 어떻게? 독자의 외면을 별것 아니라고 스스로를 설득한다.

"독자가 못 알아본 거다. 나는 그만한 가치가 있는 소설을 쓸 수 있고, 잠재력이 있다. 시간이 필요하다. 나는 이 정도로 좌절하지 않는다. 어디 끝까지 한번 해보자."

갖은 말로 자신을 설득하고 달래고 윽박질러서 몸과 마음을 가다듬고 앞으로 나가야 한다. 내 경험을 이야기하자면 정반대의 방법을 썼다.

'그래, 이 소설 사랑받지 못하는 게 당연해. 이렇게 독자의 마음을 몰라주고 내 마음대로 썼으니 걷어차여도 싸다. 그래도 안 그만둔다. 난 갈 데가 없거든. 이것 말고는 달리 할 일도 없어. 다른 건 하고 싶지도 않고 할 줄도 몰라. 끝끝내 여기서 버틸 수밖에 없어. 그러니 맘대로 해봐. 사랑을 주든 말든! 나는 내 갈 길을 갈 테니까.'

그런 억지를 쓰며 나를 제자리로 돌려놓았다. 의외로 효과가 있었다. 마음의 거품과 기름기가 빠지고 겸손해지면서 조금씩 힘을 내 앞으로 나갈 수 있었다. 완전히 바닥을 치고 나면 의외로 담담해지고 마음이 편안해진다는 걸 배워갔다. 살면서 가장 노력을 많이 하고 가장 보답을 받지 못한 일이 소설 쓰기일 것이다. 그땐 스승님의 말을 생각했다.

"열심히 써. 그 수밖에 없어. 문학이 언젠가는 보상해줄 거야."

그게 꼭 물질적인 보상만은 아니었다. 얼마간 소설에 헌신한 세월을 보내고 나니 나는 어느새 성큼 키가 자라고 마음의 그릇이 커져 있었다. 꽤 괜찮은 사람이 되었다고까지는 말 못 해도 부끄러운 사람은 아니었다.

자신을 사랑하는 사람은 남이 자신을 사랑하지 않아도 크게 상처받지 않는다. 내가 내 소설을 믿고 최선을 다하면 독자가 외면해도 그다지 크게 절망하지 않는다. 절망했더라도 일어날 수 있다. 끊임없이 자신을 담금질하고 채찍질하며 쉼 없이 쓰는 일이 소설가의 일이다. 내 소설 서문에도 썼듯이 소설 쓰기와 소설 구상하기, 두 가지가 소설가의 일이다. 비가 오든 해가 뜨든, 행복하든 불행하든!

소설을
쓰고 있는 나는
누구인가?

'진검승부하겠다.'

내 이야기는 내가 벼린 칼로 제대로 해보겠
다는 각오가 소설을 향한 첫 번째 관문이
다. 막상 해보면 처음에는 힘들지만 꽤나
흥미롭다. 쓸수록 글이 조금씩 나아져서
차츰 일종의 중독현상을 일으킨다. 달콤한
중독, 떨쳐내기 어려운 중독. 어느 날, 나는
남은 인생을 작가로 살 수밖에 없구나, 깨
닫는 날, 자신을 향해 조용한 축배를 들어
라. 고달프지만 흥미진진한 인생, 고독하
지만 유쾌한 인생, 스스로 만들어가자.

'나는 누구인가'를
알아가는 것이
문학

맨 처음 한글을 배울 때를 기억한다. 자음과 모음, 단어 하나를 배우면서 세상으로 나가는 발자국을 조금씩 내디뎠다. 우유팩을 보고 '우유'라는 글자를 읽고 자기 이름을 쓰고 동화책을 읽어가면서 우리는 호모 사피엔스의 면모를 갖춰간다. 말을 배우고 글자를 배우고 글씨를 쓰는 일은 인격이 성장해가는 과정이다. 타인과 소통하고 내가 원하는 것을 얻는 수단이기도 하다. 언어가 없다면. 이 가정법 아래 많은 상상이 가능할 것이다.

우리는 아이에서 사춘기 청소년으로, 어른으로 성장해가면서 말이나 짧은 설명의 글만으로 우리를 표현하는 데 결핍과 갈증을 느끼게 된다. 그래서 친구에게 긴 편지를 쓰고 마음이 통하는 이성에게 연애편지를 보내기 시작한다. 서로의 언어를 깊이 이해하게 되면서부터 우리는 진정한 '관계' 속으로 진입하게 된다.

그 후 세월이 흐르면서 가족과 친구, 연인과도 다 하지 못한 말이 있음을 깨닫게 된다. 그것을 일기에 쓰고 메모장에 낙서를 하거나 블로그를 만든다. 용기가 있거나 속내가 깊은 몇몇은 시나 소설을 쓰기 시작한다. 그 사람 주변으로 시나 소설에 관심이 있는 사람이 모여든다. 그들은 비밀아지트에서 만난 것처럼 서로의 비밀을 털어놓기 시작한다. 너는 세상에 나가 글을 쓰라고 부추기는 사람이 나타난다. 그때부터 본격적으로 '글의 세계'에 대해 관심을 갖고 진지하게 고민한다. 처음에는 기웃거림이었지만 나중에는 문 두드림으로 발전한다.

이제 시작이다. 소설 쓰기와 소설가 되기 사이에는 또 한 세월이 기다리고 있다. 맨 처음 나를 소설로 이끌었던 이유들은 조금 희미해졌지만 사라지지 않았다. 새로운 이유들이 등장한다. 나중에는 오직 글을 쓰는 재미로 글을 쓴다. 글을 써서 나를 표현하는 회로가 내 머릿속에, 가슴속에 생겨버린 것이다. 글을 쓰는 사람과만 소통할 수 있는 시스템을 갖게 되고 말았다. 이렇게 세월을 보내면서 작가로 살다 인생을 마치는 것이다.

어찌 보면 간단하고 자연스러운 이 흐름은 매일 우리에게 수행자처럼 자신을 갈고 닦으라고 요구한다. 고혈을 짜서 쓴 글을 지우고 다시 쓰는 일을 매일 반복하며 어쩌다 만나게 될 금빛 반짝이는 한 줄의 문장을 위해 시시포스의 돌을 옮기며 살아간다.

'가장 멀리 있는 나'를 만나러 가는 길은 멀고도 험하다. 이 세상에서 가장 먼 길일지도 모른다. 나를 조금 알게 되었다 싶으면 또 다른 일들로 나는 이전보다 훨씬 더 복잡한 사람이 되어 있다. 글에서 깊은 곳에 있는 나를 드러내지 않고 겉 이야기만 해서는 독자의 공감을 불러올 수 없다. 글을 쓰는 사람 자신의 신명을 북돋워 몰입하게 만들지도 못 한다. 진짜 이야기를 써야만 작가는 힘이 샘솟고 글을 끝까지 밀어붙일 의지가 생긴다. 게으름 피우는 자신에게 속지 마라. 재능이 없다느니, 시간이 없다느니, 쓸 게 없다느니, 말도 안 되는 핑계를 대면서 시간을 지체하는 자신에게 이렇게 말해주어라.

"아직 덜 아프구나. 아직 배가 부르구나. 그럼 그만둬."

그때 들려오는 내면의 소리가 있을 것이다. 그런 말에도 마음이 크게 아프지 않고 흔들리지 않으면 글을 안 써도 된다. 하지만 가슴이 아프면서 뭔가 큰 것을 잃어버린 상실감이 느껴지면 스스로를 다독여가며 글을 계속 써야 한다. 그런 사람은 지금 그만두더라도 언젠가는 다시 글 앞으로 돌아오게 되어 있다. 시간 낭비하고 마음이 황폐해지는 것을 막으려면 지금 죽을 둥 살 둥 힘을 쏟아 몰두해보는 게 최선의 선택이다.

두 번째 쓰고 싶었던 것을 써라

'내가 이 글을 써야만 하는 절체절명의 이유'를 찾으라고 여러 번 강조했다. 처음 글을 쓰는 사람일수록 꼭 써야만 하는 것, 쓰고 싶었던 것을 써야 계속 써나갈 수 있다. 사실 그걸 쓰기 위해 펜을 잡은 것이기도 하다. 만약에 이것이 여의치 않을 때는 그 첫 번째 이야기를 살짝 미뤄두고 두 번째 이야기부터 시작하라고 말해주고 싶다. 망설이고 주저하며 말하기 힘든 주제라면 반드시 이유가 있다. 잠깐 시간 여유를 두고 다른 것을 쓰면서 그 주제를 계속 생각해라.

시소를 타듯 나와 세상과 리듬을 맞춰 살아가야 한다. 그 리듬이 어긋나는 순간 시소는 멈춘다. 서로를 탓하고 문제점을 수정하려고 애쓴다. 둘 중 어느 하나도 절대 먼저 승복하지 않는다. 세상은 굳건하게 문을 닫아걸고 나의 진입을 허락하지 않는다. 나는 손을 등 뒤로 감추고 세상을 향해 손을 뻗지 않는다. 이 대결 국면은 나의 고통으로 표면화된다. 상처 입고 좌절하고 바닥을 기는 세월이 한참 이어진다.

우리가 그 사연을 소설에 드러내기로, 세상에 내보내기로 결정했다고 가정하자. 내가 받은 상처가 크면 클수록 밑바닥 깊숙이 가라앉아 물 위로 올라오지 않는다. 상처받은 자의 보호본능이다. 차츰 자신을 열고 세상으로 나아가면 치유는 시작된 것이다. 그때까지 온갖 방법으로 설득해야 한다. 이럴 때 어깃장 전법을 한번 써보라.

"상처, 네가 안 나온다고? 그럼 관둬. 난 또 다른 비장의 무기가 있으니까."

첫 번째 상처, 가장 큰 트라우마는 살짝 덮어두라. 그리고 두 번째 이야기. 웬만큼만 친하면 털어놓을 수 있는 가벼운 상처를 먼저 건드려라. 그것을 속 시원히, 가능하면 제대로 다 털어놓아라. 멋진 소설의 옷을 입혀 제대로 세상을 향해 내놓아라.

습작을 하다 보면 내 문장력이라는 칼이 어느 정도 단단해졌다는 확신이 설 때가 찾아온다. 첫 번째 이야기는 그때 해도 늦지 않는다. 나에게 너무도 중요한 이야기이기 때문에 어설픈 문장으로 대충 세상에 내보내고 싶지 않은 마음을 스스로 책임감 있게 지켜내라.

'진검승부하겠다.'

내 이야기는 내가 벼린 칼로 제대로 해보겠다는 각오가 소설을 향한 첫째 관문이다. 막상 해보면 처음에는 힘들지만 꽤나 흥미롭다. 쓸수록 글이 조금씩 나아져서 차츰 일종의 중독현상을 일으킨다. 달콤한 중독, 떨쳐내기 어려운 중독. 어느 날, 나는 남은 인생을 작가로 살 수밖에 없구나, 깨닫는 날, 자신을 향해 조용한 축배를 들어라. 고달프지만 흥미진진한 인생, 고독하지만 유쾌한 인생, 스스로 만들어가자.

남의 소설을 읽어라

창작을 잘하려면? 아마도 가장 흔한 답이 이 말일 것이다.

"많이 생각하고 많이 읽고 많이 써라."

삶에서 얻은 경험과 상상력을 강조하기도 한다. 체험 중에서 어린 시절에 각인된 후 살아가면서 지대한 영향을 받게 되는 이른바 '원체험'이 중요하다. 여행이나 취재의 중요성도 많이 거론된다. 어떤 작가는 '세상 모든 것이 창작의 대상이요, 스승이니' 그저 뭐든 유심히 대하고 열심히 배우라고 말하기도 한다.

창작을 하고자 하는 사람은 남의 작품을 잘 이해하고 식별할 수 있는 능력도 키워야 한다. 독서를 하면서도 자신의 창작에 직접적인 도움이 되도록 문장과 문맥을 눈여겨봐야 한다. 남이 잘한 걸 봐야 잘하는 게 어떤 건지 알게 된다. 좋은 작품을 읽으며 습작하다 보면 진짜 잘 쓰게 될 날도 멀지 않다. 고전이나 명작도 찾아서 읽는 한편, 자신이 살고 있는 시대에 변화무쌍하게 발표되는 신작도 아울러 읽어야 한다. 동시대를 해석하는 정신과 방법, 표현력을 배우는 데는 가장 최근에 발표된 소설만 한 게 없다. 고전이나 명작에 대해서도 이 시대의 안목으로 평가하고 재해석한 글을 많이 접해서 문학에 대한 포괄적인 이해력과 감식력을 발전시키는 일에 게을러선 안 된다.

부지런한 책 읽기를 통해 자신의 생각과 판단을 정리해 나가야 하고, 그러는 동안에 조금씩 그 작품에 대한 다른 사람의 평가에 대해서도 귀 기울여보라. 남의 작품을 객관적으로 보는 안목을 키워야 자기 작품도 객관적으로 볼 수 있는 힘이 생긴다. 작품을 읽은 소감을 남에게 공개하는 것도 좋다. 자신의 문학적 감식력을 객관적으로 검증받을 수도 있고 작품을 읽을 때 미처 파악하지 못한 세계를 뒤늦게 이해할 수도 있다. 최근 작품을 읽으면서 그 작품을 이해하고 평가하는 과정을 겪다 보면 그 작품이 문학사적 흐름에서 어떤 위치를 차지하는지 알 수 있다.

우리가 살고 있는 이 사회에서 떠들어대는 문제들만 해도 차고 넘친다. 노동, 여성, 장애인 문제 등 일상과 밀접한 이슈들에 대한 관심도 늦추지 말아야 한다. 이 페미니즘 경향은 가부장제에 대한 반성과 비판을 넘어 성평등 문제, 소수자인권 문제, 생태환경 문제 등 다양한 주제를 불러오는 계기를 마련한다. 동성애자, 혼혈인, 독거 고령 노인, 외국인 근로자, 탈북자, 결혼 이주 여성, 입양인 등 기존의 가치와 제도에서는 불평등한 대우를 받을 수밖에 없는 사람들의 삶을 다루어 시대의 변화를 수용하는 작품을 써보자. 소재는 자신이 얼마든지 새로 발굴할 수 있다. 내 옆과 앞과 뒤를 살펴보면 쓸 이야기는 무궁무진하다. 그중에서 내 영감을 건드리는 이야기를 붙들어서 쓰기 시작하면 된다.

나는 사람과 세상에 대해 무슨 말을 하고 싶어 하는가?

나를 둘러싼 세계와의 관계는 어떠한가

이 시대에 소설을 쓴다는 것은 상당히 많은 희생과 각오가 필요하다. 무엇보다 소설 독자가 1980, 1990년대만큼 많지 않다. 서점가에서는 최고의 독자층으로 사회과학 서적을 읽으며 대학을 다닌 386세대를 꼽는다. 요즘 세대들에게는 책을 읽는 것을 대체할 오락거리가 많아진 탓도 있다. 하지만 여전히 세상은 나를 배반하면서 돌아가고 인간은 그것에 대해 발언하고자 하는 존재다. '인간이라는 존재는 언어로 지어진 집'이다. 무엇이든 말하고자 하고, 말을 들어줄 사람이 필요하다.

"아! 나는 행복해. 나한테는 더 이상 필요한 게 아무것도 없어."

자신 있게 말할 수 있는 사람이 몇이나 될까.

"나는 내 과거가 마음에 안 들어. 왜 내가 그런 일을 겪어야 했을까? 미래도 믿을 수 없어. 나한테 앞으로 무슨 좋은 일이 있겠어. 나는 정말 못났고 세상을 잘못 만났어."

오히려 이렇게 말하는 사람이 더 많을 것이다. 늘 그렇지 않더라도 누구나 한두 번은 그 말을 입에 담아봤으리라 믿는다. 그것에 대한 문제의식이 깊고 진할수록 글을 쓸 확률은 높아진다. 각종 아카데미와 문화센터의 글쓰기 강좌가 문전성시를 이루는 이유를 생각해보라.

원론적으로 소설이란 인간의 운명을 내적 줄거리로 삼는 형식이다. 운명이라는 단어 하나에 수많은 인간의 다사다난한 삶이 얽혀 있다. 그것에서 반짝, 하고 빛나는, 내 눈에 띄는 이야기를 잡아내서 언어의 옷을 입혀보라. 나와 무관한 일은 눈에 잘 보이지 않는다. 사람은 무엇이든 나와 연결된, 나와 상관있는 이야기에 반응하게 되어 있다.

실패와 좌절과 가난을 겪은 사람이 훌륭한 작가가 될 가능성이 많은 이유도 거기서 찾을 수 있다. 그 경험들이 정신의 피와 살이 되어 다른 사람의 삶, 바깥세상을 둘러볼 때 그만큼 감정이입이 잘된다. 타인의 고통을 잘 읽어내고 그 내용을 누구보다 현실감 있게 그려낼 수 있다. 젊어서 고생은 돈 주고도 산다는 말이 바로 그 경우다. 어떤 나쁜 경험도 작가에게는 좋은 재료가 된다. 물론 세월이 흘러 아픔이 숙성될 시간은 필요하다. 날것으로 썼다가는 자신은 물론 그 이야기와 관계된 사람의 상처가 아물지 않았기 때문에 더 큰 상처를 만드는

309

계기가 될 수 있다.

나를 사랑하는 대상, 나를 미워하는 대상, 나를 도와주거나 곤경에 빠뜨린 대상에 대해 글을 쓰다 보면 어느새 그 대상과 객관적인 거리가 유지되어 문제점을 냉정하게 바라볼 수 있다. 그때 비로소 그 문제에서 자유로워지고 내 인격도 성숙해진다. 세상과 불화를 겪거나 외면을 당했다 해도 큰 그림에서 볼 때는 더 나은 미래를 불러올 초석이 될 수도 있다. 이른바 삶에 대한 면역성을 키워준다.

우리가 해야 할 일은 그것이 좋은 나쁘든 나에게 일어난 일, 세상에서 벌어지고 있는 일에서 눈을 떼지 말아야 한다는 것이다. 지켜보고 내 생각과 감정을 적절한 시기에 글로 써서 표현한다. 직접 만나지 않아도 글로써 타인과 소통하고 세상을 해석하며 어렵사리 삶을 꾸려나가야 한다. 두려워 마라. 그 무엇도 극복할 수 있는 것이 인간이다. 소설을 쓰면 더 빨리 더 낫게 극복할 수 있다는 게 내 생각이다.

삶의 태도를 정하라. 그것이 곧 작가 정신!

소설가는 소설을 쓰는 사람이다. 소설이라는 형식을 통해 자신과 인생에 대해 말하는 사람이다. 나의 개인적인 삶과 세계의 관계를 알고자, 알아내고자 소설을 쓴다. 소설을 쓰지 않고는 세상에 대한 나의 의문, 불만, 불화를 해소할 길이 없다는 절박한 심정이 소설을 쓰게 한다. 한마디로 문제의식을 가진 사람, 호기심이 많은 사람, 나만의 의식과 감정을 표현하고자 하는 사람이 소설가가 된다.

'좋은 소설'은, 작가가 '왜 소설을 통해서 이야기하고자 하는가', 그리고 '소설이란 무엇인가'라는 근원적인 문제를 생각하게 해준다. 왜 인간은 끊임없이 이야기를 하는가, 왜 타인에게 말을 거는가, 왜 자기 이야기를 하고 싶어 하는가. 이 질문의 답은 왜 소설을 쓰는가의 답과 일치한다. 이 질문들에 대한 대답을 노트에 차분히 적어보라. 마음이 동하면 손이 멈추질 않아서 밤을 새우게 될지도 모른다. 아무에게도 말하지 못했던 고통스러운 경험이나 놀라운 발견, 내가 만났던 사람들과의 이야기. 그것들은 항상 내 속에 숨어서 나를 충동질한다. 그 충동질에 몸과 마음을 맡기고 변화하는 나를 지켜보라.

글을 쓰겠다고 나선 사람들이 가장 많이 하는 말이 "저한테 재능이 있나요?"다. 그 질문에 대한 대답은 "당신은 글을 쓰겠다는 욕망이 얼마나 큽니까? 얼마나 절실합니까?"가 된다. 그 절박함이 글을 쓰게 하고, 글을 열심히 쓰게 하고, 문장력을 키워준다. 열심히 끝까지 포기하지 않고 하는 사람을 이길 것은 아무것도 없다. 내가 재능이 없다고 좌절했다면 그건 노력을 하고 싶지 않다는 말의 다른 표현일 뿐이다.

주변에 흔히 목격하는 장면이 있다. 생각도 얕고 감정도 거칠고 문장력도 별로인 데다 심지어 무식해 보이기까지 하는 사람이 소설을 쓴다고 나섰다. 소설이 무슨 애들 장난이냐? 다들 이 말을 밖으로 내놓지 못하고 의혹의 눈으로 쳐다본다. 그 사람은 쉬지 않고 자신을 들여다보며 갈고 닦아 1~2년, 3~4 년 후에 놀랄 만한 소설을 써낸다. 그것은 인간 승리요, 인간 정신의 승리다. 소설은 뇌로 쓰는 것이 아니라 손으로 쓰는 것이다. 아무리 뛰어난 문재文才가 있다 해도 시간을 들여 갈고닦지 않으면 아무 소용이 없다.

그때 그 자리, 내가 왜 그곳에 있었는지 곰곰 생각해보면 다 이유가 있다. 필연성! 그것을 파고들어보자. 거기에 내 진짜 모습이 있고, 그걸 꿰뚫으면 세상의 이치가 보인다. 우연히 일어난 것처럼 보이는 일도 몇 겹 헤쳐 보면 필연적이고 예견된 일인 경우가 많다. 세상을 향해 늘 "왜?"라는 물음을 던지자. 그리고 답은 스스로에게 해주자. 답의 연결고리가 소설이다. 단, 그 답은 또 다른 질문을 물고 나온다. 자고 나면 새로 시작되는 끝없는 문답놀이가 인생이고 문학이다.

드림 다이어리를 써라
이것은 한 편의
미니픽션이다

꿈은 내면의 반영이다

프로이트나 융은 꿈을 여러 가지로 해석했지만 내 경험으로는 꿈은 정확히 현실을 반영한다. 우리가 대충 넘겨서 그렇지 세밀하게 따져 보면 왜 그런 꿈을 꾸었는지 자신은 안다. 바로 무의식이라는 괴물의 출현이다. 우리의 의식이 인생을 아무리 잘 챙기고 정돈해도 무의식은 제멋대로 삶을 이끌어간다. 아니, 고스란히 삶을 보존한다. 의식이 꾸미고 지우고 변형시켜도 무의식은 원래대로 나의 진실을 보존하고 있다. 어느 순간 그것이 밖으로 튀어나오는 것이다. 술을 마시거나, 정신병에 걸리거나, 꿈을 꿀 때(의식의 제어를 벗어나는 순간) 무의식은 제 모습을 드러낸다.

꿈을 해석해서 나의 트라우마가 뭔지 알아내는 일은 프로이트와

313

그의 제자인 융까지 모든 심리학자가 관심을 보인 일이다. 그만큼 꿈이 우리의 정신을 비추는 거울이기 때문이다. 꿈은 꾸고 나면 곧 잊는다. 그래서 머리맡에 공책을 두고 자다 깨서 기억이 사라지기 전에 적어둬야 한다. 다음 날 그것을 파일에 정리하면서 자신의 내면을 들여다본다. 짐작하고 있는 내용일 수도 있고 상상조차 하지 못한 일일 수도 있다. 어느 경우든 진실한 나를 보여준다.

드림 다이어리를 오래 쓰다 보면 현실에서 나의 모습을 감추고 지우고 포장하려고 하는 것이 스스로에게 얼마나 스트레스가 되었는지 알 수 있다. 글을 통해 그것을 해결해라. 아무도 모르는 글 속에서 내 무의식을 해방하고 깊은 곳까지 따라가 보자. 소설은 표면의 일이 아니라 심층의 일임을 잊지 말자. 살인자를 비난하는 일은 소설가의 일이 아니다. 왜 살인을 했는가, 왜 그 순간 충동을 억누르지 못했는가, 죄인을 죽이는 것은 정당한가 등을 소설 속에서 에피소드와 인물의 행동을 통해 풀어내 보자.

글 속에 깊이 몰입해 있을 때는 꿈과 현실과 상상의 경계가 모호해진다. 그렇게 될 때까지 글의 흐름 속에 빠져 지내는 경험은 아주 행복한 것이다. 문장력이 몰라보게 발전했을 것이고 글에도 힘이 있어서 읽는 사람을 빨아들인다. 무당이 작두를 타듯 보통의 힘으로는 할 수 없는 일이 벌어진다. 밤을 새워도 졸리지 않고 몇 시간 꼼짝없이 앉아 글을 써도 지치지 않는다. 자신의 최고치를 살고 있기 때문이다.

꿈을 글로 써서 해석하며 내가 원하는 것을 찾아내라

처음에는 꿈을 적어두었다가 나중에 읽어보는 것만으로도 많은 것을 배우고 깨닫는다. 차츰 꿈의 내용을 파고들어 해석해보라. 이때 어떤 편견이나 선입견이나 이론을 앞세우지 말고 꿈 자체가 말해주는 걸 그대로 계속 곱씹어보라. 엇, 하면서 뜻밖의 생각이 떠오른다. 거기서 키워드를 찾아내서 글을 확장시켜 나가는 것이 소설을 시작하는 방법 중 하나다.

적어도 '나는 왜 이 꿈을 꾸었을까?'를 되풀이해서 생각하는 훈련을 해야 한다. 거기에는 나의 과거와 현재, 미래가 들어 있다. 과거는 현재와 분리되지 않고 현재는 미래와 분리되지 않고 겹쳐져 있다. 서로에게 영향을 끼치며 물고 들어간다. 과거에 불행했던 사람이 그것을 완전히 잊고 평화롭기만 한 삶을 살 수는 없다. 때때로 불쑥 찾아오는 기억 때문에 회한에 젖고 후회의 눈물을 흘리기도 한다.

누구도 시간의 무자비한 힘에서 자유롭지 않다. 소설은 생멸하는 동물의 운명을 지닌 인간이 시간의 힘에 맞서 싸운 기록이다. 루카치의 말처럼, 소설의 내적 줄거리는 시간의 힘에 저항하는 싸움이다. 이 싸움의 기록을 통해 흘러가 버린 삶, 사라져 버린 것들이 휘황한 빛을 발하게 된다는 점에서, 소설 형식이야말로 시간을 문제로 삼는 장르라고 할 수 있다.

창작 조울증에
대처하는 자세

나의 현재 상태를 알아볼 수 있는 조울증의 바로미터가 있다. 시작은 쉽게 하는데 마무리하지 못하는 증상이 반복해서 나타나면 창작 조울증일 가능성이 높다. 혹은 이것저것 벌여놓기는 했지만 그걸 이어갈 힘이 없다. 황소라도 때려잡을 것처럼 덤볐다가 쥐도 못 잡는 상태다. 결심을 끝까지 밀고 나가지 못하는 약한 의지력이 본래의 성격이라면 더 큰 문제겠지만 일시적으로 감정이 추락한 것이라면 해결방법을 찾아야 한다. 감정과 신경이 튼튼하게 정신을 받치고 있어야 하는데 그 기틀이 약하니까 그 위에 글이라는 집을 지을 수 없게 된다. 그러면 조울증은 왜 생기는 것일까. 답은 간단하다. 글이 잘 써지면 조울증은 생기지 않는다. 내 글을 남들이 알아봐 주고 잘 썼다고 칭찬해줘도 조울증 따윈 걸리지 않는다. 열심히 썼는데 글은 형편없고 노력해도 좀체 글이 나아지지 않을 때 우리는 극심한 우울을 경험한다. 자신의 무능을 각성하기 위한 예비과정이다.

나의
현재를
직시하라

조울증은 왜 생기는가

창작하는 사람에게 찾아오는 정서적 고통에 대한 이해는 중요하다. 오랜 작업 속에서 에너지를 안배하고 감정을 조절하는 일은 글을 쓰기 위한 힘을 비축하는 일이다. 고통을 줄이고 실패를 예방하는 길이기도 하다. 아무리 자기관리에 철저해도 어느 순간 감정에 구멍이 생긴다. 무얼 해보려고 시도해도 다 그 구멍으로 새버리고 만다. 해법도 돌파구도 찾지 못하다가 혹시 조울증 아냐, 의심하게 된다. 주로 글이 잘 풀리지 않을 때 이런 감정에 빠진다. 그럼 대체 조울증은 무엇이며 왜 생기는 걸까?

나의 현재 상태를 알아볼 수 있는 조울증의 바로미터가 있다. 일을 시작은 쉽게 하는데 마무리하지 못하는 증상이 반복해서 나타나면 창작 조울증일 가능성이 높다. 혹은 이것저것 벌여놓기는 했는데

317

그걸 이어갈 힘이 없다. 황소라도 때려잡을 것처럼 덤볐다가 쥐도 못 잡는 상태다. 결심을 끝까지 밀고 나가지 못하는 약한 의지력이 본래의 성격이라면 더 큰 문제겠지만 일시적으로 감정이 추락한 것이라면 해결방법을 찾아야 한다. 내가 조울증 상태에 빠졌다고 말하는 것은, 의학적인 질병 상태라기보다 정서적으로 취약해진 상태를 말한다. 감정과 신경이 튼튼하게 정신을 받치고 있어야 하는데 그 기틀이 약하니까 그 위에 글이라는 집을 지을 수 없게 된다. 그러면 나한테 왜 그런 조울증이 생긴 것일까.

글이 잘 써지면 조울증은 생기지 않는다. 내 글을 남들이 알아봐주고 잘 썼다고 칭찬해줘도 조울증 따위 걸리지 않는다. 열심히 썼는데 글은 형편없고 노력해도 좀체 글이 나아지지 않을 때 우리는 극심한 우울을 경험한다. 자신의 무능을 각성하는 것이다.

'이렇게 못난 내가 어떻게 소설을 쓰나. 난 아무래도 재능이라곤 눈곱만큼도 없나봐.'

온갖 비관적인 생각에 빠져 점점 글과 멀어진다. 글 이전에 현재의 자기 자신과 멀어지는 것이다. 모든 우울과 조울증세의 뿌리는 자기혐오다. 나 자신이 싫어지는 것이다. 나를 믿지 못한다. 이 이상현상을 동양에서는 기의 흐름으로 설명하고 서양에서는 바이오리듬으로 설명한다. 누구에게나 주기적으로 찾아오는 피할 수 없는 다운모드라는 이야기다. 나만 겪는 일이 아니고 보편적인 문제라니 조금 안심이 되지 않나. 너무 어렵게 받아들여 확대해석하지 말자. 지금 내가 업에서 다운으로 내려가고 있는 상태에 있구나, 현실을 있는 그대로 받아들여야 해법이 있다.

정신의학에서 말하기로는 우울의 진짜 얼굴은 분노라고 한다. 자신에게든 타인에게든 화가 나 있는데 그걸 다 표출하지 못하기 때문에 스스로 기운을 꺾고 침잠해 있는 것이다. 어떻게든 분노를 녹여내지 않으면 몸과 마음에 독을 퍼뜨린다. 분노의 원인을 찾아 실체를 확인하고 마음에서 지워버린다. 구체적인 것이 아닐 때는 내 마음이 가는 쪽을 따라가 보는 것도 방법이다. 마음도 몸처럼 자기의 의지대로 가고 싶어 한다. 우리는 여러 이유로 그걸 막는다. 그 마음은 당장은 눈에 보이지 않더라도 어디에 가라앉아 있다가 다시 나타난다.

내가 강하고 잘나갈 때는 웬만해선 화가 나지 않는다. 뭐든 너그럽고 여유 있게 받아들일 수 있다. 내가 약하고 힘들 때가 문제다. 이때는 눈에 걸리는 것도, 마음에 걸리는 것도 많다. 다 맘에 안 들고 다 섭섭하다. 문제의 원인이 타인에서 비롯된 것이 아니라 나 자신에서 싹텄다는 사실만 알면 문제의 반은 해결된 것이다. 그다지 큰일도 아닌데 내가 과민하게 반응했다면 아, 내가 지금 좀 안 좋은 상태구나, 급하게 대응하지 말자, 생각해라. 아킬레스건은 언제고 있었다. 그것이 자극을 받느냐 아니냐의 문제다.

나는 이런 상태에 빠지면 움직임을 최소화하는 것으로 해결한다. 혼자 동굴에 들어가 숨는 것이다. 여자들은 보통 누군가를 불러서 대화를 하며 푼다고 하는데 내 경우는 그러면 스트레스가 더 쌓인다. 친구와 헤어지고 난 뒤의 허탈감은 이루 말할 수가 없다. 말은 거의 하지 않고 혼자서 조용히 나 자신과만 대면한다. 대면이라고 하지만

소설가로
사는 법

실상 아무것도 하지 않는 휴지기 상태다. 스님들도 이럴 때 묵언정진을 해서 마음을 다스린다고 들었다. 내 방법과 크게 다르지 않았다. 기운을 밖으로 내보내지 않고 스스로를 비추는 데 쓰면 문제의 핵심을 볼 수 있다는 게 내 생각이다. 몸을 움직여 땀을 내고 사람을 많이 만나 나쁜 기운을 밖으로 내보내는 사람도 있다. 각자 풀기 쉽고 효과적인 자기만의 방법을 찾으면 된다.

의욕이 넘쳐서, 능력보다 많은 걸 원해서, 충분히 기다리지 않고 빨리 해결하려고 해서 항상 문제가 생긴다. 그 과도한 상승에너지가 좌절되니까 하강에너지로 바뀌어 곧바로 감정이 추락하는 것이다. 글도 쓰기 싫고 책도 읽기 싫고 남의 말도 귀에 들어오지 않는다. 일단 일정 기간 그 상태에 빠져서 보낼 수밖에 없다. 전문가의 도움을 받을 수도 있지만 질병 상태가 아닌 한시적인 감정의 변화라면 스스로 싸우며 정신의 힘을 키우는 과정이 필요하다.

어떤 과정과 방법으로 풀어내든 중요한 건 자기혐오에서 빨리 벗어나는 것이다. 자기모멸, 자기연민, 자기혐오의 늪은 한번 빠지면 물귀신처럼 잡고 늘어진다. 실체가 있는 것도 아니면서 쉽게 벗어나지 못하고 허우적거린다. 나쁜 생각은 끝이 없다. 계속 더 나빠진다. 내가 의도적으로 생각을 끝내야 한다. 가능하면 생각할 것을 다 생각해본 뒤 우울의 실체와 맞닥뜨리고 나서 생각을 접으라고 말하고 싶다. 그래야 같은 일이 또 일어났을 때 극복할 수 있는 지혜를 얻게 된다. 지지 말고 이기고, 피하지 말고 싸워라.

시작한 소설의 숫자와 완성한 소설의 숫자를 비교하라

조울증의 기미가 느껴질 때 진짜 심각한지 얼른 알아낼 수 있는 방법이 시작한 소설의 숫자와 완성한 소설의 숫자를 비교하는 것이다. 시작해놓은 작품은 많지만 완성한 작품이 적으면 처음에 먹은 마음을 끝까지 유지하는 못하는 창작 조울증일 가능성이 높다. 창작열이 작품이 끝날 때까지 나와 함께 있어주지 않는 것이다. 딴 구멍으로 새는 거다. 계속 시작만 하고 끝내지 못하면 본인도 조급해지고 점점 글이 쓰기 싫어지면서 자신감을 잃는다. 좋은 상태라면 언젠가는 이 글들을 다 써먹을 수 있겠지, 여유 있게 생각하지만 안 좋은 상태에서는 역시 난 구제 불능인가 봐, 하면서 포기하기 쉽다.

파일 정리하는 법에 대해 다시 한 번 이야기하고 싶다. 파일을 정리하는 건 내가 작품을 어떻게 쓰고 있고 얼마나 갖고 있는지 알기 위해서다. 완성작 파일도 가끔 열어 어떤 작품을 썼는지 보고, 미완성작들도 다시 읽어보면서 계속 완성해나가야 한다. 완성작이 미완성작의 분량보다 많아질 때 그건 그대로 나에게 자신감으로 다가온다.

'도저히 될 성 싶지 않은 작품들을 이끌고 버티면서 내가 여기까지 왔구나. 완성하니까 정말 소설 하나가 되었네. 아, 이렇게 소설을 써내는 거였구나.'

많은 생각들이 스치면서 자신의 어깨를 토닥거려주고 싶은 마음이 든다. 한참 시간이 흘렀는데도 작품에는 변화가 없고 감정도 굳어서 문장이 풀려나오지 않으면 그땐 의욕이 생기지 않는다. 창작자는 의욕을 먹고 산다. 잘 안 써져서 낙심하고 있을 때 누군가 작품이 좋다고 한마디만 해주면 갑자기 힘이 솟고 의욕이 넘친다. 그 의욕으로 다시 쓰고 앞으로 나가는 것이다. 업과 다운, 절망과 희망의 반복, 그게 창작자의 삶이다. 언제고 쓰려고만 하면 생각이 넘치고 글이 줄줄 풀려나온다면 왜 창작의 진통, 어쩌고 하는 말이 생겼겠는가. 되는 날보다 안 되는 날이 더 많은 게 사실이다.

발자크에 관한 유명한 일화가 있다.

오전 내내 2층에서 작업하고 점심 먹으러 온 발자크에게 아내가 물었다.

"글 많이 썼어요?"

"엉, 어제 쓴 소설에서 단어 하나(아마도 접속사였을 것이다)를 뺐어."

점심 먹고 올라가서 오후 내내 작업하고 내려온 그에게 아내가 또 같은 질문을 했다.

"오전에 뺐던 그 단어를 도로 집어넣었어."

이게 창작이다. 농담 같지만 창작의 어려움에 대한 깊은 통찰을 담고 있는 일화다. 그래도 발자크는 매일 똑같은 시간에 글을 쓰고 엄청난 양의 소설을 써서 발표했다. 아무리 무위로 끝날 일도 반복하다 보면 길이 생기고 요령도 터득한다. 나중에는 조울증 같은 건 골치 아픈 식구처럼 아예 데리고 산다. 너 또 왔구나. 태연하게 맞이할 수 있다.

　문제는 시간을 보내야 한다는 것이다. 시간을 이겨야 한다. 시간
과 함께 가야 한다. 시간이 쌓이면 뭐가 나와도 나오고 뭐가 생겨도
생기게 되어 있다. 머리가 안 될 땐 노력으로, 노력이 안 될 땐 시간
으로 해결하자. 미래로 나아가기 위해 부끄러운 과거를 들추는 일을
망설여선 안 된다. 파일을 열어보면 실망할 일이 기다리고 있을 줄
뻔히 알면서도 열어서 확인하고 잘 고쳐서 내 것으로 만들어야 한다.
애정을 들인 만큼 작품은 살아나게 마련이다.

자신과의 싸움을 위한
정신력, 감정
컨트롤 방법

끝맺음하지 못하는 습관 고치기

컴퓨터가 고장 난 적이 있다. 컴퓨터 기사는 포맷을 새로 하는 방법밖에 없다고 했다. 이 경우 컴퓨터에 저장했던 정보를 내려받아야 한다. 내가 얼마나 정리 안 된 파일을 여기저기 많이 만들어놨는지 그때 알았다. 버리긴 애매하고 갖고 있어도 써먹지도 않을 파일들이 수두룩했다. 파일 관리의 필요성이 얼마나 중요한지 깨달았다. 파일을 제때에 정리하는 게 글 쓰는 사람의 필수업무라는 생각까지 들었다. 컴퓨터 고장을 계기로 내가 가지고 있는 파일을 말끔하게 정리했다. 그 방법에 대해서는 파일 관리 시간에 말한 바와 같다.

"버려야 생긴다."

쓸데없는 것들을 버리면 머리가 맑아진다. 컴퓨터의 저장고를 깨끗이 비운 상태에서 늘 새로운 마음으로 글을 쓰기 시작해라. 수시로 파일을 열어 써놓은 소설을 보완해라. 완성된 파일은 완성작 폴더로 보내 모아두어라. 일종의 저금통장이다. 이 작업만 몸에 붙게 습관을 들여도 습작과정에 보내는 시간이 절반으로 줄어든다. 반만 쓴 소설 열 개 가지고 있어도 소용없다. 완성작 두세 편이 필요하다.

미완성에 무조건 쌓아놓고 세월이 가도 절대 열어보지 않는 파일들을 오늘 당장 처리하는 게 건강에 이롭다. 거듭 말하지만 파일 정리 끝나면 10년 묵은 체증이 내려가듯 속이 시원하다. 내 경험에 비추어 몇 가지 제안을 해보겠다.

미완성작 파일을 열어 우선순위를 정해놓는다.

파일 중에 애착이 있거나 소설로 태어날 가능성이 높은 글을 선별해서 미완성 파일 1에 따로 모아놓는다. 말하자면 1순위!

같은 방법으로 나머지 파일들도 2,3,4의 번호를 매겨서 글의 품질에 맞게 따로 관리한다.

등급이 다른 글들이 마구 뒤섞여 있으면 어디서부터 열어봐야 할지 몰라서 아예 열어보지도 않는다. 열어봤을 때 영양가가 있어야 자꾸 열어보게 된다는 말 기억할 것이다. 일목요연하게 정리하는 이유는 찾는 사람을 빈손으로 돌려보내지 않기 위해서다. 그 날의 필요에 따라 등급에 맞는 글을 꺼내서 수정하는 것이다. 내 퇴고와 수정 노력에 따라 2등급은 1등급으로, 3등급은 2등급으로 진급할 수 있다. 쓰레기인 줄 알았던 작품을 되살리는 일은 흥미롭다. 내 작업의 진척을 피부로 느낄 수 있다는 이점이 있어서 꼭 권하고 싶다.

글을 써놨다가 저장해놓은 파일은 반드시 써먹을 때가 온다. 과제물을 받았을 때 우선 미완성 파일 1을 뒤져서 적당한 것을 꺼낼 수도 있다. 거기 없으면 2나 3도 뒤져 보라. 고친 뒤 완성도가 높아지면 완성작이나 파일 1로 보낸다. 어떤가. 머릿속이 정리되지 않는가.

천성이 정리를 잘하지 못하고 내깔려 두는 사람은 특히 힘들더라도 파일 관리하는 습관을 들여야 한다. 도를 닦는 셈 치고 일정기간 작정하고 파일과 씨름해보라.

또 하나의 조언은 글 친구를 두라는 것이다.

소설을 계속 쓸 생각이거나 특히 작품을 완성해서 등단할 목적이라면 필수사항이다. 한 달에 한 번, 혹은 한 계절에 한 번 서로 소설을 보내서 리뷰를 받는 것이다. 그러려면 정기적으로 소설을 완성해야 한다. 벌칙을 정해도 좋고 상을 정해도 좋다. 글 욕심이 있는 사람이라면 친구는 완성했는데 나는 아직 헤매고 있을 때 분발하기 위해서라도 폴더를 뒤져 완성작에 가까운 작품을 골라 끝맺음을 시도할 것이다. 친한 친구가 아니더라도 온라인상의 동호회에 가입하는 것도 괜찮다.

이도 저도 잘 안 되면 자신과 약속을 하는 방법도 있다.

이건 내가 쓰는 방법인데 1년 치 다이어리에 내가 이달, 다음 달,

다음 계절에 해야 할 일을 빼곡히 적어두고 O·X 표시를 해가면서 관리한다. 실천하지 못한 것은 다음 시기로 이월해서라도 완성한다. 보통 단편소설은 한 계절에 하나씩 쓰고, 장편소설은 1년에 한 편, 에세이는 1주일에 하나, 그리고 잡다한 일들(출판사나 문예지 청탁과 관련된 밥벌이 일)도 계절별로 안배한다.

지금은 시작한 소설을 중간에서 미완성인 채로 처박아 두는 일은 별로 없다. 낭비할 시간이 없을 뿐더러 이제는 무엇을 해야 하는지, 어떤 것이 필요한지 판단이 거의 정확하기 때문에 시작해서 완성 안 하고 버리는 일이 많지 않다.

소설을 끝맺음하는 것, 끝까지 책임지는 것은 파일 관리, 내 머릿속 관리와 밀접한 관계가 있다. 버리고 다듬고 업그레이드시키는 일을 꾸준히 해서 습관으로 만드는 것이 왕도다.

슬럼프 극복법

사회생활이란 게 공동체 생활이다 보니 대개 개인의 개성을 살리기 어렵고 사회가 요구하는 인간형으로 살도록 강요한다. 그런 삶을 지속하다 보면 정신은 고갈되고 감정은 메마른다. 충전하는 시간과 노력 없이 공적으로 노출된 생활이 반복되면 슬럼프가 찾아온다. 욕망을 감추고 마치 없는 것처럼 외부의 요구에 따라 산다. 자신의 의

지대로 살지 못하는 삶은 정신의 내압을 높인다. 차곡차곡 쌓인 내압은 언젠가는 압력을 견디지 못해 터지고 만다.

우리 주변을 돌아보라. 우리가 봐도 아슬아슬하고 위태롭게 사는 사람이 많다. 저렇게 새벽부터 밤늦게까지 일해온 게 몇 년짼데 몸이 괜찮을까. 저렇게 오랫동안 고통을 참고 살면 병에 걸리지 않을까. 본인은 태연한 척 살고 있지만 곧 무슨 사단이 날 것 같아 불안한 사람들이 한둘이 아니다. 최소한 우리는 자기가 지금 어떤 위기를 겪고 어떤 어려움 속에 있는지 알고 있어야 한다.

그 상태를 깨달았다면 먼저 무엇을 할 것인가. 적극적인 치유법이 여러 가지 있겠지만 내가 권하고 싶은 것은 정서적인 퇴로를 만들라는 것이다. 사람은 고통에 빠지면 퇴행을 원한다. 마약이나 술, 쇼핑, 각종 쾌락의 도구를 통해 현실에서 달아나 어딘가로 숨고 싶어 한다. 한계치를 넘었을 때 우리가 취하는 방법은 자기 파괴적인 것들이기 십상이다. 그 지경에 이르기 전에 미리미리 자신을 쉬게 해주어야 한다. 산책이나 숙면, 평안을 주는 사람과의 차 한 잔, 목욕, 잠깐의 여행, 좋아하는 사람과 맛있는 음식 먹기 등 우리를 행복하게 해주는 것으로 그때그때 자신 속에 있는 맹독성 기운을 밖으로 내보내야 한다.

가능하면 생산적이고 건강한 것들로 자신을 길들이기 바란다. 스트레스를 음식으로 풀고 싶으면 기름기 있는 튀김이나 소시지, 고기보다 과일이나 야채를 먹는 게 좋다. 억지로 먹으라는 게 아니라 가능하면 칼로리가 낮고 몸에 무리가 없는 음식을 먹는 걸 습관 들이라는 말이다. 우울 때문에 살까지 찐다면 우울의 악순환에서 영원히 벗어나지 못

한다.

부작용이 적은 퇴행을 몇 가지 확보해둔다. 마라톤을 하는 친구도 있는데 조금만 무리를 하면 무릎의 관절이 망가진다. 마라톤보다는 등산이나 산책, 수영을 권하고 싶다. 나는 운동을 좋아하지 않아서 마음이 힘들면 무작정 걷는다. 걷기 좋아하는 친구를 만나서 서울에 있는 아름답기로 유명한 고궁이나 공원을 함께 걸으며 담소를 나눈다. 친구를 만나기 여의치 않을 때는 욕조 가득 물을 받아놓고 음악을 틀어놓은 채 몸을 담그고 누워 있다. 이건 작품 하나를 끝내고 쉬고 싶을 때 하는 방법이기도 하다. 물을 좋아해서 강이나 바다를 바라보는 것도 좋아하고 목욕, 수영, 뭐든 마시는 것, 물과 관련된 건 전부 좋아한다.

슬럼프는 나쁜 것이 아니다. 달리던 걸음을 멈추고 나를 점검하라는 긍정적인 신호이기도 하다. 슬럼프를 겪지 않으면 냉정하게 현재의 자신을 돌아볼 기회를 좀체 잡기 어렵다. 우선멈춤 표시라고 생각하고 자신을 두루두루 살피면서 지난 시간을 돌아보자. 슬럼프를 겪고 나면 동료와도 더 대화가 잘 통한다. 그들의 고달픈 삶도 자세히 보이기 시작하고 이해도 잘 된다. 폭이 넓어졌다는 뜻이다. 전에는 그냥 저 사람이 좀 까칠하구나, 피곤하구나, 느꼈던 것도 아, 그때 그 사람도 나만큼 힘든 시기를 보냈었구나, 진심으로 이해한다. 그 태도는 작가에게 아주 중요하다. 타인과 내 삶을 깊이 있게 이해하는 일은 글쓰기의 전제조건이라고 할 수 있다. 세상 속에서 하나의 덩어리로 존재하는 생명체임을 실감하는 계기가 된다.

소설은
소통이다

지금 우리의 머릿속에는 세 사람밖에 없
다. 소설을 쓰는 나와 내가 만든 주인공, 그
리고 소설을 읽을 독자. 소설가가 된다는
것은 평생 이 삼각관계를 유지해야 한다는
뜻이다. 연애에서의 삼각관계와 다른 점이
있다면 한 사람은 선택받고 한 사람은 버림
받는 것이 아니라는 점이다. 세 사람이 공
생해야 한다. 내가 사랑하는 주인공을 많
은 독자가 사랑한다면 좋겠지만 어쨌거나
몇 명은 사랑한다. 독자의 숫자는 자신이
쓰는 소설의 성향이나 문체, 매력과 완성도
에 따라 달라지고 소설은 세 사람의 행복한
랑데부에 의해 유지된다. 셋의 행복한 만
남을 위해 가장 애써야 하는 사람이 소설가
다. 소설가의 행동, 선택에 의해 주인공의
운명도 갈라지고 독자의 태도도 달라진다.
소설가는 전지전능한 신은커녕 약하디약
한 인간일 뿐이지만 주인공을 설정하는 순
간 신의 지위로 격상한다. 신이 되어 주인
공의 운명을 좌지우지하고, 독자를 울렸다
웃겼다 한다.

소설을 읽는 이유,
소설을 쓰는 이유

소설은 좌절의 미학
― 소설은 칠전팔기의 인생교육

이 책의 마지막 장에 도달했다. 이 '마지막'이라는 단어는 언제나 옷깃을 여미고 마음을 가다듬게 한다. 이 책을 읽는 동안 당신의 머릿속에 무슨 일이 일어났는가. 무엇을 공부하고 무엇을 써왔나 차분히 돌아보는 시간이었기를 바란다.

훗날 소설 쓰는 사람이 되든 안 되든, 소설을 둘러싼 이야기들이 적지 않은 자양분이 되어 삶을 풍요롭게 하리라 믿는다. 며칠 밤잠을 줄여가며 완성한 소설과 그 속에 담긴 자신의 인생은 결코 가볍지 않다. 아무리 나이가 많고 충분한 경험을 했어도 오래도록 기억하는 것은 얼마 되지 않는다. 어쩌면 우리의 삶은 오래 잊지 않을 기억을 창고에 쌓아두기 위해 분투하는 것인지도 모른다. 아름답고 의미 있는 기억들에 둘러싸인 인생을 살고자 그토록 많은 일들을 벌이고 이루려 한다.

마지막에 무슨 이야기를 해야 할까, 한참 고민했지만 결론은 소설의 정체에 대해 한 번 더 짚어주는 걸로 마무리하자는 것이다. 한두 개 빼먹고 하지 않은 이야기도 생각났다.

여러 번 반복해서 한 이야기가 '소설을 왜 쓰는가', '소설을 왜 읽는가'라는 주제다. 자주 거론했다는 것은 중요하다는 뜻이고 그만큼 본질적인 문제다. 이 질문은 '소설은 무엇인가'와 맥락을 같이한다. 예술 중에서 우리 삶과 가장 밀착된 장르가 소설 아닐까 싶다. 우리 주변 환경이 온통 디자인 천지고, 집에서고 거리에서고 항상 음악 소리가 흘러나온다 해도 그것은 소비자의 입장에서 향유하는 것이다. 하지만 소설은 단지 소설을 읽는다는 것에 그치지 않는다. 소설이 보여주는 세계는 우리가 살고 있는 시간과 공간이므로 우리 삶 그 자체라고 할 수 있다. 그만큼 가깝고 직접적이기 때문에 소설 쓰기도 소설 읽기도 아무나 할 수 있는 쉬운 일이라고 생각한다. 현실은 정반대다.

소설을 쓰기 시작한 사람이 받는 첫 번째 충격은 소설 쓰기가 왜 이렇게 어렵냐는 것이다. 쓰려고 하는 게 너무나 잘 아는 내 이야기인데 생각처럼 술술 써지지 않고 써놓고 보면 형편없다는 사실에 경악한다. 소설 쓰기를 끝까지 지속하는 사람도 적고 소설가의 숫자가 많지 않은 이유는 그 때문이다. 그렇다면 소설 읽기는 쉬운가. 말을 하고 글을 읽을 수 있는 사람, 즉 언어를 구사할 수 있는 사람은 누구나 소설을 읽을 수 있다. 그렇다고 소설의 내용까지 전부 이해할 수 있는 것은 아니다. 꾸준히 읽어서 소설이라는 장르의 기제를 완전히 파악해야 작가가 의도한 내용을 알아차릴 수 있고, 문장을 읽으며 많은 미학적 경험을 축적할 수 있다.

인간이란 본시 이야기를 엄청 좋아해서 둘만 마주 앉아도 무슨 이야기든 지어내서 주고받는다. 예로부터 이야기 잘하는 사람에게는 그에 맞는 권력과 인기가 주어졌고 어디서나 환영받았다. 예전에는 구전문학이던 것이 근대에 들어 소설 장르로 발전했다는 정도의 변화가 있을 뿐이다. 한국어를 할 수 있는 사람이라면 다 이야기를 지어낼 수 있어도 소설을 쓸 수는 없다.

소설 쓰기는 일정한 형식과 내용을 필요로 한다. 아무리 재미있고 감동적인 이야기를 알고 있다 해도 그것 자체로는 소설이 되지 않는다. 작가의 인생관과 철학이 기승전결이라는 형식에 담겨야 한다. 한마디로 하면 소설은 격식을 갖춘 이야기다. 그 격식에는 여러 가지가 있다. 단지 현실을 담고 있다고 해서 소설이 아니라, 인간이라면 누구나 추구하는 것, 즉 환상이나 이상을 포함해야 한다. 그것을 위해 독자는 소설을 읽는다.

우리는 두 개의 세계 속에서 산다. 구체적인 현실이 있고, 환상이나 추상의 세계가 있다. 인간은 둘 중 어느 한 가지만으로는 살 수 없다. 아무리 건강하고 아름다운 몸을 가지고 있어도, 통장에 돈이 많고 사회적 지위가 높다 해도, 그 사람의 인생은 그것만으로 이루어지지는 않는다. 현실을 넘어서 환상을 증폭시킬 그 무엇이 필요하다.

눈에 보이지 않는 환상의 내용이 영원을 맹세하는 사랑일 수도, 종교적 영감이나 사회봉사, 예술적 체험일 수도 있다. 실용적으로 가치가 없는 것들을 우리는 단지 좋아하고 원한다는 이유로 추구한다. 없으면 안 된다고까지 생각한다. 환상이 필요한 삶. 여기서 소설이 시작된다. 환상은 우리가 살고 있는 삶을 견디게 해주고 풍요롭게 해준다. 환상을 다른 말로 표현하면 영혼의 휴식이 될 것이다.

그중에서 가장 센 것이 예술 창작이라고 생각한다. 일본의 한 작가는 소설 쓰기가 가장 뛰어난 엔터테인먼트라고 어느 인터뷰에서 밝혔다. 놀라지 않을 수 없다. 소설의 속성에 대해 정곡을 찌른 말이다. 소설 세계에 빠지면 웬만한 일에는 흥미를 잃고 오로지 소설을 중심으로 생활과 취미와 특기를 이어간다.

여러분은 무엇인가를 쓰고자 하고, 실제로 쓴다. 왜 그럴까? 물론 쓰는 일이 우리에게 득이 되기 때문이다. 인간은 자신을 보호하고자 자신에게 유리한 쪽의 선택을 하고 행동을 하는 동물이다. 그것이 본능이다. 소설 쓰기가 가져다주는 것은 눈에 보이지 않는 이익이다. 그걸 본능적으로 알아차린 사람이 소설을 쓴다. 재능 때문이든, 명예욕 때문이든, 표현욕구 때문이든, 소설을 통해 해원할 그 무엇이 있어서든, 써서 남에게 보이는 행위가 그보다 먼저 자신에게 도움이 되는 것이다.

다들 언젠가 꼭 하고 싶은 이야기 한두 가지는 가지고 있다. 억울한 일을 가장 오래 잊지 못하지만, 하나 더 들라면 '죄책감'도 평생 간다. 억울함의 반대편에 서 있는 감정이 죄책감이다. 그렇다면 이런 이야기가 된다. 인간은 자신이 피해자여도 잊지 못하고 가해자여도 잊지 못한다. 누군가에게 상처를 입혔다거나 물건을 훔치거나 불을 지르거나 거짓말을 했을 때 느꼈던 죄책감을 평생 가지고 간다. 소설을 쓰는 사람, 종교에 깊이 빠진 사람, 봉사를 열심히 하는 사람 중에 이런 사람들이 많다. 큰 좌절이나 실패를 겪었다면, 남에게 큰 업을 지었다면 우리 가슴에는 응어리가 생긴다. 그 응어리를 풀기 위해 소설이라는 매개체가 필요하다. 소설은 한 인간의 좌절 극복기, 실패 모험담이다. 소설을 읽는 이유도 이와 비슷하다. 이 세상에 잘못을 저지르고 실패한 인간이 나뿐만이 아니라는 위안이 필요하다. 누구나 힘겹게 가까스로 인생을 이어간다는 것을 공감하는 동지애를 소설에서 배운다.

그렇다고 아무나 소설을 쓰는 것도 아니고 기회가 언제나 주어지지도 않는다. 오랜 숙고 끝에 결심을 하고 이 길로 접어든다. 어렵사리 맞이한 기회인데 아무거나 쓰면 안 될 것이다. 소위 꺼리가 되는 걸 써야 한다. 무얼 어떻게 써야 할까를 한 마디로 줄이면 뭘까. 자기가 가장 잘 아는 이야기 중에서 독자의 공감을 불러일으킬 것을 골라라. '마지막 장'을 빌어 다 잊더라도 기억해주길 바라는 한 마디를 해야 한다고 생각했다. 소설에 대한 이야기는 늘 간단하지만 지키긴 어려운 게 탈이다.

내가 무엇을 쓰든 내 소설을 읽은 이후로 사람들이 그 대상을 달리 보아야 한다. 또 하나의 눈, 또 하나의 시선, 또 하나의 관점을 만들어내는 것, 그게 소설이다. '무엇'이 중요한 게 아니라 '어떻게'가 중요하다. '누가'가 중요한 게 아니라 '왜'가 중요한 것처럼. 여러분이 사과에 대한 소설을 썼다면 그 소설을 읽은 사람이 그 다음부터 사과를 볼 때 여러분이 소설에 쓴 이야기를 떠올려야 한다. 주스나 잼을 만들 수 있는 맛있는 사과가 아니라 또 다른 무엇이 나와주어야 한다는 이야기다. 어릴 때 사과 속에 든 벌레를 발견한 이후로 사과를 먹지 못하는 사과알레르기가 있는 주인공이 있을 수 있다. 그 사람에게 사과의 의미는 보통사람과 다를 것이다. 그 소설 주인공을 접한 이후로 독자는 사과에 대한 새로운 관점 하나를 얻은 것이다.

지하철, 혹은 공항, 치매환자나 알코올중독자, 실업자나 은둔형 외톨이에 대해 썼다면 여태까지 우리가 알고 있던 것과 다른, 새로운 의견이나 생각을 하나 보태야 한다. 그것이 소설을 쓰는 이유이다. 우리는 '쟁반같이 둥근 달'이라는 가사의 노래를 알고 있다. 어떤 소설가는 달을 냉면그릇 같다고 말했고, 어떤 시인은 아스피린같이 생겼다고 말했다. 이후로 달을 보면 그 말들을 상기하게 된다. 그것이 예술이다. 남과 다른 독자적인 그 무엇을 세상에 내놓아야 한다.

'전대미문前代未聞'이라는 말이 있다. 이제까지 들어본 적이 없다는 뜻이다. "이 세상에 있는 소설을 전부 다 읽고 나서 그것과 다르게 쓰라"는 말과 통한다. 달라야 한다. 죽었다 깨나도 달라야 하고 새로워야 한다. 다르지 않다면 고생해서 소설을 쓸 이유가 없다. 문체가 다르든, 소재가 다르든, 사유가 다르든 무조건 달라야 한다.

어려울 게 없다. 모두 각자의 시선과 보는 방식이 있으니 그걸 그

대로 쓰면 당연히 다르다. 문제는 우리가 살아오면서 우리 자신만이 가진 그 고유함을 잃었다는 사실이다. 무엇이 우리의 맑은 눈과 밝은 귀를 가렸을까. 그것을 걷어내는 일이 우선되어야 한다.

작가-캐릭터-독자, 셋 사이에 다리를 놓자

지금 우리의 머릿속에는 세 사람밖에 없다. 소설을 쓰는 나와 내가 만든 주인공, 그리고 소설을 읽을 독자. 소설가가 된다는 것은 평생 이 삼각관계를 유지해야 한다는 뜻이다. 연애에서의 삼각관계와 다른 점이 있다면 한 사람은 선택받고 한 사람은 버림받는 것이 아니라는 점이다. 세 사람이 공생해야 한다. 내가 사랑하는 주인공을 독자가 사랑한다면 그 이상 좋은 일은 없다. 내가 사랑하는 주인공을 많은 독자가 사랑한다면 좋겠지만 어쨌거나 몇 명은 사랑한다. 독자의 숫자는 자신이 쓰는 소설의 성향이나 문체, 매력과 완성도에 따라 달라지겠지만 소설은 세 사람의 행복한 랑데부에 의해 유지된다.

셋의 행복한 만남을 위해 가장 애써야 하는 사람이 소설가다. 소설가의 행동, 선택에 의해 주인공의 운명도 갈라지고 독자의 태도도 달라진다. 소설가는 전지전능한 신은커녕 약하디약한 인간일 뿐이지만 주인공을 설정하는 순간 신의 지위로 격상한다. 신이 되어 주인공의 운명을 좌지우지하고, 독자를 울렸다 웃겼다 한다. 여기에는 미세한 것까지 볼 줄 아는 눈과 손길이 필요하다. 독자가 기다리는 소설은 무엇일까. 소설가는 이 질문을 잠시도 잊어서는 안 된다. 독자는 늘 작가의 예상을 넘어선 곳에 존재한다. 가능하면 접촉점을 넓게 하고 싶지만 그건 실력과 운, 두 가지가 요구되는 일이다.

우리가 당장 할 수 있는 일은 무엇이 있을까.

치밀하게 관찰하고, 마음껏 느끼고, 깊이 깨닫는 사람이 되어야 한다. 남과 다른 눈으로 세상을 관찰하고 파악해서 자기만의 결과물을 만들어내는 일은 탐정과 작가가 갖춰야 할 기본적이면서도 중요한 자질이다. 한 가지 이야기를 찾아내면 자칫 시야가 좁아질 수 있다. 주제를 정한 상태일수록 접촉과 거리를 조절해가면서 객관성을 유지해가라. 또 하나의 조언은 그 모든 과정마다 철저해야 한다는 것이다.

"작은 것도 적당히 넘어가지 마라. 소설 쓰기에 사소한 것은 없다."

과장해서 말하자면 이 작품을 끝으로 나는 어쩌면 요절할지도 모른다는 생각으로 철저하게 매달려라. 능력이 모자라서 잘 쓰지 못하는 건 어쩔 수 없지만, 정성과 열정이 부족해서 대충 쓰는 것은 큰 죄를 짓는 것이다. 돈을 내고 내 책을 산 사람, 자기 시간을 덜어서 내 글을 읽은 사람에게 어떻게 보상할 것인가. 그보다 작가 자신이 겪을 마음고생과 낙담이 더 큰 문제다. 프로페셔널하다는 건 사소한 것을 결코 사소하지 않게 생각하는 자세다.

"시시각각 달라지는 세상과 나와의 관계를 놓치지 말고 포착하라."

나도 변하고 세상도 변한다. 독자도 변한다. 따라서 소설도 변해야 한다. 변화를 따라잡지 못하면 독자는 외면한다. 매의 눈으로 세상을 관찰하고 나의 내면을 들여다보라. 나와 세상과 세상 사람들을 바라보는 팽팽한 긴장의 시선 속에서 소설은 탄생한다.

문제는 문장이다. 다른 건 노력하면 어느 정도 이룰 수 있다. 하지만 문장은 노력이 장기간 유지되어야 한다. 짧게는 2~3년, 길게는 10년은 연마해야 색깔이 뚜렷한 자기표 문체를 가질 수 있다. 그때까지만 포기하지 말고 매진하기 바란다. 정확하고 간결하고 아름다운 자기 문장만 가진다면 그걸 무기 삼아 어떤 글이라도 쓸 수 있다. 소설 잘 쓰는 작가들의 문장이 다 훌륭한 건 아니다. 문장가라고 분류된 사람은 소수에 불과하다. 소설가가 된 후나 인정을 받은 후에도 좋은 문장을 만들어내기 위한 노력은 평생 계속되어야 한다.

좋은 소설문장은 무엇인가. 무조건 구체적이고 선명한 이미지를 가진 문장으로 써야 한다. 이미지로 사유하는 것이 문학(바슐라르에 따르면 "이미지는 메시지에 선행한다")이다. 생각을 따라잡으면서 독자가 상황을 볼 수 있도록 문장으로 풀어 보여주어야 한다.

그녀는 천천히 걸었다, 보다는 그녀는 슬리퍼를 질질 끌며 어슬렁거렸다.

동물 아닌 개, 개 아닌 눈을 부릅뜬 갈색 슈나우저, 또는 안내견 훈련을 막 마치고 온 누런색 리트리버.

소리가 아닌 컹컹 사납게 울부짖는 소리, 또는 새끼를 잃고 신음을 삼키며 내는 울음소리.

개 냄새가 아닌 젖은 털과 고기가 낀 이빨의 악취, 또는 방금 목욕하고 나온 강아지 털에서 나는 샴푸냄새. (……)

더 세세하게 더 구체적으로 표현하는 묘사력을 발전시키기 위해서는 관찰력과 독서가 필수다. 책 속에서 다른 작가의 묘사 문장을 읽고 내 안목을 높여야 한다. 흥미진진한 구성이든, 심오한 철학이든, 쫀쫀한 문장이든, 무엇으로든 작가는 독자를 주인공에게 붙들어 매주어야 한다. 주인공이 독자에게 버림받았다면 그것은 작가 잘못이다. 서로가 자유롭게 기꺼이 넘나들도록 튼튼한 다리를 놔주자. 중간에 문제점을 발견하면 즉시 수리해서 어떤 비바람에도 끄떡없는 다리를 만들어야 한다.

소설에서
재미란
무엇인가?

나는 무엇에서 재미를 느끼는가?
— 감정이입의 마수

"저 친구 참 재미있는 사람이야."

"그 드라마 봤니? 정말 재밌어."

이런 말을 흔히 듣는다. 영화나 운동경기, 만화나 소설책을 두고도 재미있다는 말을 자주 한다. 그렇다면 어떨 때 사람들은 재미를 느낄까. 코미디나 운동경기처럼 즉각적인 반응이 나오는 대상에서 재미를 느끼는 것이 보통이다. 어떤 사람들은 어려운 철학책을 읽거나 아트무비를 보고 재미있다고도 한다. 사전적 의미로는 '아기자기하게 즐거운 기분이나 느낌'이 재미다. 가장 근접한 의미의 단어로는

341

'낙樂'과 '즐거움'이 있다.

좀 이해가 되는 것 같지 않은가. 무엇을 했을 때 즐겁거나 기쁘면 사람들은 재미를 느끼는 것이다. 즐거움은 그 사람이 원하는 바에 따라 제각각 다르다. 정서적 충족감을 원하는 사람에게는 감동이 재미고, 지적인 충족감을 원하는 사람에게는 수준 높은 정보가 재미다. 영혼의 양식을 원하는 사람에게는 철학이나 종교, 사상이나 명상에 관련된 것들이 재미를 줄 것이다. 자극적인 것을 원하는 사람은 스릴러나 공포물을 원할 것이다.

내가 공략하고자 하는 대상이 어디에서 재미를 느끼고자 하는가를 파악하는 것이 우선이다. 범위를 좁혀서 소설을 읽는 독자는 어떤 기대를 갖고 책을 펼치는가. 독자 이전에 나는 어떤 글을 써서 내 취향의 독자를 끌어모을까를 생각해보자. 나는 진지하고 어려운 이야기밖에 할 줄 모르는데 코믹하거나 야한 이야기를 해달라고 하면 번지수를 잘못 찾은 것이다. 그런 사람은 별로 가까이하고 싶지도 않고 잘 보이고 싶지도 않을 것이다. 내가 잡담보다 시사토론 같은 대화에 관심이 있는 사람이라면 자연스레 비슷한 사람들이 주위에 모여든다.

내가 쓰는 글은 내 독자의 범위이기도 하다. 여러 사람이 고르게 공감할 이야기를 할 수 있는 능력이 있는 사람이라면 그쪽으로 밀고 나가야 한다. 나는 아무래도 마니아층을 거느릴 수밖에 없는 감성의 소유자라면 또 그쪽에서 적지만 긴밀한 관계의 독자층을 형성하면 된다. 어떤 경우든 소설을 읽는 사람이 기대하는 것은 감정이입이다. 현실을 잊고 소설에 빠져들어 그 세계에서 허우적거리고 싶어 한다.

나 자신은 어떤가. 내게 감정이입을 하도록 한, 내 혼을 쏙 빼놓고 집중하게 한 책을 서가에서 고른다. 정말 재미없고 이게 뭔 소리야? 하면서 읽었던 책도 골라본다. 두 책의 차이점을 찾아보자. 내가 천명관의 《고령화 가족》을 재미있게 읽었다고 가정해보자. 이유는 뭘까? 우선 타고난 스토리텔링 능력을 자랑하는 작가의 역량 덕분에 책이 술술 읽히기 때문이다. 그 입담을 따라갈 작가가 흔치 않을 만큼 흥미진진한 에피소드가 이어진다. 독자를 신이 나게 한다. 인물 하나하나가 살아 있고 페이소스도 있다. 이야기가 찰지다.

보통 가족이야기를 소설로 승부할 때는 콩가루집안을 그려야 한다. 식구들이 모두 잘나가는 이야기는 재미없다. 그런 이야기는 드라마에서도 실컷 봤다. 감정이입은커녕 그래서 뭐 어쨌다는 거냐는 생각이 들게 마련이다. 혹시 그런 가족구성원으로 소설을 시작했다면 갑자기 균열이 생겨서 잘나가던 사람이 위기에 봉착해야 한다. 그것이 소설이다. 천명관 작가는 영화 쪽에서 일을 했던 경력 덕분인지 인물 설정과 이야기 전개가 탁월하다.

다른 측면을 생각해보자. 내 친구 중에는 《고령화 가족》이 별로라는 사람도 있다. 물론 드문 경우이긴 하다. 이유는 그 정도 수준의 이야기에는 감동하지 않는다는 것이다. 자잘한 이야기는 원래 자기 취향이 아니라 읽고 싶지도 않다고 한다. 더 날카롭고 더 진하고 더 특별한 이야기를 원하는 사람도 있는 것이다. 그런 사람에게는 정영문

343

이나 김언수나 천운영의 소설이 끌릴 것이다. 외국작가라면 로맹 가리나 카프카의 소설을 좋아할 것이다. 알랑 드 보통이나 하루키는 읽지 않을 취향이다. 이 두 인기 소설가의 작품에서도 비수를 발견하는 사람이 있는 것처럼 세상에는 이렇게 다양한 독자가 존재한다.

나는 재미가 없는 사람이라거나, 나는 스토리도 잘 못 만들고 인물도 그저 그래, 라는 생각이 들거든 아주 독특한 개성을 가진, 계피나 후추 같은 향신료 냄새가 나는 소설에 도전해보기 바란다. 이 세상에는 분명 그런 소설에 끌릴 사람도 상당수 있다. 물론 많지는 않을 것이다. 대중은 이해 못 하지만 작가가 좋아서 쓰는 소설은 최소한 작가 한 사람은 기쁘게 해준다. 그 기쁨은 소설 어딘가에 녹아 있고 그 자체로 독자에게 감동을 준다. 작가의 땀과 피와 눈물은 절대 그냥 사라지지 않는다. 독자의 가슴에 흠집을 내게 되어 있다.

아까 이야기한 대로 서가에서 꺼낸 책 중에 '정말 더럽게 재미없어' 부류에 선정된 책을 한번 보라. 여러 이유가 있겠지만 단언하건대, 작가가 신명 나서 쓰지 않은 책일 가능성이 크다. 아무리 어렵고 서툴고 딱딱하고, 그래서 시시한 책이라도 작가가 그 이야기를 하기 위해 자신을 던진 책이라면 독자는 그렇게 간단히 외면하지 않는다. 이런 이야기도 있을 수 있긴 하겠지만 나는 별로 흥미 없어, 정도의 평에 그친다. 내팽개쳐진 책을 쓴 작가는 '내가 쓴 이야기가 재미없구나'가 아니라 '내가 그 책을 열정 없이 썼구나'를 반성해야 한다.

재미를 넘어 의미를 찾는 독자들

재미에 대해서는 웬만큼 이야기했다. 그럼 과연 소설을 재미있게만 쓰면 되는 걸까. 소설이 그렇게 간단했다면 소설가의 숫자는 이보다 더 많았을 것이다. 독자는 교활하고 욕심이 많다. 소설이 재미있다면 그것은 절반의 성공에 그친다. 재미있게 쓴 책을 재미있게 읽고 책장을 덮었다면 독자가 만족할까. 독자는 그렇게 단순한 존재가 아니다. 분명 2퍼센트 부족하다고 느낄 것이다. 책을 읽는 사람, 우리의 맞상대인 독자들은 자기가 들인 시간과 돈만큼의 재미도 원하지만 의미도 찾고 싶어 한다. 뭔가 내가 새로운 것을 깨닫고 배우며 신선한 감동까지 느끼기를 원한다.

"뛰어난 소설 속의 인물들은 어떤 식으로든 제 눈을 찌르면서 자기 자신이 된다."

평론가 신형철의 말을 기억해라. 이 말을 오래 곱씹어보라. 제 눈을 찌른다는 것은 위험을 감수한다는 것, 실패를 넘어서야 한다는 뜻이다. 넘어서기 위해서는 실패를 해야 한다. 눈을 찌른 뒤 다시 세상을 볼 수 있는지 없는지를 보여주는 것이 작가의 일이다.

이와 비슷한 편혜영의 말도 있다.

"나는 내 자신에 대한 대가로 스스로를 고스란히 내놓아야 하며, 인생에 대한 대가로 인생을 바쳐야 한다."

한마디로 말해서 무얼 하려면, 특히 창작을 하려면 자신과 자신의 인생 전체를 비용으로 지불해야 한다는 말이다. 모든 성실한 인간이 삶의 매 순간 그렇게 하듯이.

재미를 넘어선 의미는 바로 이 인생의 무게, 혹은 살아온 삶에서 건져 올린 통찰을 소설 속에 담아야 한다는 말이다. 그러기 위해서 계속 써야 한다. 가벼운 이야기, 주변 이야기, 쉬운 이야기를 하다 보면 조금씩 앞으로 나아가다가 더 깊고 무겁고 아프고 가슴을 울리는 이야기에 도달할 수 있다. 그때까지 버티는 힘이 습작과정에서 제일 중요한 핵심이다.

《북회귀선》을 쓴 헨리 밀러의 창작 십계명에 몇 가지 기억할 만한 점이 있다.

한 번에 하나씩 붙잡아서 끝까지 쓰라.

이건 내가 늘 강조하는 점이다. 무조건 소설을 완성하고 봐라. 한 편을 완성해야만 비로소 깨닫는 것들이 있다.

쓰고 싶던 책들을 잊으라. 지금 쓰고 있는 책만 생각하라.

내 꿈이 아무리 원대해도, 내가 지금 시작한 이 소설이 최선이다. 이것에 집중하고 쓰고 싶은 소설은 이번 것이 끝난 다음에 생각해라.

안달복달하지 마라.

지금 손에 잡은 것이 무엇이든 침착하게 기쁘게 저돌적으로 일하
라. 그래야만 일을 해낼 수 있다. 안정되지 않은 마음으로 마지못해
쓴다면 절대로 좋은 소설이 탄생하지 않는다. 현재의 작품에 힘을 몰
아서 쓰라는 말이기도 하다.

기분에 좌우되지 말고 계획에 따라 일하라. 정해진 시간이 되면 그만 쓰라.

프로페셔널이라면 이 점을 명심하고 있을 것이다. 일정한 분량의
성과를 꾸준히 이뤄내야만 직업이라고 부를 수 있다. 다음 작업을 위
해서 더 쓰고 싶어도 손을 놓으라는 점에 대해서는 난 조금 다른 생
각을 한다. 정말 필을 받아서 많은 것들이 머릿속에서 쏟아져 나오면
그것을 따라가야 한다. 거기서 멈추면 다시 찾아오지 않는다.

**그러고 싶다면 계획을 따르지 않아도 좋다. 하지만 다음 날은 다시 계획
으로 돌아와야만 한다. 몰입하라. 점점 좁혀라. 거부하라.**

위의 이야기와 연결되는데 작가는 자신의 기분에 충실해야 한다
는 점이다. 집중이 안 될 때는 너무 애쓰지 말아야 힘을 더 오래 쓸
수 있다. 힘을 잃으면 작품의 질도 떨어진다. 힘을 바짝 모아서 몰입
하고 다른 것들에는 무심해야 한다. 이렇기 때문에 사회생활을 하는
데 어려움을 겪는 것이다.

헨리 밀러가 정말 하고 싶은 말을 한 문장으로 줄여보자. 독자가
가슴에 새길 만한 의미, 곧 감동이 담긴 소설은 집중에서 나온다는

말이다. 재미있는 소설을 쓰려면 손이 가는 대로 쉬지 않고 이야기 속으로 들어가야 하고, 의미까지 있는 소설을 쓰려면 자신의 혼신과 이야기가 합체되어야 한다.

인생은
스토리텔링이다

개인의 고유성에 눈떠라

소설을 쓰겠다고 나선 사람이라면 한국사회에 대한 나름의 견해와 판단이 있을 것이다. 우리 사회를 선진국이라고 생각하는 사람도 있을 것이고, 멸망 직전의 지옥으로 생각하는 사람도 있을 것이다. 진보든 보수든 혹은 무소속이든 확실한 정견을 갖는 게 좋다. 자기 입장이 정립되어 있지 않고 어떻게 세상을 바라보면서 나름의 해석을 할 수 있겠는가. 예술은 어디까지나 주관의 세계다. 우열은 없다. 자기 세계만 있으면 된다. 어떤 입장인가는 문제되지 않는다. 다만 자기가 쓰고자 하는 소설에서 잘 형상화시켜 나가야 한다.

사회학자들은 한국사회가 원시농경사회에서 자연스럽게 시민사회로 넘어가지 못했기 때문에 문제가 많다고 주장한다. 혁명이나 쿠

349

소설가로
사는 법

데타로 사회가 변화하면 스스로 법과 규칙을 익히고, 그것을 따르는 것이 개인에게 편하다는 걸 깨달을 시간이 없다. 갑자기 주어진 새로운 법에 적응하기 바쁘다. 경제발전에 걸맞은 성숙한 시민의식, 인권의식, 개인에 대한 탐구가 부족할 수밖에 없다. 모든 것이 자발적이지 않고 밖에서 주어졌기 때문이다. 작가는 보통사람보다는 앞선 생각을 해야 하는 직업이다. 멀리 보고 넓게 보고 달리 본다. 세상을 있는 그대로 따라잡고 현상이나 변화에 대해 비판의 시선을 견지해야 한다.

우리는 농경사회의 풍습과 문화에서 벗어난 지 얼마 되지 않았다. 무엇이든 집단적으로 사고하고 함께 움직이고 협업을 해야만 농사를 지을 수 있다. 날씨의 영향을 받고 토질의 영향을 받기 때문에 같은 지역에 사는 사람의 행동반경, 사고방식은 거의 유사하다. 지금 우리 사회는 고도산업사회, 자본주의사회가 되었다. 거기에 맞춰 사람들도 급속하게 바뀌었다. 가족관계는 물론 수직관계를 주로 했던 사회적 관계에도 큰 변화가 생겼다. 그중에서 가장 많이 논란이 되는 것이 세대 간의 가치관 차이다. 소통이 불가능할 정도로 다른 가치관을 갖고 있다. 살아온 세월, 시간적 배경과 경험치가 전혀 다르니 당연한 일이다. 농사법과 이웃사촌이라는 가치를 기억하는 기성세대와 디지털로 타인과 소통하는 신세대 사이에 원활한 의사소통을 기대하기란 힘들다.

이때 해법이라고 생각할 수 있는 것은 개인차를 인정하는 넉넉한 태도다. 인정하려면 상대를 정확히 알아야 한다. 상대가 어떤 생각을 하고 있는지 무얼 좋아하고 싫어하는지 알아야 이해가 가능하다. 우리는 그 문제에 성실하지 않은 편이었다. 개인이라는 개념을 잘 알지 못했기 때문이다. 개인은 그야말로 한 사람이다. 독자적인 인간. 100 사람은 100가지 종류의 개인임을 이해하지 못하면 나와 다른 인간을 받아들여 더불어 살아가기 힘들다. 지금은 그 변화가 진행되는 과도기라고 한다.

소설가는 이 문제에 훨씬 더 철저해야 한다. 한 개인의 고유성을 파악하는 것은 소설 쓰기의 거의 전부라고 할 수 있다. 이전의 소설 주인공들과 다른, 내가 만든 주인공의 개별성, 고유성, 독자성이 소설의 생명이다. 한 번도 본 적 없는 생각과 행동과 말을 한다면 더 말할 나위 없이 매력 있는 소설 주인공이다. 어떻게 해야 그것이 가능할까?

"인간은 어떤 행동이든지 다 할 수 있는 존재다."

이 전제가 없다면 철저히 개별화한 개인을 그려내기 어렵다. 자신을 정신적, 물질적으로 도와주어서 성공하게 만든 부모나 애인을 배신했다면 보통사람은 도덕적인 지탄을 할 것이다. 작가는 더 아래의 층위의 진실을 캐내야 한다. 인간의 욕망과 꿈과 목표가 서로 어떻게 좌충우돌하는지 그려내야 한다. 우리의 역사가 그것을 증명한다. 원칙보다 원칙을 어긴 사람들이 역사에는 더 많이 남아 있다. 좋다 나쁘다, 옳다 그르다가 아니라 인간은 때로 이러기도 하고 저러기도 하

351

는 존재임을 보여주어야 한다. 독자 중의 어떤 사람은 A의 경우에 동의할 것이고, B나 C에 동의하는 사람도 있을 것이다. 모든 경우의 수를 철저하게 추적하고 포착해서 그려 보여주면 독자가 어느 편이든 소설의 주인공이나 작가의 의도에 공감할 것이다.

우리는 혼자 공책에 감상을 끼적거리는 문학청년이 아니다. 글을 써서 밥을 먹고 글을 써서 삶을 영위해갈 각오로 책상 앞에 앉아야 한다. 마지막으로 이 말을 꼭 당부하고 싶다.

"내가 가진 전부를 탈탈 털어서 전략을 세워라."

자신이 가진 내면의 세계, 내적 규율이나 체제가 변주해내는 하나의 스토리, 한 장면이 소설임을 기억하자. 비관이든 낙관이든 한 세계에 대한 선명한 그림을 보여줄 수 있어야 한다. 풍부하고 매력까지 갖춘 세계라면 금상첨화일 것이다.

소설 쓰기는 인문학이다

작가는 인생이 가진 비극적 단면을 보아버린 사람이다. 낙관주의자조차 인생을 낙관만으로 바라볼 수 없다. 행복과 불행, 비관과 낙관, 성공과 실패, 삶과 죽음의 변주가 인생임을 잘 안다. 그중에서도 작가는 결코 피해갈 수 없는, 일상의 틈바구니에 도사리고 있는 비극의 씨앗들을 누구보다 잘 알고 있다. 어떤 이유로든 그 씨앗에 물과 양분을 공급하면 우리의 삶은 비극으로 치닫는다. 누구도 피할 수 없다. 좋은 소설은 이 낙관과 비관을 잘 변주해낸 소설이다. 주인공은 낙관 속에서도 긴장을 잃지 않고, 비관 속에서도 힘을 유지하려고 하는 존재다. 삶의 빛과 그림자를 온몸으로 구현해내는 존재다.

이 책이 전하는 내용은 소설 잘 쓰기보다 어쩌면 소설 잘 읽기, 사람 잘 읽기에 더 가까울지도 모른다. 잘 읽으면 잘 쓸 수 있다. 여태와는 다른 눈으로 읽고, 다른 앵글로 보고, 다른 문장에 담아보자. 세상을 보는 눈이 넓어지고 깊어진다는 것은 정신이 풍부해진다는 뜻이다. 정신도 육체만큼 우리가 지니고 있는 재산이다. 청년이 육체의 힘으로 산다면 노년은 정신의 힘으로 살아가야 한다. 정신을 키우는 일, 단단하게 갈무리하는 일은 삶에도 소설에도 꼭 필요하다. 정신이 풍요로운 사람은 인생의 질문에 답을 하나만 갖고 있지 않다. 다채로운 답과 실례들을 소설 속에 표현한다. 많은 실패에 많은 해법을 제시하는 것이다. 해법이 없다면 그냥 단순히 경우의 수를 보여줄 수도 있다.

신문기사라면 "누가 그랬니?"가 중요하겠지만, 소설은 "그 사람이 왜 그랬대?"가 중요하다. 겉으로 드러난 사건과 결론보다 그 사건의 인과관계와 이면을 드러내야 한다. 그러니 이야기의 흐름이 복잡하고 다양하고 길어질 수밖에 없다. 소설 쓰기를 배우는 것은 인문학에 접근하는 것이다. 인문학은 '인간의 조건에 관해 탐구하는 학문'이라는 사전적인 정의만 보더라도 '소설은 인간학이다'라는 말과 상통한다.

353

"소원, 바람, 목표가 있는 한 사람이 그것을 성취하는 과정에서 일련의 장애물을 만난다. 궁극에는 그 장애물들을 극복하고 목표를 달성한다."

이것이 소설의 기본 구성이다. 소설에서 실패와 성공은 중요하지 않다. 과정을 보여주는 것에 충실하면 된다. 내러티브란 인과관계로 연결된 '극적인' 사건의 연속이다. 히치콕의 말대로 드라마는 인생에서 지루한 부분을 제외한 것이다.

소설가가 소설을 쓰는 또 하나의 이유는 몰입의 즐거움 때문이다. 몰입해서 쓰지 않은 글은 소설이 아니며, 쓸 때 몰입하지 않는 사람은 소설 쓰기를 즐기지 않는 사람이라고 말해도 좋다. 일상적인 존재로서 살아가는 고통을 극복 또는 초월하기 위해 내면의 만족을 이끌어내는 집중의 과정이 창작이다. 소설을 잘 쓰기 위한 노력은 몰입과 집중을 잘 하려는 노력과 동일하다. 일정 시간 엉덩이를 의자에 붙이고 앉는 습관을 들이라는 말, 귀가 닳도록 했다. 지구력이 몰입과 집중을 데려온다.

우리는 결코 자기 자신을 완전히 알 수 없다. 자신에 대한 글쓰기는 매우 창조적인 세계를 개척하는 것이다. 에리히 프롬은 "창의력은 궁금해 하는 능력"이라고 말했다. 이 세상과 나와의 관계를 규명하고 나라는 인간이 어떻게 세상과 얽혀 사는지 알고 싶어 한다. 창의력의 핵심은 연결고리를 만드는 능력이다. 연결고리를 만들기 위해서는 의자에 앉아서 한없이 시간을 보내야 한다. 파일을 열어 원고를 들여다보아야 한다. 글자와 글자 사이의 하얀 부분에 어느새 장면이 나타나고 대화가 들리며 우리의 주인공은 살아 움직인다.

여러분이 소설을 배우는 동안, 쓰고자 마음먹은 동안 자기 자신을 잘 달래서 하나에 몰입하도록 훈련시키기 바란다. 이 능력은 여러 군데 호환이 가능해서 한번 배운 몰입 기술은 사는 동안 두고두고 써먹을 수 있다. 소설도 마찬가지다. 한번 완성한 소설은 자격증처럼 자신이 가진 정신의 한 영역에 대한 능력을 완성하게 한다. 내가 옛날에 소설 한 편을 썼었다는 건 대단한 자부심이다. 아무나 할 수 없는 거다. 시작했으면 끝까지 가라고 말하고 싶다. 열 번 시작하지 말고 한 번 시작해서 완성하고 다시 또 새로운 소설에 도전하라는 것이 오늘 내가 여러분에게 주는 메시지다.

그동안 소설이라는 배에 함께 타서 파도와 악천후와 해적들의 출몰에 맞서 열심히 싸워왔다. 이 세상에 소설을 쓸 수 없게 하는 핑계는 너무나 많다. 그럼에도 불구하고 해냈다. 그 분투의 시간을 다음 삶이 반드시 보상해줄 것이다. 인생에는 공짜가 없다. 모쪼록 소설과의 만남이 길고 아름답고 돈독한 관계로 이어지길 진심으로 기도한다.

소설창작수업
Q & A

문학이나 소설에 대한 이론이나 개념을 아무리 읽어도 글을 많이 써본 경험이 없으면 머리에 쏙 들어오지 않습니다. 그럴 때는 다른 사람의 경험담이 도움이 됩니다. 다른 사람은 비슷한 상황을 어떻게 극복했는지 자신의 경험에 비추어 볼 수 있습니다. 작가가 되려는 사람들이 가장 자주 질문하는 내용들을 몇 개 소개하고자 합니다. 같은 고민을 해본 사람은 고개를 끄덕일 것이고 이와 다른 입장인 사람은 또 하나의 방법론을 알게 될 것입니다. 어떤 기능과 마찬가지로 예술도 일정 기간 차곡차곡 쌓인 연마의 시간이 없으면 원하는 고지에 도달할 수 없습니다. 가랑비에 옷 젖듯이 사소하고 작은 것들이 모여 태산을 이루는 과정이 바로 작가가 되는 길이라는 사실을 기억하기 바랍니다.

저는 인문서만 읽어왔어요! 독서 방법이 궁금합니다.

문예창작학과를 갈까 다른 학과를 갈까 끝까지 고민하다 복수전공을 염두에 두고 다른 전공을 선택한 학생입니다. 책을 좋아해서 독서는 꾸준히 해왔지만 여태까지는 주로 인문학 관련 서적만 읽었습니다. 인문학과 기타 서적들은 자꾸 보게 되고 넘김이 좋은데 소설은 이상하게 손이 안 갑니다. 한동안 소설을 사랑하지 못했는데 요즘은 밑줄 긋기를 해가며 문장 옮기는 훈련을 하고 있습니다. 소설 창작을 위한 독서는 어디서부터 시작해야 할까요?

문장이 거의 전부이자 모든 것

나는 작가니까 책 많이 읽는 사람은 무조건 좋아합니다. 잠재적인 나의 독자니까요! 책을 밑줄 그어가며 읽고 옮겨 적고 있다면 조만간 상당한 발전을 이루리라 믿습니다. 소설이 다른 스토리텔링 장르와 다른 점은 문장으로 승부해야 한다는 겁니다. 아무리 대단한 이야기와 멋진 주인공도 좋은 문장에 담지 않으면 아무 소용없습니다. 소설을 읽는 독자 역시 흥미로운 이야기에 빠져들고 싶은 기대감도 있지만, 언어를 아름답게 조탁한 문장을 만나고자 하는 열망 때문에 소설을 집어 드니까요.

시나리오나 드라마, 연극극본은 에피소드를 대사 위주로 풀어내지만(장면은 비주얼로 보여주니까) 소설은 그 모든 것을 문장으로 한 자 한 자 써나가야 한다는 게 가장 큰 어려움입니다. 이걸 자유롭게 할 수 있는 자신만의 문장을 갖게 되기까지 적어도 3년은 걸립니다. 요즘 같은 스피드 시대에 그 긴 수련의 기간을 견딜 사람이 많지

357

않아 그게 걱정입니다.

인문서를 많이 읽었다는 건 강점입니다. 어떤 독서든 소설 쓰는 데 다 밑거름이 됩니다. 소설이란 게 작가가 읽은 세상, 느끼고 이해한 인생을 쓰는 것이니 인문서가 그런 눈 역할을 해줄 겁니다. 하지만 소설을 쓰기 위해서는 소설의 구조와 공법, 인생과 인간을 이해해야 하니까 무엇보다 소설을 많이 읽어야 합니다. 엄청난 경험을 했지만 독서를 하지 않은 사람은 소설가가 될 수 없고, 평범한 인생을 살았다 해도 책 속의 세계를 많이 돌아다닌 사람은 작가가 될 수 있습니다. 다독, 다작, 다상량 아시죠? 많이 읽고 쓰고 생각하는 것 외에 다른 왕도는 없습니다.

나를 찾아가는 또 다른 시작, 혹시 늦은 건 아닐까요?

바쁘게 살다가 문득 뒤돌아보니 중년의 나이가 되었네요. 강원도 화천의 작은 시골동네에서 초등학교를 졸업하고 열정을 품고 서울행 버스를 탄 때가 어제 일만 같습니다. 하루를 일 년처럼 써가며 공부하고 군대 갔다 오고 직장 일에 매여 살다 보니 어느덧 꿈과 열정은 식어가고 나이 먹은 아저씨가 돼버렸어요. 사그라지는 열정의 불씨 다시 태울 수 있을까 싶어 소설의 문을 두드립니다.

소설에 대한 그리움만 남았는지 기본기를 연마하기 위해 아무런 노력을 하지 않았다는 사실이 부끄럽습니다. 초심으로 돌아가 제 삶을 돌아보는 계기로 삼고 아쉬움을 남기지 않기 위해 도전하고자 합니다.

모든 '첫'

저의 첫 강의가 생각납니다. 작년 이맘때였죠. 골방에서 글만 쓰던 제가 학생들 앞에서 소설에 대해 말로 떠들려니 어찌나 겸연쩍고 민망한지. 처음에 맨땅에 헤딩하듯 소설을 썼고 소설가가 되었던 제 경험을 나누려는 마음으로 어찌어찌 이어나갔습니다. 그때와 크게 달라진 건 없지만 그래도 누군가 하루 일과를 마치고, 혹은 하루 일과를 시작하면서 내 강의를 듣는 장면을 상상하면 옷깃이 여며집니다. 가끔 혼자 생각해요.

'대체 그들은 어떤 자세로 앉아 내 얘기를 듣고 있을까? 내 말을 들으면서 반박하거나 논쟁하고 싶은데 내가 앞에 없으니 답답해서 씩씩거리는 건 아닐까?'

소설을 열심히 써서 소설가가 되든 고급독자로 남든 세상과 자신과 인간에 대해 조금은 깊이 있는 눈을 갖게 된다는 건 확실합니다. 저도 그랬었고 다른 작가는 물론 많은 작가지망생들이 모두 경험하는 일입니다.

늦게 소설을 쓰겠다고 시작한 분의 숫자도 적지 않습니다. 30대를 넘어서 4~50대, 60대 이후의 분들도 계십니다. 그들은 살아온 삶이 긴 탓에 다들 꿈을 잊고 헤매다가 나이만 먹었다고 생각합니다. 자기만 그런 줄 알지만 돌아보면 우리들 중 열의 아홉은 그렇게 살았습니다. 그 사람들이 모두 중년의 나이에 자신을 찾고자 공부를 시작하는 건 아닙니다. 그럴 수 있는 열정과 의지가 있는 사람은 정말 복 받은 사람이고, 내공이 깊은 사람입니다.

저는 소설 쓰기는 직업이라기보다 수행에 가깝다고 생각하는 편입니다. 뭔가 모색하고 삶의 다른 방향을 찾고자 하는 사람한테는 소설 창작이 좋은 벗이 돼줄 겁니다. 지금의 그 첫 마음을 글로 써보세요. 무엇이든 글로 써보고 그걸 토대로 생각을 키워서 다시 글을 써보고 읽고 고치는 게 습관이 된다면 작가의 길은 멀지 않을 것입니다. 모든 '첫'은 다 혼란과 망설임과 무모함 속에서 시작합니다. 건투를 빕니다.

글쓰기가 두려워요.

수없이 말하고 생각하고 머릿속에서는 뱅뱅 도는데, 그것을 글로 쓰고…. 픽션으로 구성한다는 것만 생각하면 부끄럽고 손이 굳어버립니다. 언제쯤 나아질까요?

일단 첫 문장을 쓰세요!

글 쓸 때마다 겪는 좌절감은 기성작가도 다르지 않습니다. 언제나 온갖 생각들이 머릿속을 뱅뱅 돕니다. 그때마다 멋진 문장으로 뽑아져 나온다면 글쓰기가 참 쉽겠죠. 그런데 그건 아주 드문 일이고 거의 매일 멘붕 상태로 뱅뱅 도는 생각을 데리고 삽니다.

구성을 해야 한다는 생각을 버리세요. 그냥 첫 문장을 일단 쓰고 보자! 그렇게 생각하고, 아니 생각 같은 건 아예 하지 말고 바로 모니터에 첫 문장을 타이핑하세요. 그것이 모든 것의 시작이고 본론이고 결론입니다. 절대 첫 문장을 쓰는 일을 두려워하지 마세요.

우리가 두려워할 것은 오직 두려움뿐입니다!

어떻게 해야 글쓰기를 빨리 시작할 수 있죠?

너무 막막해요. 과제 제출 시간은 다가오고 생각은 무성한데 아직 한 줄도 쓰지 못했어요. 어떻게든 마음을 추슬러보려고 노력하는 중에도 시간은 계속 흘러갑니다. 뭐부터 써야 할지 너무 막막해서 가슴이 터질 것 같아요

생각은 쓸모없어요

사람들의 짐작과 달리 글을 쓸 때는 머리보다 손을 움직여야 해요. 한 가지 생각이 떠올랐으면 우선 그걸 컴퓨터에 입력하세요. 내 오감을 따라 마음이 이끄는 대로 따라 다음 문장을 이어가야 해요. 생각이 넘치면 지레 지쳐버려서 글에 맥이 빠질뿐더러 손에 힘이 들어가질 않습니다. 이 말을 해주고 싶어요.

"생각은 내 창작 의지를 먹고 자란다."

초기 단계에서 소설을 구상할 때와 이미 쓴 걸 검토할 때만 생각이 필요해요. 일단 시작한 후에는 몸이 먼저고 생각은 몸을 보좌하는 역할만 하면 됩니다. 문장을 써내려가야만 감정이 활성화되고 더 많은 이야기들이 계속 떠오르게 되거든요. 가만히 앉아 생각만 하다가 글 못 쓰는 경우는 너무나 흔한 일이에요. 프로일수록 많이 써본 사람일수록 생각이 소용없다는 걸 몸으로 알게 됩니다.

일단 한 문장을 치세요. 주인공의 눈과 귀와 코와 입으로 세상을 감각하고 그걸 표현해보세요. 그리고 마음을 들여다보세요. 그렇게 어느 정도 분량을 쓴 다음 퇴고하면 됩니다. 문장이 매끄럽지 않다거나 이야기 진행이 제대로 안 된 것 같다거나 하는 등의 자기 검열은 사치입니다. 초보자일수록 질보다 양을 만들어가는 일부터 숙달해야 합니다. 질 따지다가는 아무것도 못 합니다. 자신을 믿고 한 걸음 내딛고 그다음 걸음을 연이어 떼어놓으세요.

자서전을 먼저 써보고 싶어요.

소설을 쓰기에 앞서 자서전에 써보고 싶은데 그것도 쉽지 않네요. 어떻게 하면 이 어려운 고비를 넘길 수 있을까요?

한 뼘 자서전에 도전해보세요

한 뼘 자서전이라는 게 있습니다. 이런 새로운 형식이 생겨난 데는 그만한 이유가 있을 겁니다. 가장 큰 이유는 누구나 쉽게 자기 인생의 이야기를 풀어낼 수 있도록 하는 거 아닐까요? 작가는 물론 작가가 아닌 사람들도 자기 자신에 대해 할 말이 많기 때문이에요. 그렇다고 자서전을 쓰자니 그건 너무나 엄청난 일이라 좌절을 겪기 십상입니다. 말이 책 한 권이지 그게 어디 어린애 장난인가요.

그래서 한 뼘 자서전이라는 걸 만들어 누구나 쉽게 도전할 수 있게 하자는 작업들이 이루어지고 있습니다. 한 뼘, 즉 A4용지 한 장 분량에 자기 이야기를 쓰는 겁니다. 시작이 반이다, 라는 믿음으로 소박하게 시작해보세요. 자기 인생의 한 장면을 한 장에 쓰면 됩니다. 그걸로 끝입니다. 이렇게 써나가다 보면 어느새 내용이 꽤 많이 쌓일 거고 그걸 모아서 나중에 책을 낼 수도 있습니다. 모티브 역할을 하고 문장력도 키워주고 자기 인생에 숨은 얘기가 얼마나 많은지 짐작할 수 있게 해줍니다. 모든 글에 대해 한 마디로 줄이면 이렇지 않을까요.

"안 써보면 모른다."

잘 아는 것 같아도 써보면 별로 아는 게 없고, 작은 일인 줄 알았는데 써보면 어마어마한 일이기도 합니다. 인생에 벼려둔 칼이 한 자루쯤 있는 사람은 누구나 한번 덤벼보길 바랍니다. 진검승부가 따로 있는 게 아닙니다.

소설 쓰기에 재능은 얼마나 중요한가요?

소설을 이삼 년쯤 썼고 몇 번 공모전이나 신춘문예에도 도전했다가 떨어졌어요. 그때마다 좌절감을 느끼고, 특히 소설이 잘 안 풀릴 때는 나에게 재능이 있나 의심하게 됩니다. 제가 소설을 계속 써도 될까요? 저에게 과연 재능이 있는 걸까요?

오래 할 수 있는 능력이 재능입니다

무엇이든 어느 정도의 경지에 오르려면 많은 시간이 걸린다고 합니다. 대충 3년 정도 걸리는 거죠. 이 말은 3년쯤 배우면 뭐든 웬만큼은 할 수 있다는 뜻이기도 하고 3년 버틸 수 있다는 건 그 분야에 어느 정도 소질이 있다는 뜻이기도 합니다. 인간은 약삭빨라서 자기가 잘하지 못하는 일을 오래 하지 못합니다. 그때까지 시간을 끌었다면 그 과정이 재미있기도 하고 해보니까 실력이 늘었기 때문에 버틸 수 있었던 겁니다.

사람들이 무엇을 시도하다가 그만두는 시점은 초기가 아닙니다. 대개 할 만큼 한 뒤에 고지를 눈앞에 두었을 때 그만둡니다. 그동안 온갖 노력을 다 해보다가 지쳤으니까요. 그래도 끝까지 포기하지 않은 사람이 살아남는 겁니다. 자기가 써온 작품을 순서대로 나열해 놓고 검토해보세요. 어떤 변화와 발전이 있었는지, 나의 한계는 어디인지, 여기서 포기하면 억울한지 아닌지 냉정하고 객관적인 시선으로 바라본 다음 미련이 하나도 없다면 그때 포기하세요. 가장 정확한 답은 자기 안에 있습니다.

소설 주인공에 적합한 인물은 따로 있나요?

소설은 인물 설정이 가장 중요하다고 합니다. 어떤 인물에 대한 이야기가 소설이라고 해도 과언이 아니니까요. 그렇다면 소설에 적합한, 소설적인 인물은 어떤 사람을 말하는 건가요?

소설은 캐릭터가 절반

소설이든 시나리오든 결국은 인물이죠. 인물 하나 잘 만들면 절반은 성공한 겁니다. 그리고 쓰는 사람 역시 자기 마음속에 숨겨둔 어떤 인물이 있기 때문에 소설을 쓰고 싶은 욕망을 느끼는 거고요. 이 사람 얘기는 내 손으로 꼭 쓰고 싶다는 야망이 소설 쓰기의 가장 큰 모티베이션이 되기도 합니다. 그러면 아무 얘기나 쓰면 그게 소설이냐? 그건 아닙니다.

소설에 적합한 인물은 실패한 인물이어야 합니다. 우리가 알고 있는 위대한 소설의 주인공들은 모두 그런 실패자들이죠. 성공담은 자서전의 소재는 될 수 있을지언정 소설에는 맞지 않습니다. 소설은 한마디로 실패한 자의 기록이라고도 할 수 있습니다. 우리 인생에서 과연 성공이라는 게 몇 번이나 일어납니까? 대부분 도전하고 실패하고 실수하고 오류를 겪으며 나이를 먹죠. 그것을 소설에 그대로 옮겨놓으면 됩니다. 왜 실패했나, 어떻게 실패했나를 추적하는 겁니다. 잘 해보려고 했으나 어느 순간 인생이 어긋나서 속수무책으로 전장 한복판에 남겨진 사람, 우리 자신의 이야기를 쓰면 됩니다. 거기에 도덕적인 잣대나 세상의 기준을 적용하는 건 아니라 한 사람의 일생을 따라가며 그대로 그려주면 됩니다.

소설의 구성 방법좀 알려주세요.

구성이 중요하다고 하는 데 소설 쓸 때 어떻게 구성을 짜야 할지 가장 난감합니다. 비법 좀 없을까요?

구성은 이야기의 전개순서

습작생들은 누구나 처음에 구성이라는 말에 질립니다. 구성을 잘 하라는데, 구성이 별로라는데 대체 구성이 뭐야? 어리둥절해 합니다. 구성은 이야기를 전달하는 순서라고 보면 됩니다. 한 사람이 애인과 여행을 가다가 교통사고가 나서 기분을 잡치고 차도 망가진 상태에서 애인하고 대판 싸우다가 이별하는 이야기를 쓴다고 가정해봅시다. 이때 이별 장면을 먼저 쓸 것인지, 신나서 여행가는 부분을 첫 장면으로 쓸 것인지, 결말은 어떻게 낼 것인지 등등을 정하는 게 구성입니다. 밋밋하던 이야기가 순서만 좀 바꿨는데 활력을 찾고 흥미로워지는 경우가 많습니다. 그만큼 구성은 중요합니다. 어떻게 하면 이 소설이 더 흥미롭고 매력적으로 전개될까를 고민해보면 구성에 대한 답이 나옵니다. 그리고 먼저 쓰고 싶은 대로 쓴 다음 구성을 이리저리 바꿔보는 게 좋습니다. 그 과정이 바로 습작이기도 합니다.

필사를 꼭 해야 하나요?

많은 사람들이 문장연습을 위해 필사를 하라고 합니다. 아니면 문장 수련을 위한 다른 방법이 있나요? 있으면 알려주세요. 저는 소설 창작에 문장력이 절대적이라는 것은 알고 있습니다. 저 역시 개인적으로 문장이 빼어난 소설가들의 작품을 좋아하고요. 그런데 문장을 연마한다는 것이 너무나 막연하고 어떻게 해야 할지 잘 모르겠습니다.

나에게 맞는 방식을 오래 지속적으로!

필사를 하고 싶으면 하세요. 오래된 방법은 경험을 통해 그만한 가치가 검증된 것이니 나쁘지 않다고 생각합니다. 그런데 필사가 워낙 시간도 많이 걸리고 힘이 들어서 하다 보면 지쳐버리고 문장 자체에 대해 고개를 흔들게 됩니다. 필사를 손으로 하기 힘들면 컴퓨터에 타이핑을 쳐도 됩니다. 전체를 다 할 생각도 하지 마세요. 좋아하는 부분만 발췌해서 그것만 적어 봐도 됩니다. 그것도 하기 싫으면 그냥 책을 많이 읽으세요. 내가 좋아하고 전범으로 삼고 싶은 작가의 작품을 정독하는 것도 하나의 방법입니다. 자기한테 맞는 방법을 찾아서 효율적으로 즐겁게 해야 오래 할 수 있고 결과도 좋습니다. 좋은 책을 면밀히 읽으면서 문장을 눈여겨보다 보면 어느 순간 필사하고 싶은 문장을 만나게 됩니다. 그때 해도 늦지 않습니다. 손이 머리보다 영리하다는 말을 하며 무조건 필사를 주장하는 작가도 있는데 저는 하고 싶을 때 하라는 쪽입니다.

소설 써서 밥을 먹고 살 수 있나요?

정말 소설을 쓰고 싶고 소설가가 되고 싶습니다, 그런데 다들 밥 굶기 딱 좋은 직업이라고 요즘 세상에 소설 읽는 사람이 얼마나 된다고 소설가를 직업으로 선택하느냐고 말립니다. 저는 소설을 써서 밥을 먹고 살고 싶습니다. 방법을 알려주세요.

생계를 해결하는 것은 삶의 처절함을 알기 위한 노력의 한 부분입니다.

결론부터 말하자면 소설 써서 밥을 먹고 살 수 있습니다. 다만, 엄청 열심히 써야 하고 죽기 살기로 밥 먹고 살 방법을 찾아야 합니다. 시간도 상당히 걸립니다. 소설만 쓰고 싶다면 좀 생각을 해봐야 할 것 같습니다. 어떤 작가라도 처음에는 다른 일과 병행하며 아르바이트도 하고 다른 직업도 가지면서 소설을 씁니다. 소설을 쓰기 위해 다른 일을 한다고 보면 됩니다. 그러다 어떤 위치에 도달하면 소설만으로 어느 정도 생계가 해결되죠. 그러나 사실 소설 하나에만 매달려서 생계가 완전히 해결되는 작가는 극소수입니다. 이것저것 글쓰기와 관련된 다른 일들을 병행합니다. 소설에만 몰입하지 않고 딴짓을 했다고 스스로를 부끄러워할 필요도 없습니다. 그것조차 소설이라는 큰 범주에서 편하게 생각하고 기꺼이 하는 사람이 소설가가 되는 겁니다. 찰스 부코스키가 이런 말을 했습니다.

"시인의 문제점은 출근해서 하루에 8시간 노동을 한 사람이 없다는 것입니다."

이 말의 깊은 뜻을 생각해보세요. 삶의 처절함, 인간과 인생의 진면목을 알려면 고된 노동, 사회 속에서 살아남고자 분투하는 삶을 알아야 삶을 바라보는 시선이 깊어진다는 뜻을 담고 있습니다. 소설을 계속 쓰기 위해 생계를 해결하려고 노력하는 자세도 훌륭한 작가 정신이라고 생각합니다.

《소설창작수업》 참고 문헌

참고 도서

《가장 멀리 있는 나》, 윤후명, 문학과지성사, 2001
《당신은 이미 소설을 쓰기 시작했다》, 이승우, 마음산책, 2006
《루카치 소설의 이론》, 게오르그 루카치(반성완), 심설당, 1998
《뼛속까지 내려가서 써라》, 나탈리 골드버그(권진욱), 한문화, 2005
《소설문장론》, 정한숙, 고려대학교출판부, 1973
《소설보다 더 재미있는 소설 쓰기》, 박덕규, 랜덤하우스, 2007
《소설쓰기의 모든 것 Part 01 플롯과 구조》, 제임스 스콧 벨(김진아), 다른, 2010
《소설쓰기의 모든 것 Part 02 묘사와 배경》, 론 로젤(송민경), 다른, 2011
《소설을 살다》, 이승우, 마음산책, 2008
《소설의 기술》, 밀란 쿤데라(권오룡), 책세상, 2004
《쇼펜하우어 문장론》, 쇼펜하우어(김욱), 지훈, 2005
《슈퍼라이터》, 이지상 외, 시공사, 2009
《스물다섯 개의 포옹》, 최옥정, 푸른영토, 2012
《우리글 바로쓰기》 1-5, 이오덕, 한길사, 2009
《원미동 사람들》, 양귀자, 문학과지성사, 1987
《위험중독자들》, 최옥정, 작가세계, 2012
《인간의 마음을 사로잡는 스무 가지 플롯》, 로널드 B. 토비아스(김석만), 풀빛, 1997
《철수》, 배수아, 작가정신, 2012
《첫 문장에 반하게 하라》, 조셉 슈거맨(송기동), 북스넛, 2007
《칼의 노래》, 김훈, 생각의 나무, 2010
《하나코는 없다(1994년도 제18회 이상문학상 작품집)》, 최윤 외, 문학사상사, 2004
《한국 현대소설론》, 현길언, 태학사, 2002
《한승원의 소설 쓰는 법》, 한승원, 랜덤하우스, 2009
《해피 패밀리》, 고종석, 문학동네, 2013
《향수》, 파트리크 쥐스킨트(강명순), 열린책들, 2009
《현대소설작법》, 김용성, 문학과지성사, 2006
《현장비평가가 뽑은 올해의 좋은 소설 2000》, 김인숙 외, 현대문학, 2000
《호밀밭의 파수꾼》, 제롬 데이비드 샐린저(공경희), 민음사, 2009

*《도서명》, 지은이(옮긴이), 출판사, 출판연도 순/ 가나다 순

그 외

<겁먹지 말고 상상의 공간에 집을 지어라>, 안소연, 포커스신문, 2012.5.4
<드디어 매그레 반장이 왔다>, 구본준, 한겨레신문, 2011.5.20
<문학나무 2001 여름 창간호>, 문학나무, 2001
<미니서사의 간결성을 위한 10가지 방법>, 돌로레스 코흐(박병규)
<미니픽션: 21세기 문학의 새로운 지평>, 송병선
다음 통합검색 국어사전
네이버 지식사전

소설창작수업

초판 1쇄 발행 2024년 03월 26일

글쓴이 류재민
펴낸이 김왕기
편집부 원선화, 김한솔
디자인 푸른영토 디자인실

펴낸곳 **(주)푸른영토**
주소 경기도 고양시 일산동구 장항동 865 코오롱레이크폴리스1차 A동 908호
전화 (대표)031-925-2327 팩스 | 031-925-2328
등록번호 제2005-24호.(2005년 4월 15일)
홈페이지 www.blueterritory.com
전자우편 book@blueterritory.com

ISBN 979-11-92167-22-0   03810
ⓒ 최옥정